散文中国 精选

SanWen zhongguo

每一朵雪都是奔跑的疼痛

杨献平 主编

天津出版传媒集团

天津人民出版社

图书在版编目(CIP)数据

　　每一朵雪都是奔跑的疼痛 / 杨献平主编. ——天津：
天津人民出版社, 2013.1(2019.7 重印)
　　(散文中国精选)
　　ISBN 978-7-201-07907-3

　　Ⅰ.①每… Ⅱ.①杨… Ⅲ.①散文集-中国-当代
Ⅳ.①I267

　　中国版本图书馆CIP数据核字(2013)第000297号

每一朵雪都是奔跑的疼痛
MEIYIDUOXUEDOUSHIBENPAODETENGTONG

出　　版	天津人民出版社
出 版 人	刘　庆
地　　址	天津市和平区西康路 35 号康岳大厦
邮政编码	300051
邮购电话	(022)23332469
网　　址	http://www.tjrmcbs.com
电子信箱	tjrmcbs@126.com

责任编辑	伍绍东
装帧设计	汤　磊
印　　刷	天津兴湘印务有限公司
经　　销	新华书店
开　　本	700 毫米×960 毫米　1/16
印　　张	14
字　　数	150千字
版次印次	2013 年 1 月第 1 版　2019 年 7 月第 4 次印刷
定　　价	35.00 元

目录

壹

李登建散文

【作者简介】

李登建,男,山东邹平人,1958年5月生。山东省作家协会首批签约作家。中国作家协会会员,山东省作协散文创作委员会副主任,山东省散文学会副会长,滨州市作协主席,一级作家。散文作品200余篇次被《散文·海外版》《散文选刊》《读者》《青年文摘》《中华活页文选》《中学语文》《大学语文读本》《百年中国散文经典》《60年中国青春美文经典》《散文精选·新中国60年文学大系》《三十年散文观止》等书刊转载,《站立的平原》《倾听平原》《我们的棉花》等文被南京市、长春市、广州市、常州市、济宁市、威海市、北京市等地选入高考语文模拟试卷和中学生读书竞赛阅读篇目、现代文阅读训练习题,出版散文集《黑蝴蝶》《黑火焰》《黑阳光》《平原的时间》,人物传记《乍启典传》《大地为鉴》(与人合著),曾获得首届齐鲁文学奖,山东省第六届、第九届"精品工程"奖等奖项。

千年乡路

这条路和这个村子一样古老，和这个村子的历史一样绵长。

自有了村子，或者说自最早那座茅棚在这里扎下，庄稼人到田里去刨食吃，去播种、栽秧、锄地、浇水，再把收割了的庄稼拉回。去去来来，很快，清风一吹，一条亮带子就在美丽的梁邹平原上飘拂了。

我不知道该炫耀一番还是闭口不提为好，我们村子这棵古树是明初生根发芽的。听老人们传说，洪武年间有一家逃难的从北向南去，男人的担子一头挑着一领烂席卷着的破被褥，另一头是一个盛杂物的大筐，一扇一扇，像一只疲惫的大雁；两儿子搀扶着咳嗽不止的病弱母亲，走走歇歇，歇歇走走，她被他落下老远。他们走到这里天又漆黑如墨了，也累得迈不动步了，男人便卸下担子，解开席子，草草搭个棚子过夜。不幸女人就死在了这个夜里。天亮男人带着儿子把女人埋葬，回来却不摸扁担，望着无边的荒野他目光茫然，犹豫了半晌，他决定不走了。他们找了一洼水脱土坯，垒了一座低矮的土屋遮风挡雨；开出一块巴掌大的地，撒上仅有的一瓢子秫秫粒儿。头三年老天有意养活这家人，旱涝保收，打的粮食少有剩余。但接下来是连年的灾荒。而一天傍晚一个逃荒的小女孩路过土屋时突然昏倒，汉子收留了这个孤苦伶仃的孩子，半月后大儿子却因吃黄蓿菜患水肿病不治而亡。小儿子和小女孩像屋前的那两棵柳树一天天长高，老人倾尽积蓄又盖了一间屋，让他们住进去完婚。新一茬庄稼收割的时候，这座土屋里传出了婴儿清亮的啼哭。

过了数年，又有两家学着他们的样子，在一东一西造土屋，房子们也相互有了倚靠；可近坡的好地种遍了，得到远坡去开，路就跟着脚印走，慢慢地越来越长，慢慢出了叉和须。要是有一只巨手把它提起，那形状就像一个不小的根系了。

一出村庄这段路应该是它粗大的直根，它宽且高——梁邹平原这一带古时候是退海之地，海水虽被黄河赶走，沉下的泥沙却饱浸着盐分，捧一抔湿土闻一闻，咸腥味刺鼻。春天碱泛上来，一圈圈一圈圈的"绒花"盛

开,地里白茫茫,如同下了一场雪。种地前得先刮碱,锨板贴着地面将碱土刮成一堆一堆,这时候农人总要装两袋子扛回家淋盐——水从碱土上淋下,蒸发后盆底就结出亮晶晶的盐末儿。这好看的东西却苦得要命,只能腌咸菜,万不得已才直接食用(实际上我的先人没少吃这种盐)。这能取多少碱土?于是荒原上隆起了一根根土堰。横土堰和竖土堰相连,被其包围的地块人们称为"抽匣子地"。梁邹平原上这类抽匣子地随处可见。而在大路附近刮碱,碱土自然就拽到路上,土路便一岁岁地加宽增高。

但是,我却宁愿相信它是一层一层的脚印叠起来、铺厚了的。祖祖辈辈走在这条路上,从春到夏,从夏到秋,从秋到冬,从冬到春。农人们出工的时候,刚睡了一宿觉起来,养足了精神,胸中丰收的希望鼓胀着,巴不得插翅飞到等在地里的庄稼面前,步子轻快,脚印就像路旁的杨树柳树飘下的叶子那么薄。收工回来情形却不同了,在田垄上与泥土摔了一天跤,身上丁点儿力气没有了,骨头散架了,简直像堵土墙要坍塌;而我会过日子的父老乡亲又没有空着手回家的习惯,就是累死也得捡回一把柴火,或者背着一捆压弯了腰的草,这时候他们拖着的双腿是多么沉重,每一步都是一块半尺厚的青砖。这条路就是这样的脚印一层一层修筑,并用那汗水和的泥灰勾了缝儿。它的坚固程度是无与伦比的!

我说不清我是第一位在这里垒土屋的祖先的三十几代裔孙,我还不会走就爬上了这条路;还举不动镰刀就到大东洼挖野菜、割草,我是在它上面颠大的。

从什么时候起村东出现了一条河?源头不是山西杏花村,岸上也没栽杏树,可是它的名字却叫杏花河,我故乡那些大字不识的庄稼汉并不缺少诗情。杏花河南北穿越梁邹平原,河水日夜流淌,两岸农田的盐碱由雨水压到地下,随着水脉汇入河里被河水带走,原来的盐碱滩悄悄地变为沃土。这时候在抽匣子地里干活就嫌不透风,不敞亮,闷得慌,长龙似的土堰还占地不少。乡亲们粗砺的手掌搓得迸出火星子:平掉它!冬闲时节,全生产队老老少少呼啦啦出发了,马萧萧,车辚辚,碾得土路轰轰隆隆。我们小孩子冲在头里,骑在堰脊上,抓住枯草喊:驾,驾!大人们却不是玩游戏,他们是在玩命。要将几百年刮起来的碱土一锨锨摊到田里,整平,得掷多少力气?光大车拉土太慢了,精壮劳力一人一辆小推车,篓子都装得像小山,车袢直往肉里勒。姑娘喊着号子抬筐,戴着棉垫子还磨破左右肩。铁蛋正咬着牙推着车子拱土坎儿,车把突然"咔嚓"一声断裂,众人投来羡敬的目光。铁蛋五短身材,车轴汉子,臂膊一块一块肉疙瘩硬得像铁蛋,干起活来不知死活。他早就被本村的一个漂亮姑娘相中,他就是梁邹平原上的白马王子。休息时,女人们委在堰根儿捶背揉膀子,只见大芹还捏着针,在给未婚女婿四喜做的鞋垫子上绣鸳鸯。大芹人高马大,腰粗腿壮,撸锄杠抢镰把,样样敢跟小伙子比试,老人们都说:四喜娃儿有福气啊!乡里择偶就这标准,身板结实、能干活才是好媳妇,娶个花瓶有啥用?我记得,这样苦拼了三四个冬天,那一根根土堰被铲除,平展展的原野上,这条路就是历史遗留下来的唯一的"宏伟建筑"了⋯⋯

我已成长为一匹还未套进车辕、躁得在原野上又蹦又跳的马驹子一样的后生,但却没沿着这条路走下去,我奋力挣脱了它。我是村里为数不多的挣脱它的人中的一个,我儿时的伙伴大都认了命,一辈子推着车子,扛着铁锨、镢头在这条土路上跋涉。但当在外面世界,走过现代化广场的闪闪发光的大理石路,走过五星级宾馆的红地毯路,走过游人如织的江南园林里鹅卵石镶嵌的弯曲小径,走过太多豪华、飘逸、仿佛通向天堂的路之后,我好像才懂得了我村前这条坑坑洼洼的土路,我又返身朝它走来。

在我每年一定回故乡住的这一段日子里,每天我都要踏上这条路,流连忘返。每次来我都抑制不住激动。我走得很慢,在以脚掌为手轻轻抚摸它。我走到南边去看一望无际、生长茂盛的庄稼,从起伏的绿浪里捕捉那黑豚样窜动的脊背;再回首凝望一会儿被雾霭笼罩的村庄,那若隐若现的红瓦白墙,缕缕袅袅升起的炊烟,仔细分辨着那里混杂在一起的狗吠、鸡鸣和孩子的哭叫。这时候,挨近地平线的夕阳吸引我侧过脸,这一瞬的夕阳是最美的,一泓熔金似的鲜亮,又像丹柿一样柔和。它低低地悬着,平原愈加平坦、辽阔。而它红绸缎似的霞光披在一草一木上,更创造了一种全宇宙一片欢腾的动人景象。但是,我的目光却每每落在近处一个夕阳涂红的坟头,凝滞不动。与村子的地盘拓了又拓对应的是墓地也在不断扩大,平土堰的年月老坟都平光了,可新坟又挤满路边的"三角地"。生与死原来就是这样相依存。连接这两个所在的恰是这条路,这条路就是这二者之间的桥梁,好像村人的一生只不过是走完这条路——从村子里起步到墓地停止,就这么短暂,这么平淡。村人尤其是村里的老人们不把活着看得多么了不起,死也不是多么悲伤的事。我参加过给李二爷出殡的全过程,那天送葬的队伍浩浩荡荡,魂幡遮天蔽日,纷扬的纸钱使路面又厚了一层。李二爷当过队长、村长,号召、率领大伙儿平土堰、土坟,打井,挖沟,建窑厂,算得上叱咤风云;

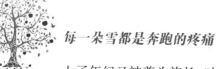

上了年纪又被尊为族长，"执政"期间，曾逼得自由恋爱的小兰投河自尽，在族里享有很高的威望。这是李二爷最后一次走这条路了，全族人该痛不欲生啊，可是我却注意到那高调门的哭声都是用假嗓子唱出来的，人们眼里根本没有泪。甚至刚转入下道，把灵柩放进墓穴，填土还没结束，两个长辈就交头接耳、窃窃私语："死了好，死了就不再受罪了。"瘦子长辈还拿尖尖的下颌指指大路："就不再在这条土路上滚了……"我虽然不能原谅李二爷晚年的愚昧、专横、顽固，但此时此地我却理解不了他们这举动，愤恨地白了一眼。什么东西在眼前一晃，我把目光移开，夕照中的美景立刻驱散了这抹阴影。我继续轻轻迈动步子，走一节，倒回来；倒回来又走一节。这条路就像一个高高的看台，我站在上面，可以尽情地远瞻、近观。傍晚的豆子、谷子、红薯、棉花都不蔫了，活泼、快乐的少儿一般，风翻动它们的叶子，像无数只小手在摇；高粱、玉米俨然英姿飒爽的军人，一个方队跨过，又走来一个方队；鸟儿们花样表演似的掠着庄稼梢头低飞，划出道道优美的弧线，个别懒鸟躲在大树上的巢里，只伸出剪刀似的嘴巴，叽叽喳喳；飞虫们好像在庆祝狂欢节，漫天飞舞，如同撒向空中的红色的小颗粒，煞是好看。我欣赏着这蓬勃、欢畅、自在的大自然的万千生命，深深陶醉了。

在路旁地里劳作的乡亲亲热地和我打招呼，却用奇异的眼神瞧我。我则遗憾他们不扔下农具，来这高高的看台上走一走，欣赏欣赏风景，他们怎么就没有这份雅兴？——我竟渐渐得意忘形了，我忘记了他们的心思哪在这里？况且这条路他们早走厌了，再不愿多走一回。他们出门就是这条路，就连耕地的牛，不用人喝闭着眼打着盹也能慢吞吞地回到圈里；就是那运肥的车，拐拐拉拉咣咣当当也从没错过辙。都麻木了。不，他们痛恨它，狠狠地咒骂它是下地狱的道，是魔鬼抽死人的鞭子；他们眼里还有它的存在？然而另一种情况却例外——电闪雷鸣，风雨大作，农人们被困在屋里，坐立不安，从天上倾下的水柱似乎在捣他们的心肝。雨还没有完全停住，一家家大门洞开，男人们披着蓑衣出来，来到大路上。这里聚了很多人。如果这场雨不大，他们走下大路，顺着田埂到地头，手插入泥土，这边喊："嗬，二指雨！"声调流露出虚惊后的欢喜；那边就有人接茬儿："他娘的，那块黑云彩一眨眼就跑到北乡去了。"听话语得意中有不满足。他们拍拍手上的土，扶直一棵留着风雨的痕迹的秧苗，回到大路上，却不回家，而是东逛逛，西瞅瞅，然后仨一伙，五一堆，谈论谁家的庄稼长得好，谁家地里的草没薅干净，谁家头晌施肥雨下晌就到，天爷爷还不收他的柴油钱……要是地里积了水，庄稼七倒八歪地淹在水里，叶子泡得发了黄，而沟满壕平，地里的水没处排；前方又咋呼青龙山发山水，杏花河暴涨，漫过老石桥了；天却还阴得像黑锅，空气里拧得出水来，他们阻止不了天，又下不去地，只能站在路上观看。这种观看对他们来说是怎样的折磨！路堤上蹲着两溜儿佝着背、垂着头的庄稼人，团团愁苦的浓烟把他们裹住，你一声短叹，我一声长嘘，低沉但却震得耳膜嗡嗡响。农人面对受灾的庄稼的那种绝望，那种死灰一样的面色是可怕的。庄稼是他们的命，从小芽芽钻出土就像喂养宝宝一样侍弄，心甘情愿地为它们当牛做马，做梦梦得最多的就是金灿灿的粮食流进粮囤，可是顷刻间都成水泡泡了，谁能受得了？去年夏天我回老家，正遇上一阵鸡蛋大的冰雹把即将开镰收割的麦子全砸在泥里，看灾情的村人大半天呆立在土路上。女人群里爆发出裂肺断肠的哀号，呼天抢地，疯了一般；汉子们的泪无声地流过嘴角，手里撕扯着麦秆，撕出了血也不觉。在哀号的人群中，我看见大芹姑也来了，她已经是白发老人，腰弯了，拄着拐棍，颤颤巍巍。我还看到铁蛋叔两眼红肿，他是孙子驾着地排车拉来的，他年轻时干活凶，毁了身子，五十多岁就浑身疼，瘫在床上，下了冰雹他吵嚷着要出来看看他的麦子，说不来死不瞑目。我感慨：铁蛋叔、大芹姑这一代人就这么老了，可这方人还是灾后来这里，眼睁睁地看着自己的希望破灭，这条土路还是这么和他们一同疼挛、疼痛着。而梁邹平原上有几个年景是风调雨顺？农人那揣得热乎乎的希望有几回不落空？你就是石头也早被打穿了，揉碎了。但是这条默默不语的土路却以脚印为底片、为文字清楚地记载着，我的父老乡亲一百次被绝望击倒，又一百零一次像泥水里的庄稼棵子，经过痛苦、艰难的挣扎、抗争挺了起来！他们什么都不再怕了，连死都不怕了，淡看了，还有什么能摧折他们活着的信念？他们仍朝朝夕夕、月月年年，不怨天不尤人地从这条路上奔向召唤他们的原野，那无比广大的后土……

大路永在。

哦，古镜一样映现岁月的乡路，磐石一样承载苦难的乡路；突凸的大地的脉管般的乡路，踩得扁却踩不断的藤蔓般的乡路；我心头的一道伤痕似的乡路，我梦中的一弯彩虹似的乡路！乡路，你到底是什么？但不论你是什么，你都时时萦绕在我的情怀，牢牢地把我的心拴在故乡的树桩上。在远离你的这座小城里，我一遍遍、一遍遍登上高楼，向云水迷蒙处寻找你一条扁担、一根草绳似的踪影。突破空间的阻隔，透过时间的烟尘，我看到你了，我看到你了，我看到你正在苍茫的梁邹平原上，缓缓向前伸展……

父亲的华屋情结

1

前年夏天，父亲没有了自己的家——连下三场大雨，老屋旁因邻居几年前挖石灰坑，贮过水，地面下陷，墙脚上方半米高处出现了一道斜长的裂痕，哥哥怕老屋坍塌，说啥也不让父亲再待在里面。六十多年前父亲两手空空地走进这座宅院，六十年后又两手空空地走了出来。

是父亲最先发现那道斜长裂痕的，但随后他异乎寻常地镇静，他只是向我哥说了一声，算是通报，就把它忘在了脑后，好像根本就不曾有这回事儿。他仍如往常，整天一个人在屋里不知拾掇些什么，闲下来时沏上一壶茶细细品，夜里照样轰隆轰隆地打呼噜。哥哥嫂子在他们那边腾出了一间房子，收拾干净，安上床，方桌，桌子底下放了盆兰草，可催了数遍，父亲还没有搬过来的意思。哥哥纳闷，"父亲可是早就……今儿个咋……"

那伙老哥们儿来看望父亲，也劝父亲搬到哥哥家，住儿子家不是正住吗？父亲咧咧嘴笑笑："看咱混到这个份上了……咱哪儿也不去，这把老骨头了，就陪着老屋了。"父亲好像在跟谁较劲。

哥哥硬把父亲的被褥卷成捆儿，夹在腋下，大步流星出了大门。父亲无奈，只好由着哥哥，留下一院子枯黄色的阳光漾在那儿……

2

没有人能说出这座老屋有多少年岁。我问过父亲，父亲干脆说不知道；问我爷爷，我爷爷捋了捋长长的白胡须，眯缝起眼想了一会儿，沉吟着说："我说不准，我打记事儿就有它了……"其实这座老屋并不是爷爷的财产，我爷爷兄弟四个，他上面有个哥哥，我称呼三爷，三爷无后，少牵挂，早年闹灾荒，索性背着包袱下了关东。爷爷给地主当长工，兄弟分家时他分到了五间草房，一个破院落，但他的两个儿子一年年长大成人，大儿子娶了媳妇没处住，就打开那把生锈的铁锁，住进了我三爷的房子。

那是一座很简陋的土坯房，墙脚虽是石头垒的，但才尺半高，上面又砌了两层砖（我们那一带离山不远，好屋的墙脚一般是砖石到窗台）。梁檩也不是好木料，梁好像就是未加工的完整的树干，东间那根裂了条宽宽的缝儿（它正对着炕头，我在炕上睡觉，总感到它张着大口，好像要把我吸进去）。檩条子大多弯不棱登，是那种棍子檩。窗棂是很土气的竖条窗，糊着发黑的毛头纸。木板门笨重得仿佛手脚迟钝的老者，开门关门吱呀呀响。这是梁邹平原上最普通的民居。穷人有个挡风遮雨的窝就不错，还奢望雕梁画栋，斗拱飞檐？但是读小学一年级的我从同学王小强家做完作业回来（王小强他爹土改时分到了地主王歪子的房子），却缠着父亲要四面刻花中间嵌着玻璃的门窗，缠得不耐烦了，父亲拽过我的屁股重重地打了两鞋底。

要说屋子在当时还勉强跟趟儿，院子却不行。那院子太小，东西二间半屋宽（因有三间破东屋，它挡住了一间半北屋），南北三间屋长，南边又有两间草棚堵着。从北屋门口铺了一条砖道通往大门，这条砖道的介入，使切碎了的院子越发狭窄。偏偏院子里长了一棵大枣树，每年都结一筐箩红枣，砍掉吧舍不得，不砍，光它的树头就遮去大半个天井；夏天这树生一种浑身裹满毒刺的虫子，人经树下，若脖梗和光着的膀子、胳膊上落上它，鼓溜溜地肿得像根豆角儿，疼痛难忍；这种虫子脱下的毛沾到衣裳上，穿上发痒，我家洗了衣裳晾晒不得。"别扭死了，别扭死了，这是人住的地方吗？"母亲动不动就嚷。她是多么眼馋别人家的大天井啊，可以在天井里摊柴草，可以在某个角落支一盘石磨，可以开出一块菜地，种两畦葱、蒜、两畦韭菜和辣椒，我中厚大娘家的天井就是这样。但母亲的这个愿望一生也没有实现。她只在梆硬梆硬的墙根儿刨一小遛儿，埋下丝瓜种，千呼万唤，小苗苗歪歪扭扭拱出了头，可母亲无论怎么浇水、施肥，藤蔓还是那么细弱，叶子黄黄的。邻居家送来结下的茄子，或者家里来了亲戚朋友，母亲要炒菜，去大娘家要几棵芫荽，又骂个不停，这是她发泄对这个家的不满和怨恨的好时机。

我却从来没听到父亲这样发泄过，好像他明白他没有这样发泄的资格，他是寄住在这里的，这样的宅子他也没有，在这个村子里他是一个没有宅子的人。他对这座宅子是另一种感情。在大队里负责的他，不大蹲在

家里,但只要有空儿,他就摸起扫帚扫天井,他扫得很仔细,把我们散乱地扔在天井当央的家什摆整齐,墙根的鞋子、斗笠放在窗台上,有时候扫完后还花花搭搭地洒上盆水。砖道上哪块砖松动了,他拿石子挤紧,敷上土。屋顶子每年都得小修,角上的麦秸被大风掀起、树枝磨烂,或哪一片儿被嬉戏的鸟儿踢踏坏,补一补。逾七八年便大修,屋顶全换新麦秸。这天,本家兄弟们,好邻居,还有父亲帮助过的或想求父亲办事的人都来帮忙。有在屋顶匀匀地铺麦草的,有在下面呼哧呼哧推土、和泥的,也有在架子上打闹、说荤话的,父亲都满意。这时候他啥也不用干,只管着备好茶水,端给这个,喊那个接茶碗儿。傍晚,工匠们从屋上下来,撤了架子,洗了手脚,按辈分井然有序地坐在了摆上菜盘、酒杯的条桌前,父亲却还频频扭头欣赏那昏暗的暮色中像金子一样放光的屋顶。照例父亲是要和大家嗷嗷叫着大喝一场的,一是要表达他的谢意,二是他陶醉在了老屋的焕然一新里。这一年修房子,父亲居然为老屋披上了"马褂"——在屋顶"挂"了一圈大红瓦,比一色的麦秸要高出个档次——这在我们这个草庐之家的历史上可具有划时代的意义,称得上是父亲的杰作。很长一段时间,全家人有了一个共同的动作,从外面回来,隔得远远的就抬眼望屋顶的那片艳红……

3

1972年冬天,父母开始商量盖新屋。实际上父母已经费了半年多的脑筋了,只是"盖屋"一词此时才蹦入我混沌的脑海。少不更事的我竟兴奋得睡不着了,打那我留意起父母的交谈。父母又商量了多少个夜晚我记不清了,但记得每次开题,两人先数算一下攒下的钱可买几车石头,怎么赊砖、瓦,苇箔从哪里进,找谁帮工,接下来又数还缺什么,然后就是沉默,沉默之后是两人长短不一的叹息,叹息之后往往是父亲三分胆虚七分果断地说,"这屋不盖是不行了,愁也当不了啥,世上还有过不去的火焰山?"

转过年去,父亲的盖屋计划拉开了序幕,常年不赶集的他赶集去了,回来身后就跟了一辆小驴车,拉着木料;有一回是大马车,卸下来的是五六截一搂粗的树身子。集空里父亲就请木匠来干活,又锯又劈,把买来的木头加工成一架架大梁,一根根檩条。它们从西墙根排过来,天井只剩一条砖道。最后一次赶集,父亲把家里唯一一件值钱的东西——大金鹿牌自行车卖掉了,这是他好不容易托在部队当营长的朋友淘换到的,还没稀罕够。父亲徒步回到家,圪蹴着倚在门框上,皱着眉,大口抽旱烟:用完了这点钱再想啥法儿呢?为节省开支,生产队收了工,父亲就率领着哥哥、姐姐、我,去八九里路以外的大沙河挖沙子,父亲挖,我和姐姐淘,哥哥往车上装。一环一环配合默契,一中午能拉回一地排车。沙子差不多了,又去青龙山上捡山皮——碎石片,将来塞墙脚缝用。我才过门的嫂子也去捡,她的花衣服被风刮起来,像花蝴蝶一样美丽。她和哥哥一组,我和姐姐一组,我们比赛着分头抬着大半筐石片,倒入山脚下的车厢(那"哗"的一声真好听),飞快地返回。车厢平了,父亲驾辕,我们在后面推,高高兴兴地往家走。父亲正值壮年,虽不人高马大,身上也没有一块一块的疙瘩肉,但绷紧的肌纹仍然显示出力量。我们拉了一趟又一趟。青龙山上的石片捡不完,而我们的力气却十分有限。那年春天我因为干活过于卖力,大腿根的淋巴发炎,以致化脓,动手术,刀口迟迟不愈合,害得我做了一学期的瘸子,那道二寸长的疤痕可能是今生中劳动奖励我的唯一的徽章。

农历二月初八正式开工,这是请风水先生看好的吉利日子。一大早我家天井里、大门口站满了人,石匠、瓦匠、壮工、小工、厨子……他们除了带着工具,有的带来二十元钱,有的十元,有的五元,有的扛来半袋子小麦。乡亲们也不富裕,这就是很大的情义,是对父亲母亲在村里与人为善做人的肯定。人们把钱、物交给漾着一脸感激的母亲,跟着父亲上了工地,浩浩荡荡。很快,那里响起清脆而热烈的打击乐声。母亲跑到村头,截住南山里来的豆腐挑子,把两板豆腐搬进饭棚,她要管大家好好地吃顿豆腐菠菜汤。

从砌墙基到板打墙,再到上梁封顶,前后拖拖拉拉经历了二十多天。盖屋对于一个家庭,是几十年不遇的大工程,虽然有叔叔和中厚大爷帮着张罗,可谁也代替不了父亲。要人,要钱,要物,要啥啥得跟上,啥不凑手都耽误事儿。而这些,人还好说,其他的解决起来都得费周折。父亲吃不好,睡不好,他夜里是在工地上和衣而卧,一只眼打盹儿,一只眼照看着施工材料和器物。天一亮又脚不沾地地忙。但他并没有累垮,而且一直处于亢奋状态,风风火火,眼睛布满血丝却炯炯有神。过去村里人都说他精神头大,真是名不虚传。上梁日,一串噼里啪啦的鞭炮和声声欢呼,把建房工程推向高潮,大滴的喜泪落在父亲的衣襟上。而他也像卸了重负一样,轻松中两腿反而发软,他不自觉地晃了两晃,只是谁也没察觉。

七间大北屋平地而起,石头墙基一米多高,红瓦顶子,玻璃门窗,在那

个年月的民居中是入时的。可是父亲母亲没住,他们让我结婚不久的哥哥嫂子在里面安了家。

4

父亲在家休整了三天,睡了三天大觉,用光了的力气又从他的骨骼、肌块里"长"出来。金钱、财物却长不出来。盖这座房子不仅耗尽了家里的积蓄,还借了不少债,背上了债的父亲母亲住在老屋里不再屈得慌。六月里,停了雨没法下地,父亲杀了只鸡,炒了四个菜,把秃叔和顶子叔叫过来。父亲他们喝酒的工夫,哥哥和我在外面掺上麦穰和泥、拌灰。秃叔、顶子叔喝了几杯坐不住了,他们甩开臂膀,泥板像鸟儿的翅膀一样翩飞起来,黄泥、白灰一先一后薄薄地"泥"在墙面上,平整,光亮,好看。父亲母亲就把它当新房子住了。

秋后一个风卷落叶扑树根的傍晚,多年不通音信的三爷突然出现在村头。

我们家一阵惊慌。

父亲赶忙把他三叔迎进家门,母亲煎炸炒炖弄了一大桌菜,哥哥到"东方红"供销社打了一塑料桶邹平老白干。叙离别情,拉家常,直到深夜。原来这两年三爷一天比一天想家,临"老"一定要回来看看。

三爷要回去了,走前这天,父亲请族里的长者来和三爷喝了一下午茶,留下吃饺子,话间有一搭没一搭地说到老屋,临散场,才由瑞林老爷爷点明了题,结果是父亲塞给三爷伍佰元钱,把这座老屋买了下来。

可是父亲还是又生了盖新房的念头。那是十多年以后的1987年。这时候,父亲"既无外债又无内债"了,抽屉里油乎乎的塑料皮本子里躺着张存折了(我家也有了存折!),心就禁不住发痒。大约是中秋节晚上,他到马大嘴家去喝酒,那马大嘴是有名的"晕子",有骆驼不说马,见芝麻就是西瓜,嗓门儿又像大喇叭,加上改革开放以来他儿子搞运输发了财,底气足,他在街南头说话街北头就听得清。他是邀老酒友们为他贺房子的——他盖了一排砖瓦到顶前出厦檐的新房——就更晕了,酒过三巡,他将"喇叭"调到最大音量,大吹他的房子如何如何好,比城里的小别克(他的意思是小别墅)还气派。他脖子一仰,杯底朝了天:"咱知足了!"抹一把嘴:"咱住上新屋了……人这一辈了要是没住过新屋那可白活了,窝囊透了!"我能想象出马大嘴当时的得意样子，我也能想象出他无意中说出的这句话对我父亲的刺激有多大。据在场的人说，父亲听了这话脸色胀得如猪肝，他立刻向马大嘴"敬酒祝贺"，没划拳，没压指，连碰六大杯，谁也不肯当狗熊。末了，父亲醉在了那里，是马大嘴的儿子把他背回来的，一路上他嘴里还冒沫："我也要盖屋，盖小洋楼，超过你马大嘴……"但是第二天醒了酒，父亲真的决定要盖屋，母亲不正眼看他，问："你趁几个钱？"父亲也不看她，说："钱不够，借也盖！"

我家早已不同于从前，哥哥单独立户，有那座新宅；姐姐妹妹出嫁的，在县城上班的，都"飞"了；只有父母住在老屋，小小的院落显得空荡、冷清了。按乡俗，父亲的房子该我继承，但我已在市里娶妻生子，不可能再回去，那么盖了新房将来闲在那里，就不值得。何况眼下父母的生活在村里属上中游，晚年可享点清福，如果盖房拉一腔饥荒，再拼死拼活还债，那就累一辈子了。哥哥对父亲说："爹，你们要是嫌房子旧，就搬到这边来住吧！"父亲不言语，继续做盖房的筹划。他申请的宅基地批下来了，在荷花湾西北角的空场子上，这儿原是生产队的打麦场，很合意。眼看父亲就要动手，哥哥不得已，捎信令我速回。父亲是把吃"皇粮"的儿子高看一眼的，我回去住了一周，他很不情愿地改变了主意。

现在想来，我实在不该阻止父亲盖房，因为这扼杀了父亲一次难得的生命冲动，使他的人生里缺少了本该有的一个壮举，在人前怎么也挺不直腰了。并且断绝了他最后的希望，他永远地失去了盖房的机会，因为那年父亲五十九岁，转眼就年逾花甲，精力和体力眼看着衰退。尤其是没过一年，母亲查出患绝症，父亲的精力和财力都花在了母亲身上。所以那次失而不得的机会的错过，父亲的华屋梦一下子被吹到了遥远的天边……

5

我的村庄坐落在青龙山山脉的龙头山脚下，向北是古老的梁邹平原，美丽的杏花河从村东一里处蜿蜒绕过，哼着一首动听的歌。据史记载，明初这里出现第一座院落，一代一代繁衍生息，房屋向四外蔓延(有的是在废墟上又铺新石)。村子的颜色也由千百年来的土黄、灰黑，慢慢变为粉白里鲜亮着瓦红，再后来白瓷彩釉闪闪烁烁映照一方蓝天。房屋是越盖越漂亮了。近年村里兴起一股盖房热，有钱的盖，没钱的，兄弟姐妹亲戚朋友帮

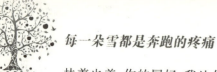

扶着也盖;你的屋好,我比你盖得更好。春节我回到故乡,见我家老屋被一座座华丽的新房子包围,寒碜、丑陋极了。有好友跟我开玩笑,做个匾额挂在门上,上写"李登建故居"或者"李登建文学纪念馆"。我笑对:"那你就投资修缮吧,门票收入归你。"

父亲对村人盖房子的事特关心,谁家正在谋划盖房他早早就知道;谁家的房子落成了,他一准到人家家里去瞧、去瞅;更多的时候是他倒背着手,在人家新房子外面转来转去。这时候他不能干农活了,有的是时间。一天,一向等着我去电话的父亲来了电话,我以为出了什么事,电话线那端却传来:"赵碛子家盖的新屋是锁皮的……方畦子把澡堂子盖到了新屋里……"没几日他又在电话里说:"东坡子家盖屋,从镇上雇的建筑队,盖了三个多月,正堂宽丈八,亮亮堂堂,屋顶圆鼓鼓,跟炮楼子似的,大门跟庙似的……"他边说边一个劲儿咂嘴。我快活地听着,但我只是一般地了解村子里的变化,并没在意父亲的心思,谁想得到他竟又动了盖新屋的心,过了这么多年受马大嘴"羞辱"的那口气竟还如鲠在喉!但,他也知道,老了,有心无力了,没声张,先向水叔(水叔是他无话不说的知己)露了露这个意思。水叔和他说话从不拐弯抹角:"你别不安生了……"

父亲抢起破煤块用的锤子狠狠砸在地上:"要是年轻十岁,我……"

水叔愣怔怔地看着他,好像不认识他,眼前这个咬破嘴唇,牙缝里进出"仇恨"的人,平日老实、善良、厚道、和气得像头老牛啊!

水叔是来看望父亲的,这位好心人过个半月一旬的就来和孤独的父亲天南地北村东村西地扯一通,父亲就乐和两天。可这次他走后,父亲眼里没了光,挂上了拐棍,再不围着人家的新屋转悠,与人说话回避有关房子的话题,早先他和马大嘴吃了饭各人提着个小马扎,一前一后,靠在一堵墙下晒太阳,自此再不见马大嘴,而与老根伯来往多起来,老根伯三个儿子分家时每人抢了一座宅院,爹娘被撵到了村外瓜园的瓜屋子里。父亲三天两头蹭着去那里,好像从这儿他才能找到一点自尊,找到一点安慰……

6

如今,父亲已经老如朽木,他的生命在靠双拐支撑着向着新房屋相反的方向而去,他一辈子没住过好房子,一辈子与荣华富贵无缘。人生不过数十载,干不了几件事,就这样清清贫贫、平平淡淡地过去了,按他的话说,人有啥活头?想起这些我的心就难受,我觉得父亲委实令人同情。2004年秋,当分到一套189平方米的楼房,我首先要做的是把父亲接来。然而父亲并没有我想象的那么欢喜,并且住了很短时间就吆喝"住不惯"——这儿不是他的家,不是他亲手盖的房屋;再者,城里没有他唠嗑的去处,哪像在老家,老头儿们凑一堆一聊就一小晌。就是邻村的人也和他熟(自老屋墙上有了裂痕,父亲轮换着在我哥、姐、妹妹家住),大人孩子从他跟前过都亲热地打招呼。那里才是他的归宿。我只好把他送回去。兄弟多日不见,哥哥不许我走。在老家的这四五天中,我多次注意到,父亲在午前、午后,颤颤巍巍地到院子里"放风"时,就站在梧桐树下,凝望登胜家的二层楼——哥哥的邻居登胜新建了把一座二起小楼,巍峨、壮观,越过哥哥家的院墙就能看到它贴着瓷砖的墙壁和镶着琉璃瓦的顶子——这时父亲总要悲凉地长叹一声,迷离的眼神含着艳羡、惭怍、凄楚、绝望和一丝丝不甘,那样子很是吓人。

　　——父亲还没死心!

铁匠铺的一天

一如上回，铁匠炉支在了于长青宅子外东山墙下。

还是那三个人，六十来岁的老头，他是掌钳的师傅，上锅腰，脸、额头上一层黑麻点儿——长年累月火星儿往上迸所致；他的儿子，一个少言寡语，只会哼哧哼哧抡大锤的铁塔汉子，人们都叫他大憨；大憨的小妹枣花，十六七岁，俊模俊样，只是两腮锈红太重，身板也过于苗壮，她管拉风箱。

这是个铁匠世家，祖祖辈辈靠打铁为生，到他们这里不知是第多少代了，家就住在龙头山那边的大李村，离这儿六七里路。在"割尾巴"的年代，因为家里仅有一堆废铁，穷得叮当响，铁匠炉幸存下来，断断续续生火冒烟；又因仍穷得发红发紫，被准许串乡"为人民服务"。他们每年麦收、秋收前都到我们村"下乡"，中间也常插两回。早晨天还灰蒙蒙的来到，烧完一小推车煤，晚上回去，如活多，第二天再来。

于长青的东山墙下是生产队长派活的地方，上午、下午老槐树上的大钟敲过，社员们都来站一站，领了活走。另外还是"交通要道"，其他生产队下地也由此经过，信息捎过来捎过去。老铁匠肯定经过"地形侦察"才选定这里的。

往往，社员们揉着惺忪的睡眼来领活的时候，发现了已经盘好炉灶、点着火的铁匠铺，不觉喜出望外，立刻蓦回头，回家去拿用坏了的锄镰锨镢等家什。有的拿来一件，有的提来一篮子，都扔在一边，等从坡里收了工，来取新的就是。

成熟的庄稼的香味在田野里弥漫，大团大团地涌向村庄，村子里骚动起来，不要说壮劳力们脉管鼓胀，渴望拼杀一场，就连那些平常不下地的老人、孩子也再坐不住，开始做着收割的准备。这翻滚、飘散的香味同样撩拨着铁匠炉的火苗儿，它一蹿一蹿。很快，埋在炭火里的铁烧得通红，老铁匠持一把长钳夹到铁砧上，右手里的小锤刚发出"当"的一声，儿子大憨的大锤应声砸下来，四溅的火花迸出老远，吓得周围的人慌忙跳开。而砧子跟前这一老一少，却不在乎那纷纷的火星儿，并不是他们扎着羊皮围裙，系着羊皮裹脚,而是铁实在是需要趁热打,一分一秒耽误不得。老铁匠的小锤叫响锤,是指挥棒,他敲哪里大锤砸哪里。小锤叮叮当当,大锤铿铿锵锵,一阵天衣无缝的合奏,铁也凉了,一件器具也打成了,然后浸入水中淬火,"嗞"的一声,算是画上句号。

另一件又已烧好。这是一只镰刀,老铁匠在往炭火里埋时注意看过——对每一件要回炉的铁器他都仔细瞅瞅,在心里琢磨怎么对付它——这只镰刀正是他上次来时打制的,当时那刀片又宽又薄,主人用它砍过多少柴草?才两个月工夫,它就变成了一弯又窄又厚的小月牙,就被土地"吃"光了。老铁匠叹口气,他找了一块好钢,也埋进火堆,嘴里还咕哝着:"得加点钢,没有钢不行。"现在这只镰刀加上了钢,它又锋利如初了,老铁匠的嘴角出现了一丝笑纹。完成一件作品时他脸上的表情就这样。

铁匠和锡匠不同,锡匠的砧子充其量有拳头大小,多数时候随便一块小圆铁就可当砧子用,锤子更是袖珍到了极致,敲起来鸡啄米一般。熟练的锡匠打制锡器就像闹着玩儿,边说笑边做活儿。铁匠这里就粗笨多了,他们的风箱简直像一堵厚厚的墙,砧子如同千年老龟的背,"伙计"的锤子是那种大榔头,这种大锤得抡圆了才好看。铁匠活耗力气,刚打了三五件铁器,大憨身上就冒汗了,他干脆剥下上衣,光着膀子干。这真是一副好体格,胸大肌高高凸起,肱二头肌、三角肌是一块一块的大疙瘩,这排排大疙瘩在他抡大锤时是那么灵活地滚动,仿佛里面嵌了钢珠儿;外面闪着油光,蒙着一片黄晕,又多了一分美感。大憨有的是力气,靠力气吃饭的人嘛,有一句话叫"打铁须得自身硬",好像说的就是大憨。他饭量也大,一顿吃半锅干饭。累了,咕咚咕咚喝一大碗凉开水,力气又鼓满臂膀。不过打一上午,中间他还是要歇一次的,他蹲在老槐树底下抹腋窝的汗,甩那两根特别长的胳膊,结了厚厚硬茧的大手一遍遍揉发木的膀子。这时枣花就上阵了,枣花的差事其实也不轻松,那风箱杆重且涩,一般十几岁的孩子都拉不动,可她抱着木柄往后仰,拉出很长,然后身子往前趴,前胸顶着木柄把它送到底——她用上了全身的力量。是心疼哥哥,还是觉得一个铁匠的女儿是应该能抡大锤的,看到哥哥粗气大喘撑不住了,枣花就过来替哥哥抡两下。枣花抡锤的时候嘴里总是"嗨嗨"地喊,锤抡得越猛,喊声越高,好像这喊声能为她鼓劲儿。那带点野性的喊声很好听,路人听见就驻了足,而这一来,枣花的喊声会更高。

炉火不熄,铁锤就不停地敲,这就好像是他的命,老铁匠除了打两个

每一朵雪都是奔跑的疼痛

铁件，到风口擦擦烂红的眼，弓着腰呕心似的咳嗽、吐一摊痰，一上午不歇歇手。而且他十分投入，他干活时一句话不说，只任手里的响锤叮叮当当，好像他全身心陶醉在了这支锤乐中。他的工作也从来不要别人代替，有时候，一旁的人听着这支锤乐，看着那钢铁的舞蹈，出了神，进而两手发痒，想过来敲打敲打，都叫他推开。就是他的儿子这时也不能摸他的响锤，他对儿子的功夫还信不过，儿子当兵回来，打铁才有几年？他十三四岁，还没有锤把高，就给父亲当帮手，一直到四十多岁，父亲老了，他才熬成了掌钳师傅。这之前，父亲给他讲夹钢的窍门儿，调刃儿时要他留心，粗活也让他试试，但外出干细活还是不把响锤交给他。如今他也是这样，他对儿子说，你要当一个好铁匠，就得先老老实实地抡大锤，别看打铁是力气活，里面有学问哩。马虎不得，马虎不得，祖传的手艺不能断在你手里哩！

傍晌午，枣花到于长青家要一桶水，淘了小米、绿豆倒进锅里，把锅坐在炉子上，擦擦手，照忙不误。等干饭做好了，老铁匠封住炉，枣花端下饭锅，大憨捡来一摞半头砖当座位，爷仨在于长青家的大门过道里吃饭。有时于长青老婆会提来马扎或端一碗菜来。他们和于长青家关系处得很好，于长青家打把刀、接接担杖钩什么的是不收钱的。有一回他们还专门打了一只铁环送给于长青的小儿子，于小猛把青秫秫秸折成"推子"，满街上滚铁环，整整一个星期，我们羡慕得跟在他屁股后面跑。

刚坐下，就有人在背后喊大憨的名字——人们陆续来订活、来算账了。订活的带着旧农具或者一两块废铁，算账的也带着废铁来——用废铁顶钱（很少有支现钱的），乡人习惯这样。大憨扒一口干饭，收下一份。这个走了那个来，大憨的这顿饭被切割得零二八碎。好歹还有枣花，枣花还没吃饱，就把哥哥换了下来。她也学着哥哥的样子，接过废铁，两块对着一敲，掂一掂，再放进荆条篓子。

饭后，炭火噼噼啪啪捅开，老铁匠、大憨往手心吐口唾沫，攥紧了锤把。接下来的这一段是十分精彩的，简直可以当艺术表演来欣赏。这时候，一是他们经过短暂的午休养足了精神；二是村人出工前聚向这里，都来围观，这很重要，有围观的打得才有劲儿。看吧，老铁匠稳稳地站在砧子前，沉默不语，眼皮也不抬一抬，好像根本没看见周围的人，好像他眼里只有炉里的铁（但他脖子上的青筋却绷紧了，呼吸屏住了）。他对面，大憨那架势就如同一个要跳出战壕的勇士。少顷，烧得发了白、淌着火水的铁块被老铁匠迅疾敏捷而又从容不迫地夹上砧顶，而几乎在他那"定音锤"响起的同时,飞来了大憨的大榔头。大憨耍的是那种"满月锤",甩开膀子,"嗖嗖"生风地抡圆,抡出了花,却又砸得那么准,锤锤夯在"要害"处。随着锻打,老铁匠不断移动、翻转铁块,每翻一遍都变换一种形状,像揉面一样,紧揉慢揉,越揉越筋道。眼看揉成团了,却又拉成了条儿,或者把砸扁了的板儿,折叠为四四方方的"盒子",随心所欲,叫人惊讶那坚硬无比的铁在他们手里竟是这般柔软。待这件器具毛坯基本形成,老铁匠的响锤往砧侧一敲,大憨改成弓步半锤,锤只举至肩头,但节奏加快了,锤点密实了。老铁匠的响锤又作出示意,大憨最后用上了点锤,锤距砧子顶多半尺,锤落如雨,这样砸出的铁器表面平整、光滑得像用手抚过。铁匠们尽情地展演着自己的绝技,十八般武艺都拿出来,钢锨、镢镢、伸锄,包括制锄裤、锄钩,甚至见火时刀刃一见水迅速拿出,还是整个儿铁件浸在水里这类技术性很强的环节,都在众人眼皮底下做,他们不怕别人偷了艺去,铁匠的艺没人偷,打铁是世间最苦最累的行当,谁愿意吃这碗饭!

这时候也是他们最快活的时候。

大人们看一会儿,心满意足、啧啧赞叹着下地干活去了,小孩子们却还围着铁匠铺不散,铁匠来打铁这一天是我们的节日。

也有一个大人,准确说是一个小伙儿,比小孩子们更迷恋铁匠铺。铁匠们来的时候,他总是赖上队长,央求分派他到饲养棚——饲养棚和于长青家宅子隔着一条路——去铡草或者起圈、垫土。他时不时从饲养棚遛过来看打铁,抢过大憨的榔头抡一通,尤其乐于帮枣花拉风箱,中午回家吞两口凉干粮就跑来张罗着收废铁,俨然是铁匠铺里的人。直到太阳落山,铁匠们拆了炉,装好车,大憨推,枣花拉,爷仨离开我们村,过了老石桥,他还站在原地,怅然地望着枣花远去的背影。

这个人小名叫铁蛋,王老三的儿子。王老三早年赶马车,从青龙山往县城运石头,不料车闸失灵,连车带人翻进山沟,没了命。三奶奶吃糠咽菜拉扯着他。可到他十五岁,老娘也患脑瘤撒手西去。这时候,铁蛋就真像一个铁蛋到处"滚"了,队里分的粮食少,不够吃,他这家混一顿那家混一顿;草屋漏雨,他这个瓜棚宿一晚那个瓜棚宿一晚。铁蛋不缺心眼儿,一天天长大,夜里睡不着,他就想,我这个铁蛋到底要滚到哪里去呢?

后来,铁蛋认老铁匠当干爹。

后来,铁蛋(倒插门)娶了枣花做媳妇。

后来,铁蛋成了一个地道的铁匠……

天堂里的一个角落

我怎么也想不到在这里会看到这样两间 "房子"——在这座大桥底下,以那种封闭建筑工地用的铁皮瓦,围起了两块方形空地,以上面的桥梁作顶子,就形成了两个大房间,里面挤挤挨挨安了床铺,住着二十多个劳动者。

简陋的铁皮房子与号称"天堂"的现代化都市实在是不协调。好歹,它们静静地待在这个角落,避开了世人的视线,没有谁注意到它。

无处不散发着迷人的气息,这座城市叫我激动不已。我还是第一次来造访它,在这里仅仅逗留一周。在短短一周的时间内,我的眼睛要把它的繁华、气派和美一股脑儿吃掉、消化,无异于蛇吞大象。但我却不甘心。我游窜于名胜景点之间,驻足于摩天高楼群前,在梧桐树搭起的绿色长廊流连忘返。白天飞速而过。这天吃过晚饭我出宾馆走走,路旁停了两溜私家车——人们下班回来了,一尾尾银亮、黑亮的"鱼儿"栖下了,院子里栖满了,不得不往路边排,很长的阵容,蔚为大观。我发现其中不乏宝马、奥迪高档车,雅阁、领驭很平常,最差的也是凯越。这两年私家车在向官车看齐,有了钱,就要大排量、大空间相配套。这是大房子之外的又一"大"追求。这才显示身份、地位。你不能不佩服古人造的"地位"一词,又形象又科学,有地位向来以有地盘为标志,地位高的人占的地盘就多,比如老板除了住豪宅,办公场所也宽敞,开阔的老板桌上几乎能停放一架战斗机。好车里空间都大,这是豪华别墅、老板桌的延伸。官场上自古以来也是官有多大,房子、轿子有多大。底层百姓则住低矮窄巴的小屋,再穷的,上无片瓦、下无立锥之地,更别奢谈车了。从眼前这两溜没有尽头的车上就可见这个城市的消费水平之高。

城市是没有昼夜之分的,而且在某些地方越是夜间越发亢奋。镏金的车漆面上的夕阳刚刚黯淡下去,争芳斗艳的霓虹灯招牌已从商场、酒店、茶馆楼顶、门额升起,光怪陆离,近乎鬼妖。我忽然感觉这一带好像是娱乐区,不对,这里差不多位于市中心,市政府就在这附近呀!可左边一座豪华堂馆的名字分明是"蓝贵人足道",紧接着,又有一家"大亨足浴",气势同样不同凡响。它们对面,"按摩中心"的大字也如旌旗高扬。看来物质财富发达到一定程度,这些东西便不再情愿被冷落在边缘地带,它们正大步向里挺进,堂而皇之地占据城市的心脏部位。这也难怪,追求享受是人的天性嘛。不怕你耻笑,我还从未"光顾"过这种场所。我想象不出里面有多么华贵,多么高雅,多么叫人沉醉,也无心作这种想象。一个精灵的黑影在我面前晃了一下,害怕被那洞开的大口吸进去,匆匆瞥了两眼,我慌忙逃离,顺着小街来到了一条河边。

我就是这时候发现了桥下这两间房子的,它们的简陋、寒碜使我感到异常亲切,刚才的紧张、恐惧顷刻烟消云散——不用再怀疑,我在本质上是属于这个阶层的。我倒满意自己,从青龙山脚下的那个小村庄闯入城市,在城市里转悠了几十年,还没有变成另外一个人。我毫不犹豫地走近小屋,从敞着的柴门我看到里面很热闹,围着小桌子—— 一个水泥预制件上放了块板子——打扑克的,把牌甩得噼啪响,他们背后站了一圈儿,其中有"观棋不语"的"君子",也有左瞅右瞅、悄悄把"机密"泄露给一方的"间谍";被电视——一台十四英寸的老古董黑白电视机——所吸引的,他们随着剧情的进展,人物命运的悲欢离合,时而叹息,时而哗笑;门边这位青年男子则不声不响地躺在床上翻杂志,封面上那丰乳肥臀的女郎正向他投来暧昧的眼神。他们中还有三个女人——这样的环境能生存女人?男人们都光着上身,下身也只是件短裤,有的甚至穿着三角裤头,可看上去三个女人并不在乎,和他们一起玩牌,一起打闹,欢笑声搅在一起——这里已经没有性别的界限。

近乎赤裸的身体使我辨不出他们的具体身份——人的身份很多时候是借助衣着彰显的,是衣着给了人社会属性——但我猜想他们是一帮农民建筑工。不是建筑工,谁有这般匠心和巧手?你看,用胳膊粗的铁管子扎的架子,柳条粗的钢丝把铁皮扣起来,再绑在铁管子上,铁皮瓦底部又抹了一层水泥,整个房子简易而又牢固。唯嫌不足的是还是太小,里面很拥挤。床下都塞满了烂鞋、脏衣服、安全帽等乱七八糟的东西,床顶上搭块木板,纸箱子、蛇皮袋不要命地往上摞,可谓是立体结构,充分利用空间。再加上浓烈的汗酸味、脚臭味、弥漫的烟雾,不难想见有多憋闷。但他们却浑然不觉,玩得那么欢,似乎与在星级宾馆里的享乐并无两样。

我从他们的门前走过去,又走回来——我憎恨我的虚伪,我自以为与

他们是一个阶层的人，在我的作品中也总是义不容辞地充当他们的代言人，可我却不敢进屋和他们交谈，只是走到他们门前时放慢脚步，偷偷向里张望，很受局限地做一点皮毛的观察、了解；还得提防被他们发觉，抢着棍棒冲出来捉拿小毛贼——我就这样一遍遍地走过来走过去。房门前的路是石板铺的——这条河的水道已被石砌的堤岸锁住，堤岸上是石板人行道，人行道往上又是一道河堤。这道河堤对水道来说已全无意义，于是城建部门便将其开辟为沿河花园。花园里好多人，市民们晚饭后都来乘凉、聊天、散步。这时我听到一曲优美的音乐在不远处缥缈，那是我最喜欢的一支歌："月光下的凤尾竹，轻柔啊美丽像绿色的雾，竹楼里的好姑娘，光彩夺目像夜明珠……"我不由得循着歌声挪动步子。在一个大理石地面的圆形小广场上，一些中年人、青年人正在以这支歌的音乐为舞曲跳舞。洁白的衬衫，开屏的纱裙，进退、旋转。男的潇洒，女的优雅。工作一天，晚上来跳跳舞，抖掉一身的疲乏，这是城里人的生活方式，乡下人离它还遥远得很。显然，这里是有情调的，但我却忘不了我的铁皮房子，看完两支舞，便原路返回。河对岸立着三块大石头，上嵌三个红色的大字："运河魂"。运河？运河是从这座城市穿过啊！我怎么才想起它？河流浩浩荡荡，像抻开的宽宽厚厚的布匹。两岸高楼上的灯火投到河面上，河水把它们拉长，仿佛无数盏红灯笼或者烛光。清风徐来，碧波粼粼，烛光、红灯笼被揉碎，满河胭脂红。这条河很古老了，它日夜流淌，它的容颜改变了多少？它载走了什么，又留下了什么？它看到了什么，发出了什么样的呼喊？我在凝视，在谛听，在沉思。

当我回到铁皮房子旁时，有一个女人在离"山墙"二十多米的地方，扶着石栏，对着河水。她身板粗壮，不像来乘凉的城里人，我猜测她是这个集体中的一员，可能受不了屋里的闷热，出来透口气。我试着上前搭话，她回过头来，三十多岁的模样，竟一脸女学生的秀气、文静。由于面朝灯光，她的怯弱、自卑无法掩藏(多亏那光线不强烈)，大概她把我当成了城里的什么官员。她眼睛躲闪着，我问一句她才答一句，多是简单的"是"或"不"，且话语低得如同周围一半只蚊子的哼哼，两手使劲揉搓，没处放。但我的判断还是从她口里得到了证实，他们是从临安农村来的建筑工，正在开发区盖大楼。今天上午我们应邀参观过开发区的，跟随主人登上他们很得意的"城市阳台"，极目远眺，广阔的钱塘江沿岸茂竹似的长出丛丛高楼——你似乎能听见这茂竹拱出土层嗖嗖拔节的声音——崭新的楼群鲜艳明亮，光彩焕发,仿佛这方天地比别处多一轮太阳。在"城市阳台"脚下有一座球形建筑,巨大、巍峨,外表金光闪闪,像是纯金铸成的,讲解员介绍说这座八十层的建筑是一家超星级大酒店。它的南面连着一栋栋款式别致的欧式楼房,那是一个居民小区,小区名字叫"钱塘豪庭"……参观到一半,你就不能不认同主人说的那句话:"我们正在由西湖时代迈向钱塘江时代",你就不能不承认他们打造的人间天堂名不虚传。

在更远的地方,隐隐约约密布着一架架塔吊,它们像一群大鸟,扇动着强劲的翅膀——这座城市还在往远处、高处飞——塔吊下面,无数蚂蚁似的建筑工们在忙碌着。那中间会不会就有铁皮房子里的这帮人?

只聊了一小会儿,难为得要哭的她就借故钻进了铁皮房子。我不好喊住她。我后悔没好意思问她们几个女人住在哪儿,因为我从各个角度观察,都没找到为她们单独隔出来的房间。我实在搞不明白她们怎么对付漫长的夜晚。我曾听说,农村中不少盖屋起院、给儿子定亲、老人生病拉了一腔饥荒的人家,急着挣钱还账,女人就撇了家,跟随男人出来打工,在建筑队干做饭、烧水的差事。队上条件差,没有房住,他们又不舍得花钱出去租房,女人夜里就偎在男人身边,扯根绳子,挂块布挡一挡,和大伙儿混住一屋。都是邻里街坊老少爷们,再说谁也说不准自己哪一天会有这一步,所以都体谅,睁一只眼闭一只眼过去。这是乡村才有的仁厚。其实汉子们本心里也乐得这样,男人堆里没有女人干活还有劲儿?就是只开开那种荤腥的玩笑,过过嘴瘾,也会给他们枯寂的生活添一丝滋味儿。而时间一长,女人也生出了野性,荤的素的什么都不在乎,你蹭我我蹭你,亲热相处,不是一家人胜似一家人了。只是我担心,这个少妇能训练出这难得的野性来吗?她在这个环境里能如鱼得水吗?看她天生那么羞怯,那么自爱,她身上女人的东西还太多太多呀!

一艘货轮从北往南行驶,马达声盖过了铁皮房子里的欢笑。很少见船的我跑过去,那货轮船体很长,不知是什么重载,航道沉陷,凹出深深的沟谷,但柔软的河水仍咬着牙,耸着膀子,默默地扛着它前行,抛下犁犁漂亮的银浪。几百年几千年都保持着这一姿态,这是一条古老大河的风度。货轮驶过"运河魂"三个大字,慢慢模糊不清了,我转回身。但遗憾的是,我再来到这里,他们却已熄灯休息,并且已有隆隆的鼾声骤起,这鼾声先是独奏,很快成了交响乐,那声势,简直可与桥上滚滚车流的高分贝噪音抗衡。这真令在绝对寂静的房间还睡不着,睡眠类似于残酷折磨的我羡慕得不得了。我喟叹，上帝在这事上是公道的，赐予劳动者这么好的睡眠。中午我去逛西湖苏堤就看到这样一幕：游人如织，脚步纷纷，可就在柏油路边，一位老环卫工席地而坐，头埋在膝盖上，安静地睡着了，他的垃圾车无声地停在一旁。这就是他的午休。我又想起我的故乡，父老乡亲在田间小憩，也常常头一着田埂或者一捆玉米秸、麦个儿就入睡，马嘶牛哞、蚊叮虫咬都扰不醒他们。我还清晰地记得他们那不雅的睡相，或鼻孔、嘴巴朝天大张着，或嘴角不住地流口水。还有更奇的，他们站着、走着都耽误不了睡觉，村人都传，我的一个本家大叔有一边推着木轮车赶路一边打盹的本事，到家后把路上做的梦讲给老婆听。但也有人揭他的底，说有一回他连人带车拱进了路侧沟里……啊，我不能想下去，睡眠好是劳动者仅有的"特权"啊，劳作中他们拼出了全身的力气，一旦停下来骨头架子都散了，睡眠才那么香甜，那么美，这是他们用肉体不能承受的劳累、苦痛换来的畅快和幸福！

灯的海洋，灯的高山。缀满宝石、翡翠的灯火的霞帔披在城市肩上，远远近近一派璀璨、明丽、温暖，唯独大桥下暗下来的这个角落准确地标示着夜的深度。我抬腕看看表，我也该回宾馆了。可是我就这样若无其事地走掉、好像什么都没发生过吗？然而不这样我又能做些什么？我能把这铁皮房子搬进宾馆？杜甫"安得广厦千万间，大庇天下寒士俱欢颜"，不也仅是一种美好的愿望吗？我在这里空发这番感慨又有什么用？胸口堵得厉害，两眼一黑，绊了一跤，险些摔倒。

上了桥头，拐入"逸安路"，"蓝贵人足道""大亨足浴"的霓虹灯广告牌愈加像风中的红绸子，疯狂地舞动。它们的停车场上有车开走，又有车驶来，络绎不绝。

这一夜我做了一个又黑又沉的梦，它像一块巨石，压得我喘不过气来。

第二天清晨，我早早起床，跑到河畔，我想再来看看他们——我也说不清为了什么——但已人去房空，他们早奔向工地了，只有铁皮房子寂寞地守在桥下。

晨练是城里人的功课。人们来到沿河花园，打太极拳、舞剑、跑步或者快走。不断有甩着手的福态女人经过铁皮房子门口。

一个中年男子，揉着惺忪的睡眼，手里牵着一条同样慵懒的德国黑贝犬，悠悠地从铁皮房子门前走过……

贰

黄薇散文

【作者简介】

　　黄薇,20世纪60年代末生,四川崇州人。作品散文见于《星星》诗刊、《散文诗》、《青年作家》、《散文诗作家》、《陌生诗刊》、《散文选刊》等各类报刊、杂志。作品入选《2008年度中国散文诗》、《野草诗人三百吟》、《中国当代短诗选》(香港亚洲出版社1992年)、《中国青年探索·爱情诗选》(香港南洋出版社1991年)、《攀枝花诗选》、《艺文语林》等国内多种选本。获攀枝花市第四届、第五届文学艺术奖。2005年起开始散文写作,出版个人散文集《梦着的蝴蝶》,入围攀枝花市"五个一工程"奖。

在钢铁中生活

我是乘着一列火车靠近钢铁的。我要靠近的城市因钢铁的存在而存在。它在阳光中散发着木棉树一样雄性的味道,沉淀着钢铁的气息。还有,一个男人的味道。

我要乘坐的那列火车从漫水湾出发,经过西昌、德昌、米易,然后到达我要去的城市。我常常从夜晚出发,在天亮到达。像周渔的火车。那时候还没有周渔,她飞扬的长发,她的瓷器,她爱上的那个诗人。这样的故事还没有发生,或许在那时已经发生,可是小说家还没有把它写出来。火车载着我的故事,我的生存方式,我的怀疑,我的沉默以及想摆脱掉我工作的小镇的所有夜晚的寂寞,去找一个男人,一个即将要娶我的男人。火车钻进山洞,前方一片黑暗。我看不见时间,他送给我的那只小小的漂亮的石英钟,被我揣进了风衣的兜里,在挤上火车的那一瞬间被一个小偷偷走了。他偷走了我的时间,从那以后,他送给我的所有的礼物,都未能幸免地不是丢失,就是不小心损坏。而我为他添置的衣物,不是不小心留下污渍,就是挂了一个令人惊悚的口子。这是时间当初犯下的错误。

一个人的火车很寂寞,坐久了,在没有厌倦之前,有没有点什么事情呢?周渔说,我只想发生点什么。那是被一个人的舞蹈淹没。小镇在我的身后慢慢远去,但在之前,在坐上火车之前,的确发生过些什么。我是一个容易发生故事的人。一个前来检查工作的男人,检查完了,以各种理由拖着不走,并住在我的房间隔壁的一个单身男人的寝室。夜里,那个单身男人来敲门,说是有人找。我惊悚地看见白天那个五官端正、俊美、身形甚至还有些伟岸的男人坐在一堆啤酒瓶子中间,他的神情有些颓废,看到我,他似乎也没有振作些,只是对我说,今夜没有地方住。我愕然。他看着我的眼睛,问我,今夜我可以住在你的房间吗?我也看着他的眼睛,回答他:不可以。然后,我退出来,我把门从身后掩上了。

第二天,那单身男人告诉我说,白天那个男人后来又喝了许多酒,然后,骑自行车走了。不过,骑了两步,掉进单位食堂门前的阴沟里。最后还

是挣扎着走了。我对这个男人后来的事情，根本、完全没有兴趣，但是，单身男人告诉了我这件事情，使我有了一种复仇般的快意，也使我对那个单身男人有了一丝好感。

小镇只有阴沟，没有舞蹈。而火车很容易让人遗忘掉自己生活中的那些疼痛和挣扎，并将它们远远地丢在身后。我坐着火车走了。几年的时间内，发生了许多在我看来是惊天动地的事情。外表老实巴交一本正经的公司经理携小蜜卷巨款潜逃，这在九十年代初的中国经常发生的故事，也在我们的生活中发生了。我曾经的单位被私人老板收购。那个经理曾经听过我的课。县总工会安排的。尽管他在许多时候是让我想起来感到猥琐的男人，但那时候在单位，他对我寄予了太多的希望，派我和副经理去外地考察，取经，工作先是在办公室，后是财务科。可我还是走了。我后悔我没有给他上过太多的课，那时我每周有两次课，针对单位职工的，都在下午，我总是巴望着快点讲完，然后，提了塑料桶，和一帮年轻人一起去安宁河旁边的小河沟捉黄鳝，网鱼。

我身边的伙伴，一个叫中兴的阳光般的小伙子，随后离开单位，买了辆车跑运输，最后翻车而亡，尸骨不全，剩下他的老母亲孤独地在人世间哭泣。还有一个叫田伟杰的小伙子，少年老成，随后到过我所在的城市，留下过两桶油漆，是样品，后来再也没有来取回。多年后才得知，他摔了一跤，把脑子摔坏了。他没有察觉，随后脑溢血死了。他们都很年轻，二十岁出头，还没有谈过对象，尚不知道爱情的滋味。

而我的一些年轻的女友，一个叫杨云的，在她刚做了母亲不久，就在机砖厂的厂房内弄丢了一条腿。一个叫周艳红的能唱会跳的姑娘，被她的当军人的男友抛弃，嫁给一个陌生人，承包了一座果园，育下两个儿子，然后离婚外出打工。

那个娶了我的男人在一家大型钢铁企业上班，很快，我也来到这家企业，成为一名工人。我穿着蓝色的工装，将长发绾进安全帽内，腰间系上皮带，皮带上吊着电工包，里面有电笔，大大小小的扳手，还有一双雪白的棉线手套。

每当我爬上窄窄的楼梯走进驾驶室，我的心便会"咚咚"狂跳，我用雪白的棉手套擦拭操作盘或驾驶室的玻璃，将它们擦得发亮，将手套擦得乌黑，借此掩饰我在空中俯看地面巨大的隆隆轰鸣着的庞然大物时的不安。三个操作盘同时在我手下运动，大车、小车以及被一根长长的钢绳拴住的钢丝在来来回回的高速运行之后准确地定定地稳在某个目标的上方，等待指吊工的各种指令或挂钩，然后吊运。在空中，我们用磁铁吊将一截截钢坯从火车上装卸下来，然后看着操作工将它们一根根喂进加热炉，我们还可以看到钢坯是怎样经过加热炉变成了一根长长的火龙，然后，经过一组组的轧机，慢慢地变成了一圈圈细长的盘卷。

我要经过半年的学习，才可以出师自己独立上岗操作。一日为师，终身为父。在工厂，师徒关系是一个永恒的永远不可打破的关系，只要你是工人，在车间班组干活，你就得经过学徒这一关。在这里，工种复杂得足以让你眼花缭乱。在这座工厂，我先后有过三个师父。我的第一位师父是位年轻的吊车工，据说她的活干得非常漂亮，细腻、轻、准确、周到。他们说的是她的技术。我跟她两个星期，她就到千山疗养去了。她走后，谁来带我，成了班组争议的话题。谁都争着带我，他们似乎在暗中比试着什么，结果是谁都没有正经地带我。

更衣室就在班组的休息室的隔壁，每个人有一个用铁皮做成的铁柜子。里面用木板分成好几个隔断，最下面的那层放大头鞋和安全帽，中间的那层放工具，最上层放工作服和更换的衣物，还有洗澡的用具，通常都是用一只小塑料桶装着。洗发水、香皂、浴液等。我已习惯在别人面前裸露自己的身体，这是一个比较残酷的过程。在工厂的更衣室、公共的大澡堂，个人的身体已经没有什么秘密可言。

我的到来，据后来的人讲，曾引起过一阵小小的轰动。电工班的人说，我们车间来了一个漂亮的女孩儿。舆论惊动了部分女工，于是吊车班女工更衣间常常是人来人往，女工在下班的时候前来"呼朋引伴"，借机用挑剔严格的眼光将我的脸孔、还有几乎赤裸的身体上上下下来来回回地打量。有人一言不发地走了，也有的人临走前朝着我莫名其妙地丢下一句：我怎么没有觉得有多漂亮呢？

在更衣室，我常常看到我那位年轻的师父将吊车段胖胖的段长的工作鞋拎过来，放在自己的柜子前面，等有空的时候，就拎到外面的简易的水池旁边去洗，可能还有衣服。印象最深的就是那双绿色的男式军用球鞋，还有她显得落落大方实际却并不大方的神色。这一切是那样的暧昧、那样的隐晦，像更衣间的电灯泡散发出来的幽暗的光辉，它在我心中投下了一道长长的影子。

胖胖的段长让年轻的师父交出手里做着的一些事情。比如核算工段

各班的奖金、分发各种福利、给各班写各种各样的先进申报材料，做完这些事情，他总会当着全班的面请我吃饭，让我年轻的师父去食堂选菜，张罗着一切。但他看我的眼神并没有什么特别，总是眯缝着一双笑眼。

天气很快地转凉了，接着就有冬天的气息，在这个城市，冬天和春天交替得很快，你还没有感受到冷气，春天就如约而至了，我也学徒期满，可以独立上岗操作了。

这天是大年三十，我上中班。是我在工厂度过的第一个春节。工友告诉我，要连着四年上四个这样的中班，才可以调过来，才可以在家里吃上年夜饭。那天我们在休息室内就餐，用工厂发给的餐券换回一大堆食物。有卤猪肉、猪手、猪排、猪肚和其他各种炒肉。胖胖的段长也来了，大家喜气洋洋，室内一派祥和，远处传来清晰或不清晰的鞭炮声。那天不上车的人破格喝了一些酒，我也喝了一些，我感觉我的脸很烫，当我感觉我脸很烫的时候，我的脸一定是红扑扑的。酒正酣处，胖段长看着我突然说：我给你说个事。说着就起身向外走去。我跟着他走出去，跟着他走进了隔壁的女更衣室。此时，女更衣室内空无一人，门是大敞开的，他走到一堵衣柜边站着，脸上的表情很严肃，又有些心神不宁。我面对着他，期待着他将要对我说些什么，结果他就说，从明天起，你不用上车了！他的这句话一说完，我的大脑就一片空白。半晌，我听见我在说：我知道我的车还开得不够好，我知道昨天我的钩头老是没有到位，咳……地面的光线太强了，他用的吊线太细了……我又戴着眼镜，车上的玻璃晃着，看不太清楚……那个地面工朝我伸出了一根手指头，可我并没有下去跟他吵，我已经气哭了……是陈霞下去骂了他，说，以后你女儿来顶班，说不定就干咱们这样的活，我叫你牛……与其说我在那儿申辩，不如说我情不自禁地向他诉苦。我还在申辩的当口，他一把将我圈住，然后，在我红扑扑的脸上狠狠地亲了两大口，说，你真傻！然后就若无其事地走出去了。

第二天我没有上车，我躲着师父，不敢看她，找了一个地方待了一整天。我想，我不开车了，那我能做什么呢？我能像我的师父那样给胖段长洗解放鞋吗？想好了以后，就去找胖段长，我告诉他说，我不喜欢待在地面，我要上车。胖段长没有说话，眯缝着眼睛，他的笑容有些冷。我赶紧跑到车上，换下我的工友，并对我的工友说，今天我要一直干到下班，你不用来换我。那天在天车上，远远地我看见，胖段长骑着摩托车走了，后面坐着年轻的师父。许多年以后，我读到了李铁的《工厂上空的雪》，我觉得那样的一

场雪在我的头顶曾经那么忧伤地飘过。

我们向单位借了一间堆放设备的库房安置我们的小家。那里白天有人上班，到下班的时候，我们就用一把硕大的铁锁将大铁门锁上，将我们自己锁在库房里。偶尔可以听到一对迟走的偷欢的男女离开后的锁门声。这个房间离建筑的堡坎很近，终日没有一线阳光可以照进来，进房间必须点亮日光灯。日光灯下，我养了一盆水仙花，这是房间里除了我们之外唯一有生气的东西。数一数，八个花箭，花箭和叶子像蒜苗一样疯长，却开不出一朵花。房间的隔壁是公共厕所，外边是过道，堆放着横七竖八的备件和各种各样的木头箱子以及它们投在过道中的阴影。夜晚，安静得可以听到金沙江的流水声，更多的时候是听到火车从我们居住的地下穿过。火车带着巨大的轰鸣从远方驶来，然后穿过我的身体又向远方驶去。火车的喘息声一次次地载着我对庞大的未来和遥远的事物的渴望奔向远方，远方却以无情的现实将梦迅速粉碎，我看到我的生命正从列车的轰鸣声中一点点地消失。每当夜晚来临准备接下一个夜班的时候，我都会先坐在家里简陋的床上哭泣上一阵子，发上一阵子的呆，然后抹干泪水走出门去。

对未来、前途、命运的恐惧绝不比一吊盘卷的重量轻。

从库房到厂房，需要十分钟的路程。道路七转八拐，如果走捷径，那么都是些坡坡坎坎，拾级而上的梯子随处可见。再走一截路，又可以转到公路上。这一带是城市和乡村的结合部，厂房的周围是一个小小的居民区，这是当初先建设、后生活的结果。公路的右边拐一个弯，就是居民楼，白天的时候，有周围的农民和外边的菜贩会背了菜到楼下来卖，于是就形成了一个小小的菜市场，傍晚的时候又各自散去。除了上班，我走得最远的地方就是这个菜市场。我知道要到外面热闹的街市上去需要坐很久的车，而且这车是一天只有两班。得在早晨十点钟的时候和下午二点钟的时候按时赶车回来。否则就只好坐十元钱的摩托车回家。我不能上街，我知道除了买菜外，我每个月的工资一分钱都不能乱花，我们需要一台电冰箱。没有它，我们几乎买不了鲜肉，鲜肉在这里是一大块一大块卖的，少了人家不卖，怎么央求都不行。要是称上一块至少都得十多斤。

顺着公路一直走，就可以走到我劳作的厂房。这时候已是夜晚十一点多，远处蓝色的、青白色的光，让我备觉孤独，让我对将要去的地方充满了某种戏剧性却又包含着某种宿命的凄凉。深夜的风凉浸浸的，夹杂着铁锈

和煤尘甜腥的味道和路旁某种树叶和青草的芳香，从我单薄的衣服卜面穿过。远在昭觉师范学校教书的女友给我写信，问我：你过得好么？我想，我的生活就是从厂房到家，从家到厂房这短短十分钟的路程，生活中没有意外的惊喜，像一潭死水难以激起一丝波纹。不绝于耳的只有胖段长时不时让我下岗的声音。那几年的时光里，我的心田干涸了，我甚至没有写出过一个字来。我只会写信，而且写得是那样的潦草，我该怎样对她说呢？我说：我的生活一年就是一天！她给我回信，那是一个十分寒冷的地方，在那里，汉人极少。只记得她来信说：要了一个男朋友，但那个人却算计着她的家底，算计着她爸爸妈妈的钱。之后，我们再也没有通信。大概我们知道我们无法拯救，遍体哀凉。

直到七年以后，我才搬到城市的另外一个地方，在稍长的距离内作往复运动。我相信米兰·昆德拉的那句话：生活总在别处。我从一个城市来到另外一个城市，生活并没有发生实质性的改变。

在天车上，我就是这个日夜运转不舍昼夜的庞大的工厂的一个小小的零部件。我就像一枚小小的螺丝一样，沉入钢铁这巨大的黑暗中，它带着我疯狂地运转，我则在它刺耳的轰鸣声中与它冷酷地对视。它一如既往地用各种不同的声响给我死寂般的藐视。后来，我不再去躲它了，和钢铁相比，我很软弱，力量很小。对于它，我好像无能为力，我想到了某些类似命运的东西。

有一天临近中午的时候，我在天车上看见，几乎封闭的厂房屋顶有一道裂开的缝隙，一缕阳光透进来，照射在那些沉默、冷酷的钢铁上。我看着那缕阳光，照射在钢铁的身上，像是把钢铁割开了一道鲜红的伤口。那缕微茫的光亮，开始偏移，越来越靠近我，然后，它开始照射着我的脸和身。我想，我其实还很年轻，青春一定会本能地散发出色彩，正如这缕阳光一样，稍微的一点缝隙，它会坦然地投射进封闭的厂房，散发它本能的光亮。

当那线阳光第二次照在我脸上的时候，我下车去找个子高高的俊瘦的车间主任。我跟他说，我要调离天车岗位了，你放我走吧！我期待着他将我留下，然后，给我换一个其他的工种，随便什么工种都行，只要不再开天车。我想他是可以的，他经常把我借调到车间帮忙，写材料，写宣传稿，还有各种标语。他还让我帮他抄写过五封写给江泽民的信。内容都是一样的，大概意思是说，他家门口种了一些果树，还有葡萄架，但居委会却要求砍掉,他说,他这样情况的人家简直太多了。我誊写得非常工整,字迹也前所未有的漂亮。只是在抄写的过程中想,他怎么把这些信交给江泽民呢?那个娶了我的爱人看我抄这样的信,就说:你这是在做傻事!他为什么叫你抄他自己不抄呢?他为什么不叫别人抄去?是啊,他为什么不自己抄呢?他为什么不叫别人抄去?他信任我吗?

车间主任问我,为什么要走?我说,眼睛看不见,戴了眼镜也看不见。他一遍又一遍地摸他的大背头,在办公室内踱着步,然后下决心说:真舍不得你走,可惜了啊,不过,我这里的确没有什么地方适合你,你还是走吧!他在我的调令上写了两个字:同意。

不管好坏,你愿不愿意,生活还在继续。

我从空中回到地面,没有转身的时间,就一下子沉到地底下,成为一名油泵工。

像大多数工厂一样,我所在工厂大面积的供油系统是在地底下。我从垫满破布、麻袋、草垫的铁梯走下去,像一只四季都需要冬眠的鼹鼠,远离阳光、流动的空气、植物的味道还有人声的喧嚣。事实上,在近似于封闭的厂房里,你似乎永远都听不到人的声音,人的声音像水蒸气,一旦从嘴里飘出来,很快就会被机器没收,刮走,像黑暗吸走了一滴墨,像一阵狂风卷走了一粒沙。在空中,你只看得见手势,听到哨声,天车每制动一下,重物或危险物从设备和人的头顶穿过,尖锐的笛声被我一路拉响,让底下看得见和看不见的安全帽在安全处尽快隐蔽。

在空中倾听钢铁的声音,可以让听觉抵达钢铁的每一条纹路,抵达产生力量的支点在什么地方,同时又像没有抵达。空中传来回声,像不断在隐藏什么,被隐蔽的部分总是让人着迷。这种若即若离的声音,它会使倾听走向不可接近的状态,仿佛后面还有着一个神奇的空间,一个没有疆界的空间。钢铁的声音可以无限扩大,也可以无限缩小,但我更想借助那个神奇的空间,继续行走。

地下空间狭小,拥挤,有一间工作室,有两只硕大的油箱,密布着大大小小错综复杂的供油管道、阀门、电机、油泵。它们发出各种各样令人不安的刺耳的颤声。头顶的红钢像火龙,一只接着一只窜动,挟裹着轧机铿锵的风鸣雷击,"轰轰轰轰……"低沉而雄浑的怒吼无休无止。似一列没有起点也没有终点的火车。

博尔赫斯让虚弱不堪的胡安·达尔曼拾起匕首去迎接战斗,也就是迎

接不可逆转的死亡的时候，他获得了现实的宽广。他用他一贯的语气说道：如果说，达尔曼没有了希望，那么，他也没有了恐惧。

我用一天的时间学会了几年时间内操练着的生存技能，掌握了冷却、介质等毫无发挥的理论知识，并在随后获得了本岗位的技术能手荣誉。

我的师父是位北方人，善良、朴实、敦厚，她具有所有中国妇女的一切美德。在她十几年的工人生涯中，我是她膝下唯一的徒弟，这个关系被我们一直保持到现在。她的丈夫在建厂初期，由于生产工艺落后，一根红钢飞出了既定的轨道，从他的小腿中间穿过，他从此落下残疾，病休在家。春节去师父家拜年的时候，我看见他用古怪的姿势走到大门口，热情得让人想流泪地迎接我的到来。他们育有一女，上高中的她留着男孩子一样的短发，双腿绑上旱冰鞋，在不大的房间的水泥地上，敏捷地从一个房间穿过另一个房间。我看见了父亲的残疾在她的心中留下的阴影。他的疼痛于他的家庭来说，曾经尖锐而辛酸。事实上，像他这样的伤，在工厂是何其的微不足道。我们经常听到有人受伤。或轻伤，或重伤，或者死亡。有人从高空坠地、有人被大面积烧伤，有人被轧机卷入，身体被轧成血肉模糊的肉饼，有的女工失去双手，有的人倒在钢轨下被机车来回碾压，甚至有的人掉入沸腾的钢水中，只化为一缕轻烟。而在他们那个年龄段的工友，没有一个人的腿上或手上没有过烫伤的经历。他们疼痛的呻吟直入骨髓和灵魂，却又被强大的时间和外力所遮蔽，一切都是那样的无声无息，没有人会长久地记得起世界上还有那样的一群人曾经因为机器失去了肢体，甚至生命。我们记得的只有教训。人的生命，在我们一次又一次的安全教育中被提起。这个人是谁，这个生命曾经属于谁，我们根本记不住，记住的只有事故本身。错误的总是人，机器永远沉默不语。而人，最终是承受者和付出者。

这个岗位每班只安排一名操作工，它于我的最大的价值在于我无须与钢铁发生直接的对视，它使我远离恐惧，感到安全。一个人被机器的轰鸣声包围着，却又可以那么的从容安静。机器巨大真切的轰鸣声在头顶响起，回忆却可以在那里穿越一生的各个阶段，梦想的植物是没有深度的。只有来自钢铁之外的雾气轻轻弥漫，像手指一样梳理着我的脸部表情，以及胃中的气息。这时候可以独自站在岸边，寻找那些接近面包感的诗篇，像抓住一盏能够温暖身体内的水的灯一样，随手抓住了分行文字。

先前的感觉回来了。大水漫上高地。一片裹着风的叶独自轻舞去寻找

一片森林。浪尖在地平线上舞蹈，身下就是闪光的大海。

那夜，我替守加热炉液压站，在可怕的让人颤抖的噪声中，写下了我来到这个工厂后的第一首诗。从那天起，我从一首诗中获得了自己。我摆脱掉了让我哀哭不止的谜一般难言的对钢铁的憎恨和眷恋。一个人独处的时候，我长久地注视自己的内心，抚摸与钢铁相处的每一个细节，钢铁就是在我这样的注视中获得了生命力。我在钢铁中看到了我自己。我苏醒。所以我看到了世界。我珍视自己，所以爱这世界，我写作，我痛苦，我爱。钢铁渐渐充实饱满，我被慢慢吮吸至空，我的心紧紧收缩，又变得超乎寻常地坦然。我知道，那是我顺从自己的意愿塑造着我自己。我把痛苦、希望、秘密，把我看到的钢质的美丽，把我能分辨的钢铁从量变到质变的过程、全部的精华和高贵，以及我的狭隘、我的疾病、忍耐、顿悟，输入了那个形象之中，使之丰富充盈。从此，我和钢铁彼此摆脱掉了孤独存在的命运。我与钢铁永远在近处观照，或相互梦见。

事情就是这样。我和爱人之间不再有这样的对话：

"我想回去。"我所指的回去，就是回到原来生活过的地方。

"为什么要回去呢？"

"我在这里没有一个同学、朋友、甚至亲人……"很快我就哭起来。我哭的原因是我不知道我究竟想要什么。我自己说出来的话，我都不知道它是不是就是我想要说的。

"小傻瓜，你怎么可以因为这个原因而不要我了呢？"哭声被他的笑声瓦解。我的心满是悲凉。他是永远也不可能了解我了。这个一直深爱着我的男人。

随着夏日来临，天气一天比一天炎热，地下室闷热起来。我的健康状况一天比一天变得更坏。油箱里的美孚油散发出来的浓烈的味道让我头昏、想吐，回家后也吃不下东西，吃什么吐什么，只能喝白开水。夜晚我将值班室的木桌往外搬动一点，不让它的一端靠近墙壁，在它与墙壁之间的空隙处搭上一块木板，这样，我就可以顺利地躺在木桌上，将腿搁在木板上闭上眼睛小憩，一个小时起来巡视一次。值班室的一条铁质的长椅让给另一位老师傅休息。她会一小时出去一次，爬上陡而窄的铁梯，到更远的地面液压站巡视。铁梯顶端有一扇铁门，夜晚是可以关上的，她每次回来的时候，就在铁门的门角放上一块铁，如果有人查岗，这块铁就可以及时为我们拉响警报，而我们可以在查岗的人走下铁梯的那段时间内

迅速爬起来，正襟危坐。夜里查岗的人可能怕麻烦也很少跨过热气腾腾的轧机光顾到这里。这条长椅因而也就不显山不露水被完整地保留了下来。据说，就在不远处的某处操作室，某车间主任将长椅从中间焊上了几道铁条，表面上是扶手，实则是害怕操作工或其他人跑到那里偷睡。结果有一天就有一位女工因为忘记那里已经焊上了铁条，在没有任何防备的情况下，背着身子猛坐下去，结果把下身撑开了一条口子，送到医院去治疗。

两个月内，我瘦成了皮包骨头。躺在木桌上，头紧挨着值班室那扇小小的窗户，刺耳的声音轰炸着我的神经。我只好一次又一次地将它打开或关上。打开是为了能够时不时地透一透气，关上则可以掩耳盗铃地感到安静。往往是，我起身坐起来，长久地端坐在木桌前读荷马的史诗《伊利亚特》和《奥德赛》，读但丁的《神曲》。我平静地迎来了我的第一个小生命的到来。他来到我的腹中，他投身在他所处的位置上——这不是别人所能置身的位置，也不是谁都可以轻易地将自己的影子投身到大裂谷的阳光深处，在钢铁的丛林中长大，在钢铁的深处萌动思想。每个人，都被上帝所安排，在每个人投身的一刹那开始，那个刹那决定了每个人一生一世出现或置身的地方。荷马投身在遥远的古代，所以他寻找到了史诗《伊利亚特》和《奥德赛》。但丁投身到《神曲》之中去，他用一生短暂的时光一直在寻找着他幻觉中出现的那个女人……现在，零岁的他投身到他的母体中，他告诉我，从投身的那一天起，他就开始倾听他的母语——钢铁的轰鸣……

我一直希望他是他，而不是她。这一直源于我对男性的眷恋。想一想吧！我是从什么时候开始对男性有依恋的呢？从我来到这个人世间，我就开始了对男性的依恋，我依恋的那个男性就是我的父亲。我出生以后，他就在远方与我们遥遥相望。对我来说，他是作为一个符号而存在着的。他是一个词语。为了与他见上一面，三岁那年，我和母亲坐上拉货物的大卡车西行，仿佛穿越了整个冬天。他是多么爱我。他用他的"海鸥"牌照相机为我留下了许多珍贵的黑白瞬间。他在家里为我放电影。他用各种各样透明的颜料画成五颜六色的画，插进一个神秘的黑糊糊的机器里，他告诉我那是幻灯机。幻灯机放出的那些美轮美奂的雪山草地、油菜花梯田童话般地让我屏住了呼吸，他是为我制造无穷无尽幻想的魔法师。之后，我与他离别、再相见、再离别、再相见。这大概就是我眷恋他的原因之所在。在我开始背上书包上学的时候,魔法师又开始了一次一次地离家,一次比一次走得更远。突然间,他又回来了。在回来之后的五年时光里,我,他的女儿,与他最相似的那个人,已经开始了青春的叛逆。我们用最痛苦的方式折磨对方。我们爱着,又相互仇恨着。算起来,魔法师的一生只给了我五年的时间在他的身边,其他的时间,都是用来思念和回忆。

"然而,仅仅是爱一个作为父亲的男人是不够的。这是真理的原则。当我进入这个原则的时候,我已经毫无准备地与男人们往来。每个女人都要与男人交往,这种来来往往的关系——可以在梦乡发生,也可以在现实中发生。"1999年,海男在《为男人写传》中,写下了这段话。那时候,我迷恋她的诗歌和人生才刚刚开始。在这之前,我早已开始了对第二个男人的眷恋,在他娶我之前和之后,我都从未告诉过他:我爱他。但就是这个男人,却让我的容貌和气质变得一天比一天更沉静。

现在,我怀着他的孩子。可面对孩子的降临,他却没有做好做父亲的准备。他一次又一次地离家出差,或者在深夜的办公室里画他那永远也画不完的设计图,那些图纸堆成小山,图纸上密密麻麻的线条和数字让我看起来就头发昏。这些线条和数字很快会变成一座座冰冷的或者血红的钢铁。那是一个钢铁人或者一群钢铁人的热情、理想和梦幻。它们的存在,是我们欢乐的理由,奋斗的动力。

我的身体见红了,却独自一人一次又一次地出入医院。医生告诉我说:孩子的情况不妙,你需要很好的休息。

雨飘起来了。冰冷的利器刺入我的身体。我的身体发出尖叫,泪水从我的两鬓流进头发。我有一个强烈的预感,我不会再有孩子了,一辈子不想再要孩子。没有一个孩子,会比得上这个才两个多月就夭折的孩子在我生命中的分量。在整个盛夏,我经历了彻夜不眠。我比睡眠苏醒得更早。我在一个人的山峦,向更远方的山峦眺望。我知道我现在置身的远方不是我的远方,也不是我的未来,而是我的那些痛苦而又无奈岁月的唯一见证。

钢铁的声音渐渐远去,火车的尖鸣却再次从我的身体里拉响。我知道,总有一天,我会坐着火车再次出发,向着不知道的远方。

淡淡的浮云,几颗寒星挂在天边,多么像一个人整整的一生。我没有动,还是原来的姿势。几年后,我在我的个人简历上写下了以下几行字:某年某月,天车工;某年某月,油泵工;某年某月,样板钳工。

一个陌生的声音飘来,很像世界上另一个方向的声音,充满真情和苦心。

"我把明天的事情像灯盏举过头顶/我感到四肢虚无/明天的事情在幽暗的花园里/走个不停/明媚,像寒冷的铁片/我听到风吹铁片的声音/明天的事情像风吹铁片/寒冷,吉祥/呈现更多的山峦/我把明天的事情举过头顶/像灯盏,充满圣洁的照耀/而夜晚,远在千里之外/千里之外的平原上走着我的兄弟/整个冬天,他们无法安睡/而明天的事情像星子照耀/我的周围/许多鸟停止了飞翔/许多村庄被最后的春雨/覆盖/我举起明天的事情,明媚地奔跑/并在河边,洗我冬天的衣衫/我感到上游正动情地波动着/明天遥远的歌谣/明天的事情照耀我肮脏的小脸/风吹衣衫/我继续朝前奔跑/我感到黄昏的风声无法平息/黄昏的风声/吹落我梦中的鸟或星光。"

这首诗仿佛就是为我而写的,我记得作者是一个叫曾蒙的人。我希望出现奇迹,让我碰见这位诗人,或者碰见像他那样的理解人心的人。风吹衣衫,我继续朝前奔跑,黄昏的风声无法平息。我知道,或许,他的出现,早晚有一天能解救我对成长的恐惧、焦虑与翘望。就在那一天,我才突然明白,我饥渴得要不停地寻找远方,那个远方其实是一个意象。或许是我生命中缺失的父爱。或许是一段能够包裹我的爱情。这个爱情既是父亲又是丈夫又是情人,他足以安慰我,包容我,启示我,珍爱我,怜惜我,又亲密得能与我平等交流情感。那个夜晚,大片大片的月光灿烂地垂直泻下。站在远离白天的路口,我听见时光的钟声四面环响。这时,远山就巍峨地矗立在我正凝望的那个远方。远山上的天空,因为我的凝望而高远晴朗。

秋天就那样来了,我的爱情在秋天开始。那是一个来自远方的灼热目光和温暖的声音。那是漂流在钢铁之上的更远方的一条河流。我坐着上班的通勤车,手扶栏杆,回味着与他的相逢。我知道我在乎与他的相遇,我在乎这样的相遇已经很久了。奥赛罗重见到他的丝特蒙拉时说道:"假如现在就是死的时候,它也是最幸福的时候,因为我害怕我的灵魂此刻享有如此绝对的满足,所以在未来的未知命运里将不再有像这样的安慰了。"有一个声音在我的耳边清晰地告诉我:他就是一片海,他就是我的远方。他可以给我春暖花开的幸福。我看不见他的面容,只听得见他的声音,我从他的声音中想象他的面容和一条河流的深度。此时,我对他的所有倾诉,我对他的所有的抒写,钢铁永远在做着旁注,它无处不在,它是我在其中熔炼忧伤和多愁善感,赞叹钢铁事业光荣与梦想的母语世界,它让我从裂谷的山岗中脱颖而出,并以金色耀眼的色彩出现在他所有的想象中。

他是一个足够可以做我父亲的人。我不是他的情人,也不是他的爱人。时空的交错没有为我们提供情欲的空间。我们没有肌肤之亲,唇齿之交,我们仅仅用语言和思想相互抚慰。然而,当我们之间说出那个字的时候,我们已经意识到,我们已经在开始告别。我们在一起时,总会感到悲哀。我指的在一起,只是漫长的交谈,除了这个,我们没有别的浪漫的范畴。疑问化为两条相隔万里的两条河流上的乌云,颠覆着我们的道德、良知和情感及一切追问。现实告诉我们,我们不可以相爱,我们不可以投入到爱的结局中去。这时,我又再次想起了周渔,想起了周渔和她的火车。她的瓷器。她爱的那个诗人。是诗本身还是人本身呢?我喜欢她的故事中展现人情感激昂的本身的同时更喜欢着那些纠缠着骚扰着人物质疼痛本身的琐屑。它是生活的本质。是我们的生活。人生绝望的一次相遇,要多遥远的距离,要多长的时间,才可以看到手心里生命的奥秘呢?我想起了《魂断蓝桥》,我看见玛拉迎着开着的火车走过去,是一种无法回到原来的地方的绝望和哀伤。

我无法哭出来,因为我想哭的时候,其实我们已经在告别。于是,我们一次又一次地告别,相互从彼此的生活中消失。两个月,半年,甚至更久。而每一次召唤他的理由,总要从钢铁开始。而他每一次询问我的理由,也总是从钢铁开始。我告诉他:工厂出了重大事故,一天夜里,生产现场发生了爆炸,我的工友一死一伤;工厂一天比一天不景气,没有生产原料,我们的生产已陷于停停打打;工厂可能要解散,我可能不再干我现在干着的工作。这些日常的、但又可以冒充于我来说是天大的事情,可以使我们在平静的交谈中掩盖惊涛骇浪般的心境和忧伤。然后,我们又告诉自己,一定要永远地告别。告别了几十次以后,那一次他告诉我说,他成家了。这确实是一场坚决的告别!

那一夜,我披衣起床,给他发了最后的一个短信:我的工友从我工作着的楼房上空跳下去了。我们无法知道他的决绝和哀伤。西部的落后,钢铁的坚硬,时空的阻隔,一一灼痛我的心。你再也不能听我的歌哭了!

就这样,他从我的生活中永远消失了。但我知道,他已牵着我的手穿

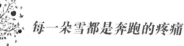

越了一生,我在他的目光的注视下,在钢铁的丛林中穿越了生死、痛苦、焦虑、未来、前途与命运。我的手掌已留下了他温热的指纹,那是以不可以被时间所剥离而去的温馨方式永远地存在着。我还将独自在钢铁中生活,但我已不会再有痛苦。我生活在钢铁的一道道阴影中,当然,更多的是钢铁的光芒中。

在样板室,我只需要事先在电脑上将我要切割的铁片的样子设计出来,然后,对一台机床按下各种指令。机床上,钼丝"嗞嗞"作响,冷却液浇注下来,小小的火光闪动。钼丝走着它复杂的路线,最后,一块样板切割出来。样板室外,磨床发出"嘶嘶"的响声,样板被磨工紧紧地攥在手里,测试着轧辊的精度。我就是工厂的第一道工序,样板切割的精度决定了随后轧辊的精度及产品的质量。我长久地注视着切割中的铁,我知道,此时的它是柔软的、脆弱的,是孤独的,沉默的。同时,它又是美丽的,是一种叫人从心底发出赞叹的刚柔相济的物体。

在家里,我仍然被惊醒。夜晚的电话铃声就是工厂机器故障拉响的警报。精轧机坏了。接手断了。钩式运输机不能运行了。身边的人披衣起床,电话一个接着一个,把分散在城市每一个角落的梦中人逐一叫醒,然后,以最快的速度奔进工厂。无论再大的雨。无论再寒冷的夜。身边人离家时那咚咚的脚步声敲击着夜的空寂和钢铁在不远处的焦灼和等待。他们与桀骜的机器搏斗,将它们庞大的肢体一一解体、清理、修复、组装。钢铁与他们通宵未眠。今夜无人入睡。最后,机器在他们有力的臂膀和不知疲倦的劳作中重新变得温驯起来,以最欢快的歌声赞美辛勤的劳动。当炉火再次为工厂灿烂的希冀冒起歌唱的火焰,亮堂的不止是一双双眼睛,而且是春花般盛开的钢铁理想。有谁能够从炉腔中探出钢铁的深度?只有钢铁汉子,只有通过他们沾满油污的脸和粗糙的双手,我们才知道钢铁的深度,与我们的生活质量同等。

钢铁就是这样不断地侵袭着我们的肉体、灵魂、理想、梦幻。在铁质的火焰中,我懂得了钢铁的全部意义。钢铁在大地之上,在精神之上,在我们的家与爱情之上。一些人为它奉献毕生,一些人为它奉献生命。在钢铁的身体里,有无数的血液在为它流淌。就是这样的钢铁,从火与热的洗礼中诞生,然后归于高贵和不朽。

炉火越来越红。钢铁疯长的日子里,我远离了车间。我听到的是钢铁的另一种声音。更多的声音已经埋藏在肉体之中,甚至更深处,在那里,它们穿越心灵所有的狭隘、跨过精神的全部阻碍,以思想的反光昭示它们的存在,并在我的手指和文字中凝聚。从那以后,我写得最多的就是钢铁。我的工作就是抒写与钢铁密不可分的事物。在我写它的时候,曾经是让我痛苦抑或快乐的表达。那是我最深情的凝视,也是我最深情的回眸。面对这些精工细作的钢铁,我知道,一些人的脊梁,比眼前的钢铁还要坚硬。十年间,我个人微小的写作与这个庞大的钢铁之间有着千丝万缕的联系,从班组到机关,我的成长历程见证了一群钢铁人的情怀、良知与胸襟,见证了钢铁的锤炼过程。见证了炼铁也炼人的全部的悲壮与豪迈,艰辛与血泪,光荣与梦想。成捆成卷的钢铁像飞翔的鸟儿,从头顶飞过。钢铁那坚韧的羽翼,辽阔的美丽已撼动所有的目光。

2007 年 8 月

养猫记

麻 猫

这是一个十分安静的家庭。这家的父亲是一个中学教师,每天除了上课、吃饭,总是待在他的书房兼卧室再兼客厅的房间里埋头备课,批改作文,或者看书写作。教书是他的正经职业,写作是他生活的另一部分。这家的母亲在学校的后勤部门工作,她美丽、恬静、任劳任怨、不声不响地操持着家中大大小小的事务,像一只被生活抽打着的陀螺。这家的小女儿性格倔强、顽皮,尚在读高中。像所有学校子弟一样,被一种假象的骄傲孤立着。因为小女儿活动的空间,便是在校园内,她走出家几步路就是教室,放学后几步路便走回家中。少了上学路上说悄悄话的玩伴,她只好待在家里看书。

这是一个寒冷的冬天。这家的大女儿从离县城不远的中专回家了。每两个月她都要从学校回到家中,取她读书所需的生活费。生活费并不多,母亲叫她省着花,她很听话。因为离家不远,她母亲便不给她寄钱,让她每两个月回一次家。于是她便在最冷的一个星期天回到了家中。

这一次回家她发现家里竟然多了一个小动物——一只仅有几寸长的小花猫。这家的大女儿少言寡语,她那双美丽的大眼睛总是显得那么的忧郁和多愁善感。当她看到这只猫后,眼神里便流露出一丝好奇,她在想,究竟是谁把它带回家的呢。这只猫长得并不好看,羸弱的身体、稀薄的毛发、细长的尾巴,毛色更无可取之处。一看就是一只来自乡村的灰黄相间的杂色猫。

原来是这家的父亲一次偶然上街碰到的。这家的父亲很少上街买菜,偶尔为之,便有了强烈的购物欲望,在购买一农妇的菜时,竟连菜带猫一起买回来了。那是农妇卖剩下的最后一只猫,孤单单地在冷风中打着抖,这家的父亲见着可怜,便抱回来了。回家时小猫眼睛周围满是眼

養貓記

屎,走路摇晃个不停。邻居刘启寿是个热心人,每次去上课时与这家的父亲碰面,总忘不了关切地问一声:"眼镜,你那只猫死没有哟?"咳,哪有这样问人的哟!

死自然是没死,长得倒是越来越精神了。这家的大女儿和小女儿都是心特别慈的人,见了小动物哪有不爱的道理,虽然丑是丑点,还是立即喜欢上了她。小女儿给她取了一个名字,就唤做咪咪。大女儿呢却更看重她的品格,说,这是一只仁义的猫,有个性,有特立独行的品格。来到这个家后,大女儿发现她不肯轻易地向人邀宠,也不随便感谢人对她的好意。白天全家人各自忙碌的时候,她便跑到阳台上的兰草丛中流连忘返,仿佛在对兰草进行热烈的鉴赏。好像她早知道这些盆栽的兰草是这家的父亲、大女儿还有小女儿在有一年的春节攀上对面陡峭的山崖上挖回来的,因此,它不时地凑上前去伸出小巴掌拍打着花叶,仿佛在说:兰草么,我也喜欢。更多的时候,她就趴在兰草丛中,独自凝视着一个地方,似乎不太愿意那么快地忘记她的母亲以及兄弟姐妹们。虽然这家的男主人收留了她,这家的女主人精心饲养了她,可她却一点都没有对谁表现出特别的亲热来。尤其是这家的大女儿回家后第一件事就去抱她,她开始十分安静地眯起眼睛享受她怀抱的温暖,似在十分礼貌地忍受着让她感到陌生的温情,她似乎并不太喜欢这样过分的亲热方式,那样的亲热让她感到无所适从,于是过不了几分钟,她便要挣扎着离开她的怀抱。当大女儿十分遗憾地看着她离去的身影时,她便装着饥饿的样子跑到饭盆旁边,闻闻她吃剩下的饭菜,或者干脆双"手"抱住木茶几的腿,开始她的鏖爪运动。她后腿挂地,前爪抱起木腿,"咯咯咯"地挠着,对她那副小小的爪子认真地、努力地磨砺着,那茶几的木腿便显出些小小的坑洼来,她一边挠,一边打量着大女儿,看她的表情里面是否有赞许的成分在里面。她当然要挠爪子了,不挠爪子又怎么能够去攻击目标呢?她是在看她的态度,因为她的男主人、女主人还有小女儿都没有谁提出来过要给她剪去指甲,像有些养猫人家做的那样。他们谁也没有为她去势,这家的人愿意让她自然地活着。在咪咪的整个鏖爪过程中,大女儿窥见了她血液中原始的野性。于是大女儿对她的母亲说:"这是一只要抓耗子的猫。"

当咪咪经过认真慎重的观察与思考,认定这确是一家真心待她的好人,她便盼望着全家的和睦相处,反对各行其是。因为在平时,只有女主人一个人边织毛线边看电视,男主人则永远背对着电视,在书案上写写画

43

画，一直要到夜很深了才吹灯安歇，永远都不知道什么是疲倦。小女儿呢则把她的小囡房的门一关，专心地复习她的功课。只有星期六晚上是全家看电视的时刻，这永远让她无比激动。要是正巧碰上大女儿回来了，全家在一起的话就便多了。话多的自然是小女儿，她对电影明星的熟悉的程度令她感到惊讶，她可以毫不费劲地说出电视中某个外国女演员或某个男演员那一长串绕嘴口的名字，还能说出这些电影明星的生平和逸事来，要是电视画面不巧出现了什么飞机呀、坦克呀什么的，小女儿便能根据画面把当前全世界的作战武器分门别类地进行介绍，她的喋喋不休使人怀疑她是电视解说家什么的，没有她找不到的话题，有时候大家听她讲得津津有味，有时候大家又不耐烦地挥手，做出要把她赶走的样子。这一时刻当然是咪咪最盼望的时刻了。这时候她无限欣慰地选择好自己的位子——男主人的靠着大半面墙壁的书橱的最顶端，从上面从始至终地眯起眼睛来俯视着全家的一举一动。

待咪咪长大些的时候，大女儿也放寒假回家了。这时她已不太喜欢老是待在家里陪着她们看电视了。她的活动空间早已扩大到了门外。瞧，一楼的楼梯角下就堆放着好多的柴火，还有邻近的楼房的楼道里也同样堆放着柴火。这些老师的家里除了烧电外，还在厨房打了柴灶来炒菜做饭，因此柴火是必不可少的。这也为她出去"抓猎"提供了宝贵的空间。在她们看电视的当儿，她便在门口轻轻地小声地"喵喵"叫唤两声，女主人或小女儿便起身去给她开门，她连看都不看她们一眼，轻捷地转身就下楼去了。直到她们看完了电视喊她回家。

咪咪觉得她们唤她回去的时刻是最幸福的时刻，也是最恼人的时刻。她们会"咪咪咪咪"地一直唤个不停，明知道她不可能走远，就在附近，可她们听不到她的答应誓不罢休。她幸福地躲在角落里听着她们来来回回的脚步声，有时候一感动就"咪"出了声，听到她微弱的回答，她们便说："好了咪咪，不抓耗子了，咱回家吧！"于是咪咪便很听话地随她们回家了。她很会找台阶下：不是我不抓耗子哟，是你们硬要喊我回来的。于是在她们还没有走回家之前，她已抢先几步窜进门，跑到饭盆边津津有味地吃起来了。有时候，她又不想理她们，觉得她们打扰了她的正事。没瞧见我在这里埋伏了好久吗？"敌人"马上就要出现了，"嘘！别出声……"

等到这家的大女儿快中专毕业的时候，咪咪已经做母亲了。这天这家的大女儿又回家了。她看到咪咪的四个儿女后非常地开心。她的四个儿女有两只全身黑毛,只有四只爪子是白毛。还有两只花色也十分地好看。可大女儿只待了一天,晚上就走了。等到大女儿毕业回到家里,已是猫去楼空。咪咪全家跟她竟连告别都没有过就走了。

这家的母亲和小女儿便一五一十地把咪咪全家的不幸告诉了大女儿。原来一位邻居得知咪咪生了崽崽,便热情地领养了一只。没想到小猫崽去了以后便精神不振,这家的母亲认为猫崽崽是奶水吃少了,于是便又叫邻居将猫崽崽送回来再养几天。没想到以前这家邻居养过猫,这家的猫是得瘟疫莫名其妙地死掉的。死后没有将猫的饭盆、猫的褥子和枕头认真进行消毒,就拿来给猫崽崽用,结果可想而知,咪咪全家都传染上了瘟疫,相继死去。就连咪咪也没有逃过这一劫。临死前,咪咪拼命地往灶炉下面钻,下面可是又黑又脏的灶灰呀!这家的女主人知道咪咪要去了,却不想让人看到她死的样子,所以才拼命地躲藏起来,她这是要保持她的尊严啊。看到咪咪将死的惨相,这家的女主人流着泪把拼命挣扎的咪咪拽出来抱在怀里,咪咪便不再挣扎,任凭她抱着,可咪咪一直坚持着舍不得闭上眼睛,因为那时这家的男主人恰好有两节语文课要上,咪咪便坚持着等着他回来,直到楼梯口传来这家男主人回家的脚步声,咪咪才闭上眼睛。男主人回家听说后唏嘘不已,便和小女儿一起将咪咪全家掩埋在学校的后操场上。

小女儿说,她和父亲一道烧了好多的纸鱼给咪咪全家。

花 猫

有了养猫的经历,这一家从此便一发不可收拾地养起猫来了。想不养都由不得你。咪咪全家死后,那个邻居便不知从哪儿弄来了一只猫,坚持着一定要抱来给这家养,以表示歉意。这家人刚失去了咪咪全家,感情上正好出现了空白,需要一只咪咪来填空,再加之不好拂了人家的好意,于是就收养了这只猫。

小女儿还是给他取了一个名,又唤做咪咪。咪咪初来乍到就以他的娇憨博得了全家的好感。虽不是名贵的波斯品种,却体态圆润娇小,毛色十分地出众,全身的底色是白毛外,背上还有两团拳头一样大的可爱的黑色斑点,鼻梁和嘴唇相接的地方也长了一小块黑色的斑点,初看别扭,看久了觉得滑稽可爱。到这家后，他就没有一点生疏的感觉，自然熟，仿佛他本身就是这家中当之无愧的一员。他最拿手的本领就是自己把自己摔倒在地，胸膛里还会发出一声"噢"的声音，接着便在地上打几个滚，他摔得忠实、摔得无所顾忌，他故意用自己的憨态来引起全家高兴，仿佛在说，别想那只咪咪了，我不比她差哦。把自己摔倒在地几乎是随时随地的表演，当主人下楼去散步聊天时，他便抢先一步跑到主人的前面，在楼梯拐角处把自己摔倒，打两个滚，然后又慌慌张张地往下跑，接着在主人到来之前又在第二个楼梯口把自己摔倒，接着打几个滚，如此这般，已让大小主人高兴得合不拢嘴。

当咪咪确认自己就是这家庭当之无愧的一员的时候，便对新鲜事物表示出了特别大的好奇和兴奋。尤其对篮子里的各种蔬菜表示出了极大的热情，当这家的母亲在厨房择菜时，他便会凑上前去，用小巴掌拍打菜叶，像在说，芹菜么，我对这味道可不讨厌，不过我最喜欢吃的还是煮苞谷。咪咪吃苞谷的样子十分可爱，他用一只"手"撑住苞谷，龇着牙连咬带啃地品尝着眼前的美味佳肴，常常是把苞谷吃得坑坑洼洼的，地上也掉了好多的苞谷粒，他全然不顾，奋力地完成他的高难度的啃咬动作。哦，能把苞谷啃得这么干净，已经是很不简单了。

咪咪最大兴趣还是看女主人织毛衣。在这一点上让人常常怀疑到他的性别。他蹲在女主人的面前，无比虔诚看着针线在女主人指间来回穿梭。篮子里的线团随着女主人手指的舞动，在一点一点地旋转、滚动。咪咪看着看着突然显出一脸的紧张来。他盯住蠕动的线团，忽而蹑手蹑脚地向前逼进，忽而又一步一步地向后退却，然后一个急转身趴在地上一动不动地盯着前方，在女主人和线团之间做了来回的审视研究之后，猛扑过去，抱住了线团，哈！别看你神气活现，我还是抓到了你！这一次的体验让咪咪无比的激动，于是他开始把线团抓起来抛在地上，然后，前进、后退，将线团扒拉得满地打滚，他也随着线团的运动满地打起滚来，心里想，织毛线么，我也会，看我的！

从这家的阳台向下看是围墙外的另一所小学校的宿舍和操场，越过这所学校往远处看，对门是一座头顶圆润别致、坡峰线条峻峭的大山，据说当地的电视转播台就设在那山顶上，那山顶的更高更远处，仍是如黛的青山。夏日的黄昏，站在阳台上，可以闻到远处乡村的田野里散发出来的泥土的馨香，可以听到远处的安宁河水绕城而过时哗哗的流水声。这家的大女儿往往在这个时候喜欢望着远方的山出神，清风徐徐吹着她瀑布般的秀发，直到山顶上亮起了灯火，直到天边升起了一颗两颗的星子。大女儿就这样不出声地望着，似在向着远方倾诉内心的秘密，不知道是在倾诉对这片土地的眷恋，还是对一种全新生活的憧憬。咪咪喜欢在这样的时刻跃上后阳台，在兰草丛中静静地凝望着他不可知道的远方，他坐得沉稳、望得专注、听得仔细，当夜色模糊了远方的乡村、山脉，送来一些似有似无的声音的时候，咪咪仿佛觉得此时此刻大女儿心中的秘密就是他的秘密。因为一个共同的秘密，他们一起守望着同一个夜色。但是，她却没有注意到他的存在，他想，就算他同她一起望上一百年，她也不会注意到他吧，这让咪咪多少有那么一点伤感。

于是咪咪的活动范围在不知不觉中扩展了。因为他不再是一只调皮的小花猫。他长成了英俊的小伙子。每天他仍然要打着滚儿随着主人下楼去，但是，却不再打着滚儿随主人一起回家了。有时候主人回家好半天不见了咪咪，便会在夜色中的校园里到处唤他。为此他感到心满意足，因为在这个时候他才感觉到他在主人心中有多重要，他往往会跑过天桥，穿过一排排整齐的教学楼，横过一大块球场的时候他会在心里说："这儿我来过！"他知道放学后或者体育课的时候会有好多的学生在这里进行体育活动，当然，这里的水泥地不是他喜欢待的地方，他喜欢来到空旷的后操场，那是一个有足球场那么大的一个操场，操场上长着浅浅的青草，操场的周围载满了桉树，他听见大女儿对她妈妈说过，这些树是以前大女儿在这里读书的时候在某个植树节栽下的。如今那些桉树已经长得很高很高了，在夜色里便是一片黑黢黢的影子。他喜欢在青草地的黑影下徘徊，直到他听到远处传来呼喊他的声音。那由远而近的声音使他激动，他常常会忍不住朝那声音跑去，当那声音停下来的时候，他便又撒腿跑开了，如此反复，直到那声音变得严厉起来，他才停止了兴奋的奔跑，在地上打起滚来。

有一天，他发现那黑影下面的围墙根儿有一个洞，他于是便随着洞口钻了出去，哇，原来这围墙的外面竟是一片农民的菜地，空气里满是泥土的清香。这味道他似乎在那里闻到过。嗯，是在后阳台上。于是咪咪想，这片菜地一定连着那远方的村庄和黛色的山脉，那是他和大女儿共同的秘密。于是他便在夜色中出发了。

第二天，太阳暖洋洋地照在他的脸上，照得他睁不开眼睛。他听见了

47

唤他的声音,这声音使他激动,可激动之余,他分辨出这声音不是大女儿的声音。是女主人和男主人的声音。于是他朝着声音的方向望了几眼。他看见女主人在天桥上既焦急又惊喜地望着他,他的心头掠过一丝不安,可这不安却随着女主人的举动很快地消失了,因为他看见女主人竟然不顾自己身体的笨重,从那么高的天桥上一下子跳了下来,全然不顾自己的安危。这一刻,咪咪觉得自己已经不配回到这个家了。

于是咪咪便在第二个夜色的掩护下向着那黛色的山脉真正地出发了。

行走格萨拉

　　我在温暖的季节来到岩口高原，一个叫做格萨拉的地方。这次到高原，只知道大概的方向，没有行走的目的，于是，这短暂的游走便有了些寻觅和漂泊的意味。

　　高原的阳光是耀眼的。阳光无处不在。当它照耀我的时候，我显得很明亮，我的身体仿佛透明的，像站立在这荒原上千年的丛林。逆光中，树们身上挂着的丝丝缕缕的树衣和苔藓也是透明的，但是，当无数根太阳的毛刺热辣辣地钉满我身上时，我不得不闭上了眼睛。刹那间，风从四面八方吹向我，风却是冷的。这高原上的风，无论在什么季节，她总是携带着骨感的苍凉和荒原的冷漠！

　　在通往那诱人的索玛花芬芳着整个原野的山道上，粉色、白色、红色的花团无边无际，红霞万顷。我看到春天滚滚而来，它是我今生见过的最庞大的季节。

　　索玛花灿烂、热烈、宁静地开着，像一场大地的盛宴。开在高原尽头，开在时间深处。

　　我在春天穿行，我已预感到那是一场绝望的花开花谢，与锦衣夜行的月一起，在奔赴一个未知的结局。我知道前方有它，它却不知道身后有我。失去它，我的行走就变得漫无目的。而追寻它，我的一举一动却仿佛是被谁在暗中操纵、牵制、摆弄。对于我，它辽阔得像世界，重要得如同人生意义，神秘得仿佛不可捉摸的命运。

　　我醉了，沉醉在青稞酒浓烈的醇香中，沉醉在阿咪子动人的情歌中，沉醉在温馨与辛酸的回忆中，沉醉在寻觅和愁苦的快意中。二十年前，在另一块称作高原的土地上，我骑过马，醉过酒，我的青春是一条流淌的河……当我纵马离开那片土地的时候，身后传来明明灭灭的歌声："妹妹哎，悔不该当初将你嫁得那样远……"

　　醉意中，我向格萨拉最高的山峰立石火普攀登。大地在我的脚下摇晃，我不得不以匍匐的姿势低首前行。我脚步踏过的花枝千姿百态，我身

影穿过的光影斑驳迷离，线条细微的颤动，色彩微粒在光中互相碰撞，光和影奇异地组合在一起，在浩瀚的天宇下轻轻摇荡。我发现，我前行的姿态让我陷入了一个寂静的世界，在这个寂静的世界中，我得以听到了脚下生机勃勃的大地的成长与死亡，繁荣与衰败，升起与陨落，精致与粗犷，宁静与喧闹，单纯与繁复，纤细与宏大……

我从海拔三千二百米的立石火普山的高处回望，看见了万亩席地松尽在脚下。这号称"眼皮底下的森林"像一丛丛绿色的堆雪堆积在坡峰优美圆润的山上。风把云赶过来又赶过去，一会儿，山就变成了冷调子的山，冷调子的太阳照着它，像翡翠；一会儿，山又变成了暖调子山，暖调子的太阳照着它，像碧玉。

风牧着云，像彝家小阿依牧着羊群。风吹着云在洼地和山谷狂奔，很远的几座山，一眨眼就跑到了。风把我的影子吹向了何方，我找不见了。风把山的影子吹向了另外的山梁，山又追赶着另一座的山，像在捉迷藏。

风吹来了阿咪子的歌声。

"女人呵，她出现了，消失了，风却带着她的声音飘向永恒。"

风把我带到了一个阿咪子的家。阿咪子抱着一个正奶着的孩子轻轻哼唱。门前的马在安静地吃着草。当她向我望来的时候，她的目光清澈纯净。

在格萨拉，我管所有的彝家女子叫索玛。女子还是少女的时候，就叫索玛阿依；女人成熟透了的时候，就叫索玛阿格；女人老去的时候，就叫索玛格泽。

索玛在山洼牧羊，索玛在泉水旁洗洋芋，索玛在草地上割野山黄……

索玛在高原上生儿育女，生了女儿仍是索玛。

格萨拉在高原上，就像云在天上；索玛在高原上走着，就像云在天上飘。

孤单的爱情

孩子吊着点滴在病床上熟睡，我借此机会到房间外的花园里吹吹风，将焦灼的情绪——化解、过滤。

手机震动，短信飞至。他说：我给你寄了一本书，收到了吗？里面有我的27首诗。

回答他：没收到。他再回复：那就是在靠近你的路上。

我望着夜空。微笑。生活中还有着一些不期而至的美好期待。比如：

在炎热的夏夜,诗歌正排着长队跋山涉水向我靠近。

我不知道接着还有秋天,还有秋天的怀想。

他又来短信:我想和你共度晚年,至少,在我死的时候,有你在身旁。我知道我的这个愿望近乎于奢侈,还有点荒唐。

我没有说话。也没有心跳。我知道,一些想法,仅仅是想法而已,它根本无法与现实对接,为世界增添一个小小的童话。

恍然间电话就打过来了。电话那头他说:在做什么呢? 我说:孩子病了,在医院。

他在乡村,借宿在一个叫做矮郎乡的地方。没事的时候,像这样的夜晚,他在月亮湖的水里,在苦荞麦的花上,在阿布泽乐山的积雪中,远远地看我。

而我,在灯火阑珊的城市焦灼,像一只热锅上的蚂蚁搬运着自己的生活,把生活的灯火一次次点燃,又一次次熄灭。我看见他在人间低着头,一直把家背在自己身上。而我,一次次抬起头,把自己的名字说给风听。

他说:我已经在会理买了房子,平房,两间。我一直想着,等你退休了就到这里来,这里气候也好,物价也不贵。我们可以在一起写一本书。

我笑了,忽然被他感染。感觉自己洁净的声音像个快乐的孩子。然后叹息:有晚年真好,有规划的晚年是一件多么幸福的事情。可我一直不知所终,内心无法安宁,总有一种要离开的感觉,去到哪里,要到哪里栖息? 我还能不能够安然到老,能不能够在书写之后看清自己?

一切又归于宁静。这夜色,这医院中的花园,我的心中掠过一丝小小的风暴,小小的感动。比如:孤单的爱情。还有,晚年。

我的晚年被别人梦见。我是别人梦见的人。我对那个梦见我的人满怀感激和眷恋。但是,我敢肯定,他的梦境不是我的梦境。因此,我的心中满是凄凉的温柔。

我知道我还会在尘世间孤独地奔走,在亿万光年之间,在星辰和硕石之间,终于没有落脚的地方。

阿米,今晚的月亮是红色的

晚八点过的时候,我的彝族朋友从会理给我发来短信说:阿米(我的彝族朋友给我取的彝族名字),赶紧看啊,今晚的月亮是红色的哦。

51

可我打算关机的时候才看到这条短信,此时已是十点四十分了,我赶紧穿了拖鞋跑上楼顶(只跑了一层楼),可是以这样的速度反应,我还是错过了看红月亮。仰头看去,只看见了层层的乌云,并没有月亮的影子,但乌云正好说明,月亮曾经来过。

没有看到月亮,却可以听到远处高楼 K 厅里传来的歌声,但没有一首是阿米现在爱听的。在楼台顶上找到早晨晒蕨菜的簸箕,用手把里面那些个蕨菜翻了翻身。把面孔深深地埋下去,可以闻到淡淡的植物的香味以及遗留在簸箕上的阳光的味道。小风吹着脚踝,掀起薄薄的纱裙的裙摆。风来得真好,一晚上可以把蕨菜吹得再干些,还可以把月亮再吹出来的,到再晚些时候,我只消躺在床头,就可以透过窗口,看到红月亮了。

吴昕孺散文

【作者简介】

吴昕孺,本名吴新宇,长沙人,1967 年生,1985 年考入湖南师范大学政治系,并开始文学创作,于诗歌、散文、小说、评论等均有涉猎,作品散见于《中国作家》《青年文学》《作品》《读书》《散文》《中华散文》《文学界》《香港文学》《南方周末》等报刊,被《读者》《青年文摘》《散文选刊》《杂文选刊》《意林》等转载,先后有诗集《穿着雨衣的拐角》,长篇小说《高中的疼痛》《空空洞洞》,散文随笔集《自己是谁》《声音的花朵》《远方的萤光》等问世。获得 2008 年度安徽文学奖、新散文奖。现为湖南省诗歌委员会委员、湖南教育报刊社编审。

浏阳河传

文娭毑六十多岁,满头白发如雪,乍看上去,比实际年龄略显老些;但她目明声亮,动作伶俐,走起路来像一阵风,四五十岁的"年轻人"未必比得上。而其高瘦个子、清癯面貌,又依稀可想见青春时代那白面长身的美女。只是时光温柔的刀子,日积月累一刀刀刻下来,在她脸上形成密密麻麻的沟壑,无数梦想从这些沟壑间哗哗流失了,留下的是岁月积淀的泥沙和现实冲刷的滩涂。好比自然界的水土流失之后,如果没有更大破坏,便会长出新的植被;文娭毑脸上的沟壑也被一种新的植被填满——笑。文娭毑的笑在这个小区是出了名的,无论何时何地,你看到她的时候,她总是在笑。不是大笑,也不是浅笑,是仿佛一杯满水却不溢出来的那种笑,让人解渴,感到清凉,可扑灭内心的焦虑和烦闷。

这是一个新建的小区,在城市北郊,一条很有名气的河边。文娭毑站在十三楼的阳台上,望见浏阳河从东面蜿蜒而来,总要怔怔地看上一阵。儿子当初说这是浏阳河时,她大吃了一惊。如果换上别人告诉她,她一定会认为不是假的,就是错的。儿子的话不由得不信,但她的心里并没有被说服。这难怪,她在浏阳河上游住了大半辈子,这条河就是她的镜子,是她的后院,是她的床,是她的故乡也是她的远方。

小时候,她去舅舅家,沿着一条溪流进山。溪流欢快地往下跑,她则吃力地往上走。好累啊,她觉得一束束溪水像丝绸般裹住她的腿,把她往下面拖。她卷起裤脚,蹦到溪里,一只脚踩在一块凸起的石头上,用手把溪水使劲往上泼,希望这一用力,所有溪水都会倒转着往上流。有一回,她真的做到了,她埋头泼了四五十手,溪水就哗哗哗欢快地往上流了,水里无数小鱼像射出的银针一样倏忽向上面游去,场面极为热闹。她一边泼一边开心地笑。问题是,她不能停下来,她一停,水掉头往下跑,鱼儿跟着向下游,她跺着脚叫喊也不济事,气得又伤心地哭起来。从舅舅家返程可轻松多了,顺着调皮的波涛,听着潺潺的水声,还有快如箭矢的鱼儿方阵,她仿佛不需要挪脚,或者只是用脚在溪流的丝绸上舞蹈,哼着几支小调就回家了。

据说，从舅舅家再往白云深处走一二十里，是浏阳河的源头。她没有去过，虽然曾经离它那么近，但她对这条河的了解非同一般。有四十多年，她住在河边，直到随孩子他爸调到山外。这条河日日夜夜在她的生活里流着，在她的岁月里流着，她不知不觉学会了它的欢快与清澈。它和眼前这条流着滚滚黄汤的大河是多么不同啊！那低矮的河床、圆润的卵石、光可鉴人的清流、悠缓古朴的水车，和这宽阔的堤岸、浑浊的水面、杂物遍地的河滩以及时常轰隆隆碾过的挖沙船，完全是两幅格格不入的画面。

她怔怔地看着，总想通过记忆搜索与眼前观察，寻找两条叫着同一个名字的河流的相似之处，可惜，均有如缘木求鱼。除了眼前出现些幻觉外，现实场景总是让她怅然若失。她想问儿子一个究竟，怕儿子笑话，几次话到嘴边咽回去，弄得肠胃难受，索性想都不想了。

文娭毑搬进小区时，小区住了大约三分之一住户。文娭毑搬来之后，又住进了大约三分之一。直到现在，这个小区还空着三分之一。房子没住人，大多被前几年炒房的人据有。房价涨了不少，买房的却少得出奇，这叫有价无市，腰包里厚实的总只那几个现人。房子仿佛合唱队整整齐齐排在那里，一户户却空空洞洞地在那里独白。文娭毑隔壁便是一套这样的空房子。

每次回家，文娭毑看见隔壁那扇从未见开过的门，心里不是滋味。她有一次问儿子："房子空在那里没人住，不难受吗？"儿子没好气地说："它难受关你什么事，操空心！"文娭毑的亲侄子做生意，发了点小财，想在长沙买房。文娭毑赶紧推荐："正好买我们隔壁那套，一直空着的！"这时儿子丢过去一个白眼，压得她的声音降了大半。等侄子走后，儿子跟她说："亲戚之间，不要搞得这么近！" 文娭毑不解地说："近了有个关照呵。"儿子说："关照的时候少，扯麻纱的时候多。距离产生美，有距离才会客气，亲情和友情才能持续性发展。"在浏阳乡下文家大院住了二十多年的文娭毑不明白这样的美学理论，她有点生气："你的意思是我跟你也要有距离咯，我明天到你姐家去。"这下儿子急了，连忙说："我们是母子，那是完全不同的。"

文娭毑对儿子所说的这种不同还是不太明白，但她不会因此去女儿家。她说的纯粹是气话。她把儿子看得重，儿子工作忙，身体不太好，虽然早出晚归,一天说不上几句话,说上几句也大多是这类互不相让的抢白,但她知道儿子是孝顺的。多年前老伴去世,儿子坚决不让母亲一个人住在老家房子里,守着那块伤心地,花尽积蓄在这个小区买了一套三室两厅,把母亲接过来。

文娭毑一到这个小区,便因为她招牌式的笑脸颇得人缘。文娭毑的笑有很多含义,每个人都能从那笑容里获得自己需要的东西,比如热情、包容、理解、分担、共享,等等。新小区的住户大多为陌生人,互不相识,文娭毑布满皱纹的笑容像一道拉索桥,把小区的婆婆姥姥牵引到一起,形成一支多达十余人的、团结友爱的中老年队伍。

她们上午结伴去农贸市场买菜,去果品市场买水果。每人挎着一个袋子,家里人口多的还推着一辆小轮车,轰轰烈烈开到某摊子边,一齐砍价,常常毫不留情地把空心菜由一块钱砍到七毛,把苹果由四块砍到三块五,令全市场为之变色。喜气洋洋回到家里,打开空心菜,里面夹着一小把稗草;洗了苹果吃,一口咬下半截肉虫。人多嘴杂,加上讲价成功,兴奋异常,对所买物什便疏忽了检查。文娭毑的名言是:"毒不过土壁蛇,坏不过货郎担。"土壁蛇乡下常见,细而短,三角脑袋,常藏于土墙缝隙中,剧毒,咬人后若不及时救治,几个时辰即可夺人性命。货郎担是乡下流动摊贩,一个挑着小商品的担子,走村串户,手里摇着一只铃铛,吆喝着卖些零食、玩具、日常用品之类。由于极便宜,又流动,买卖做完一走了之,无所谓售后服务,所卖多假冒伪劣。好在农贸市场是铁打的营盘,即便市场外推着三轮车、不定点的菜贩子,也因经常搭讪混得脸熟。文娭毑每次上了这样的当,不甘心吃哑巴亏,下次去买菜,她特意先到那些摊点面前,义正词严批评他们的不良伎俩,并代表她的中老年团队发布声明,如欲再行不义,便对他们实行封杀。

摊点主人都是附近菜农,明明知道卖小菜发不了大财,做点手脚原不指望天上掉馅饼,只想多捞几个碎银子,算是对自己日夜劳作的意外回报,让人感到穷苦命运里同样能看到幸运的慈颜,不惜让良心蒙上小小的污点。他们对文娭毑的批评取了一个中间态度:羞于承认,懒得辩解,只是赧颜地笑着。文娭毑心软,别人一笑也激活了她脸上的笑,话不觉间柔和许多,马上将封杀令抛到九霄云外。久而久之,文娭毑这个平均年龄近70岁的团队成为农贸市场的明星团队。她们每次到来,都会受到非同寻常的热烈欢迎,这边喊道"娭毑快过来",那边叫着"今天有好菜"……以前做手

脚贪小便宜的摊贩如今反过来,和文娱驰们买卖成交后总要再多添几根葱,或者丢一个小西红柿到她们篮子里。

文娱驰得到这样的礼物,心里大大改变了对摊贩们的看法,晚上用西红柿打蛋汤给儿子吃,上面撒一撮绿绿的葱花,好不心旷神怡。儿子说好吃的时候,文娱驰颇自豪地说,这个菜不要钱的。待儿子问明原委,自作聪明地回道:"蛋难道也是送的?"文娱驰不做声,闷闷地吃饭,觉得儿子是个死呆八板、不通人情世故的书呆子。

下午是娱乐时间,只有一个项目,打麻将。在中国,如果老年人不会打麻将,几乎是死路一条。退休的老人重新上岗,都在麻将桌上。长城是中国的标志性建筑,打麻将有一个别名叫"砌长城"。"砌长城"也成为中国社会生活的标志性画面。

有贤达之士无比焦虑,认为麻将将令中国亡国。事实证明,这些贤达之士尚不完全了解他的国家。麻将有千多年的历史,这千多年中国被外族亡过几次,但无一是麻将惹的祸。中国人厉害的地方是,亡了,不久能把它再夺回来。我读历史,发现中国人最热爱的不是和平,而是平和,是闲适。中国人要和平全是为了闲适,聊天,喝茶,打麻将,能安乐的时候绝不去想那劳什子忧患;但忧患来了,他们也不怕,除了生活之外,他们没其他信仰,贼来捉贼,佛来杀佛。能得到闲适,得到聊天、喝茶、打麻将的好时光,就是他们战斗的动力。所以,麻将不仅不会亡国,它还是中国这一古老国度的保护神。把打麻将叫做"砌长城",真是形神兼备。

文娱驰退休前不会打麻将,加上老伴长期生病,也没时间学打麻将。老伴去世,孤身一人,儿女们工作忙,不能陪着她,想了两个办法与她商议。第一个办法是请个保姆,一来在家里搞饭、做卫生;二来陪母亲聊天解闷,这个办法被文娱驰否定,理由是:"我身体好,请保姆干什么!"第二个办法是再给母亲找个伴……话刚出口,文娱驰断然拒绝:"我跟你父亲几十年,没吵过嘴,没红过脸,跟别人我不会习惯。还有,现在这年代,找个我这般年纪的,他嫌你老,要找更年轻的;找个年纪大的,我得服侍他,我不愿干。"子女们无计可施,建议她学打麻将以消磨时日,文娱驰从此登上麻坛。

文娱驰在麻将桌上胜率非常之高,这有点不可思议。她和很多麻坛老将过招,均高奏凯歌,得胜回朝。刚开始,那些老将不服气,说是"牌从生手",你虽然赢了钱,水平还是臭。但过了好几年,文娱驰已无论如何不能说是生手了,她仍然只赚不亏,便有人悄悄向她取经。文娱驰说:"我自己都赢得稀里糊涂。"取经的人认为她故意隐瞒真经，很是不悦。文娭毑只好霸蛮总结了几条："身体坐直；多留心桌上打出的牌；不管牌好不好、和没和，都要有一张笑脸。"这样，经常跟文娭毑打牌的人，基本上不会骨质增生和腰椎盘突出；视力都很好，眼睛像探照灯一样；人越来越和气，放人家大胡子的炮也乐得跟捡了钱似的。

多年前，常胜将军文娭毑自己订了一个"潜规则"：打5毛的赢不超过10块钱，打1块的赢不超过20块钱，2块以上一概不打，桌上有40岁以下青年人的一概不打。赢得超过上限之后，她就慢慢把钱吐回去，尤其输钱多的那位，她总琢磨着对方要什么牌，得跟她放几炮才好。她在家里偶尔和儿子交流这些打牌心得，儿子叹道："这样子打牌多累啊！"文娭毑说："不累。都是几个拿退休金的，我们打牌是娱乐，不是赌博，这样子玩才大家开心。"儿子说："别人不是你这样想的，人家赢你的时候可没想着不超过几块钱。"文娭毑说："你说得可能对，但我没碰到过能赢我一大把的；能赢我一大把的都打2块以上去了。"文娭毑的笑容里既有幽默，还有狡黠。

小区的中老年人个个喜欢和文娭毑打牌。文娭毑分身乏术，每天各张牌桌轮流转，她把这些事情处理得十分妥帖。她不亲近有钱的，不疏远家庭困难的，不嘲笑脾气躁的，不计较心胸狭小的。有一回，例外。一个五十来岁的张姓妇女，身宽体胖，一张嘴巴却细细碎碎，数落个没停，赢了嫌别人水平臭，打起来没味，说闭着眼睛钱往口袋里钻；输了骂赢钱的那位阴险，断她的财路，变着法子骂人家吃错了药，等等。谁见了她都恶心，像见到一只嗡嗡叫的苍蝇，又赶她不走。实在忍无可忍了，一天晚上，周娭毑、廖娭毑、刘娭毑作为小区中老年团队的代表，来到文娭毑家里，她们心里清楚文娭毑平时打牌总是让着，输赢很有节制。心直口快的周娭毑对文娭毑说："你不要让，连我们一起赢没关系，关键是要把那个背时堂客搞输，让她连输地输，输得最后脱裤子，肯定不得跟我们玩了。不然，只听到她死念子念，让她赢钱都堵不住那张寡嘴。"周娭毑嘴里放了一挂鞭炮，文娭毑闻到浓浓的硝烟味，她略有忐忑："张妹子那张嘴确实讨嫌，可是，我哪能说赢就赢她，我不是职业牌手。"周娭毑平时在牌桌上面对张姓妇女只有翻白眼的份，大气不出，在笑意吟吟的文娭毑面前就变得任性起来，她手一挥，大声说："不行，你非赢她不可！你太有恻隐之心，知道不，对敌人宽容是对朋友残酷。"文娭毑说："没这么严重吧？都一个小区的。"周娭毑更

加理直气壮:"怎么不严重,你问大家,哪个想跟她玩,看见她就厌眼,她是人民公敌!"另两位娭毑连声附和。三位娭毑同仇敌忾,意气激昂,说得文娭毑也热血澎湃,她心里简直起了"天下兴亡,匹夫有责"的神圣使命感。她对三位娭毑说:"好,我尽力而为。只是大家要答应我一个条件,如果我赢了她,无论她如何骂人,谁都不准还口。"三位娭毑原以为是多么难达到的条件,一听这个,拍着胸脯作了保证才出门回家。

第二天下午,文娭毑和周娭毑、廖娭毑、张姓妇女四个人一桌,1块钱一炮。文娭毑费了九牛二虎之力才赢了7块钱,张姓妇女赢了32块钱,嘴巴子更是得理不饶人,说输了钱的周娭毑和廖娭毑手气比狗屎臭,她打错好几张牌还赢这么多,那钱硬是长了眼睛晓得路。晚上,三位娭毑再到文娭毑家里,埋怨文娭毑没有尽力,让她们蒙羞。文娭毑觉得很惭愧,待三位娭毑走后,她默默分析下午的牌局。她认为,自己状态很一般,而状态一般的原因似乎跟下列因素有关:一,中午没有休息,打到三点左右时被瞌睡虫骚扰,几次错失良机。二,午饭吃得过饱,昨晚准备了儿子的饭菜,结果快要吃饭时,他打电话来,说有个重要应酬,不能回家吃饭,她今天中午把那些剩饭剩菜都吃掉了。三,中途接了三次手机,似乎也有影响。三次打来的电话,两个打错了,另一个是大女儿打来的,问她感冒好点没有,其实她根本没有感冒。

又到了第二天,文娭毑上午11点半就吃过中饭,儿子中午在单位不回,她可以随便处理,吃个八成饱,剩的要不倒掉,要不让它继续剩着。吃完饭,她到床上躺了一个小时,然后精神饱满去活动室奔赴中午1点准时开始的麻坛盛会。这样稍作调整,文娭毑与昨天判若两人,她每一盘都打得滴水不漏,神完气足,不到一个小时就赢了20元。这到了"潜规则"的上限,她略一犹豫,张姓妇女马上连续三次自摸,让三位娭毑损失惨重。文娭毑毅然决定暂时撤销"潜规则"中的赢钱上限,全身心投入到牌局之中。打到下午5点收场,文娭毑大获全胜,赢了41块钱。

接下来一周,文娭毑天天赢钱20元以上,在张姓妇女面前占据压倒性优势。张姓妇女开始逃避文娭毑,试图不和文娭毑一张桌子。中老年团队同心同德,每次都能使出花招,让她和文娭毑同桌。几位娭毑生怕文娭毑中途心软,状态下滑,前功尽弃,天天晚上去文娭毑家里给她打气、助威。文娭毑在长期实战经历中,慢慢总结出越来越多的诀窍,她由单打独斗进而学会了与另两位娭毑联手,将张姓妇女打败。这种联手,没有事先安排的暗号或者机关,老年人不会有这种职业赌徒的恶习,而是在长期磨合中所形成的互相了解与默契,是一种技艺的实质性提升。

过了一周,张姓妇女便只输不赢。文娭毑和她的同伴们痛打落水狗,一连七七四十九天歼灭战,张姓妇女输得真的要脱裤子了。突然有一天,她没有来打牌,从此再没有来了。奇怪的是,她不来打牌,小区里也再没见过她的身影。娭毑们推测,她很可能不是这个小区的。很久以后,文娭毑仍对当初那样处心积虑对待张姓妇女存着歉疚,她觉得过分了点。周娭毑说:"妇人太刻薄,才有那种结果。"而文娭毑认为,一个真正不刻薄的人,嘴里压根儿不会吐出"刻薄"这个词。于是,她重新捡起"潜规则",而且发誓,无论如何,永不改变这个规则。

吃过晚饭,是散步时间。如果不下雨刮风、打雷闪电,中老年团队总要结伴散步。散步最好的去处无疑是小区前面的浏阳河堤。浏阳河进入长沙市地盘后,由于抗洪和美观的双重需要,市政府把河堤进行了修缮。又由于浏阳河没有真正进入城区,而是挨着城市的北边汇入湘江,所以它没有取得市内河(像湘江)那样高规格的待遇。湘江两岸铺着大理石,砌起白玉栏杆,做了音乐喷泉,修了广场,移了无数棵在山里长得好好的大樟树,尽其豪华地打扮成一个美轮美奂的"风光带"。每个夜晚,风光带里挤满市民和游客,他们对着湘江哈气、叹息、吐痰、打喷嚏、骂架、流口水,不一而足。湘江在长沙市区这一段本来是最美丽的,如今却最乏味、最喧嚣、最混账,宛如一截正在发炎的盲肠。

浏阳河因少一份幸运而多一份福祉,暂时没人拿大理石和水泥来为它整容,没人从山里移来花木为它化妆。它素面朝天,加高的堤坝撒满从河里捞上来的鹅卵石,一边走一边随意地踢着那些石子,仿佛整个大堤都在脚下生动着、活跃着。堤两边全是野生的花草,不高,却茂盛。蒲公英最多,瘦瘦的杆子擎起一只只小手,每只手心里长着一朵好看的花,或黄、或白。到了秋天,这些花吐出一团团雾般的白絮,白絮们乃自然的尤物,最好作"缠绵"一词的注脚,却禁不住一阵风的挑逗,在轻扬中堕入尘埃,令人起一种时光零落的惆怅。青蒿次之,齿形叶一丛丛散开在地上,它只比青苔高一点,因受地气滋润,绿得那么恣肆,没有一丝杂色。青蒿的朴质里有一种不可救药的清高,这一点也和青苔相似。青苔用"滑"来对付那些轻薄之人,青蒿的汁液里则含着一股独特的青涩,为常人所不喜,倘能爱好品味这青涩,它将赋予爱好者沉潜的气质与淡泊的情怀,这是一种直接来自

大地的东西。20世纪60年代过苦日子的时候,文娱驰吃过这种青蒿做的粑粑。那时,浏阳河两岸的青蒿叶全被摘光,连兜子都被拔出来熬汤喝。一年到头见不到一粒粮食,好多人走着走着倒在路上再起不来。外面看不到人,都在屋里坐着,说话低声细气,生怕耗掉仅有的一点元气;一出门便直奔河堤山坳,扯树叶,剥树皮,为好不容易发现的一蔸青蒿或野薯藤大打出手。文娱驰正是十七八岁的好年华,可怜瘦得像根竹竿,还得到处为全家人找可以填肚子的东西。她目光精亮,每次看到一块充满狐疑的地,觉得会有点名堂,刨下去总能得到上年度遗落的洋姜、花生或红薯根。她有一个重大发现,喝水能饱肚子。但弟弟和姐姐、妹妹都不喝水,她把食物让给他们,自己趴在河边,用手捧了水往嘴里灌,甜丝丝、凉沁沁的,有时喝得打嗝,水从胃里返上来回到嘴里,还是甜的。她每天要到河边喝五六次水。她像一只水罐,朴质中内敛着生命活跃的光彩。有一天姐姐笑她,你那样喝会胀破肚子。她反问,你见过被水胀破的水罐吗?另有一天,她晚上做梦,梦见自己本是浏阳河的一部分,河水从她身上哗哗淌过,那才叫舒服呢。

这几年,儿子一直跟她订了《保健报》,有文章极力推荐青蒿、蒲公英,它们属于有很高保健价值的野菜。青蒿清肝润肺,蒲公英降脂脱毒。她信。因为她记得,她的外公喜欢生吃青蒿,用清水洗净青蒿叶后,直接放到口里咀嚼,嚼得绿色汁液从嘴角流下来,沾到衣上,怎么也搓洗不掉了。外婆经常埋怨外公,但外公照嚼不误,他活到了87岁,无疾而终;外婆却在73岁那年死于肺心病。搬来小区不久,文娱驰散步时发现堤上有这么多青蒿和蒲公英,喜不自胜,回来告诉儿子,问他愿不愿意吃这些野菜。儿子说,好啊。文娱驰犹豫地说,蛮苦啦。儿子答,人生百味,苦是其中重要一种,不能吃苦,如何做人?这倒是大实话,儿子在一家报社当记者,他跑得远,读得多,写过很多作品;但他这么懂得苦,还是出乎文娱驰的意料。

文娱驰十分高兴,她想到野菜不仅保健,而且顺便省了不少买小菜的钱,算是发了一笔意外的横财,不禁眉开眼笑。四月,趁了年头纯净的雨水,青蒿和蒲公英开始绿意盎然。文娱驰摘了其中新鲜柔嫩的叶片回家,早晨用青蒿和糯米粉做粑粑,打个鸡蛋放到里面搅拌,为了味道好,她先用油煎,儿子说这已经吃不出青蒿味,成为美食了,还是蒸吧。蒸出来的粑粑青气重,儿子满意,文娱驰反倒心里一咯噔,不逐美食,偏好青气,这孩子有点怪哦,莫不真成书呆子了?

可即便是这样"偏好青气"的书呆儿子,第一次吃蒲公英时,都把舌头吐出来尺把长。蒲公英是炒着吃的,像炒白菜一样。不同的是,白菜炒几下就疲沓了,舀到碗里软不拉叽,吃起来口感很好;蒲公英猛火猛炒,那叶子仍然青亮亮、直挺挺的,和摘下来时毫无二致,落到口里它也毫不屈服,喷出一股类似杀虫剂的怪味。所以,儿子吃第一口显出很难受的样子。随后,儿子大口大口吃起来,像吃白菜。文娭毑心疼地说,不要霸蛮。儿子说,我们本是南蛮,蛮就是我们的本性。文娭毑说,我明天买白菜去。儿子说,吃过蒲公英后,我已经看不起白菜了。于是继续吃蒲公英。文娭毑和她的儿子每天早餐吃青蒿粑粑、晚餐吃蒲公英,一年可以从三月持续到六月。

文娭毑散步时摘野菜的举动,不可能不引起其他同伴的关注与效仿,周娭毑、廖娭毑、刘娭毑也纷纷摘了青蒿与蒲公英回去。然而,第二天她们莫不对二者的异味发出声色俱厉的控诉。廖娭毑是四川人,儿子在附近一所军校教书,她特别苦大仇深:"我媳妇夹了一把蒲公英,才进口,就吐得一塌糊涂,吐出来连胆汁都是绿的。"刘娭毑在旁边轻声说:"胆汁本来是绿的呢。"接着高声叫道:"你没看见我,还没进口,在嘴巴边上,胃里面就黄鼠狼打洞,难受得不行。哪里是人吃的东西!"周娭毑平时嗓门最大,这回却不做声,廖娭毑问她:"你没吃啊?"周娭毑说:"碰巧昨天我女儿来了,我说你来得正好,有野菜吃。我女儿说,野菜不能乱吃。她拿着扔掉了。"廖娭毑羡慕地说:"你走运,幸好没吃。"文娭毑听了几位同伴的对话,只是笑着,看到有鲜嫩的叶子,上去小心翼翼将它们摘到手心。等她们控诉完毕,她跟她们讲《保健报》上的文章,讲儿子吃青蒿和蒲公英的趣事,几位娭毑听得入迷,手心里不觉各握了一把鲜嫩的叶子。

廖娭毑退休前在四川教书,是一名音乐教师,每当到浏阳河堤上散步,都要清一清她那民族唱法的歌喉,声情并茂唱一曲《浏阳河》:"浏阳河,弯过了九道弯……"文娭毑年轻时当过一段时间代课教师,但她不善歌,只会欣赏,等廖娭毑唱完,她认真评价道:"你的歌唱得好,唱得有感情。我们有感情,但唱不好,天生没个好嗓门。"她告诉廖娭毑以及其他娭毑,她的老家在浏阳河上游,她在那里出生、长大、结婚、生孩子,浏阳河的九道弯她都了如指掌,第一道弯离她的老家仅三里地,弯上布满了大大小小的水车。水车又名"筒车",把一个个竹筒绑在车架上,车辘辘一转,竹筒就从河里舀了满筒的水传输到枧槽里,再由枧槽转运到水渠,由水渠送到各地农田里去。文娭毑说,水车也会唱歌,而且是永无休止地唱,不知疲倦地唱。廖娭毑问,水车唱歌好听不?文娭毑说,好听,我是听水车唱歌长大的。廖娭毑问,我用的是民族唱法,水车是什么唱法?文娭毑稍作停顿,似在回味,然后说,水车应该是劳动唱法,它一边唱歌一边劳动,歌声一停,劳动也停了。我儿子写过一篇浏阳河的文章,发在晚报上,他说水车和人不同,人是劳动停了才唱歌,有时还要穿西装系领带,脸上搽着粉;水车从不,它永远穿一件粗布旧衣服,永远不求整齐和高亢,它总是低低地、慢慢地倾诉着自己。我认为他写得很对。其实等他长大时,浏阳河几乎没有水车了,他 7 岁那年和姐姐一起玩水,掉在水车下面差点被卷了进去。那是河上最后一架水车。1988 年春夏之交一个深夜,狂风大作,像发癫的巨人把手猛扫过去,房子倒得无声无息;闪电拉开架势,东嚓嚓,西霍霍,地像抽筋一样抖个不停;雷公则在闪电的隔壁推磨,大概是被闪电关了禁闭,手上磨洋工,嘴里还发出粗重的埋怨声。折腾一晌,天上硬是被闪电鼓捣出一个大窟窿,暴雨和冰雹倾盆而下,整整那个晚上没歇气。第二天,哪里还有浏阳河!满世界都是水!水车连影子也没看见。坳背宋三爹说,它在浏阳河服役三十多年,太上老君接它到天河当水车神去了。

　　廖娭毑低下头,没有做声,脑海里似乎在想着那架古老水车的样子。大家一时静了,河面上有只白鹭上下翻飞。周娭毑终于打破这沉静,她说,每天看见这只鸟,好像再没有第二只。刘娭毑问,其余鸟到哪里去了?晚上这只鸟住在哪里呢?她们一齐望着那只鸟,鸟的白色在傍晚渐渐加浓的黑暗里迷失。一只鸟,从没看见过它的同伴,从没听见它叫过一声。它是否已经失去了它的歌声?在一只鸟的参照下,河面显得更加阔远浩瀚。

　　文娭毑在她同伴眼里,是个什么都看得开、放得下的人。可是,她有件心事始终没跟伙计们主动讲过。她的儿子是单身。儿子曾经娶过媳妇,他们有一个可爱的女儿,今年满六岁。四年前,也就是文娭毑和儿子搬到这个小区来之前,媳妇带着孩子离开儿子,离开这个家,到一个很远的地方去了。文娭毑虽然不动声色,但这件事对她的冲击很大。因为平时看上去,儿子和儿媳相处得不错,偶有斗嘴,并没发展到不可收拾的地步,离婚更是天方夜谭。她想起自己年轻那个时候,有多少夫妇天天骂破嘴皮,打得乌天黑地,当着冤头债主,也不会提"离婚"二字。如今年轻人,怎么一点音信不给,喊离就离了呢。儿子试图瞒着她,可一个麻雀窝大的家,突然走失一半人口,哪里瞒得住!她问儿子为什么,儿子讷讷地答道,天下雨,水断流,为什么?你别管那么多,你只要知道儿子在你身边就行了。她说,你一个书呆子,没人照顾如何行?现在我结实,万一我不好了,你怎么办?儿子诡秘地一笑,所以你要保证健康长寿啊。

好长一段时间,文娭毑希冀媳妇带着孙女儿回来,就像到哪里去玩了一阵。同伴们不谙就里,不停地问,你媳妇呢?你孙子呢?她急中生智,撒了一个谎,说媳妇去国外留学了,孙女放在外婆家带。但一年半载不见文娭毑媳妇和孙女的影子,伙计们便明白是怎么回事,再不问那类近乎愚蠢的问题。在饭桌上,文娭毑跟儿子提起这事,意思想套套儿子的口气,看媳妇有没有希望回转,或者是否有新媳妇出笼。儿子一副无所谓的样子,他说,你那些牌友问,就告诉他们真相,离婚又不丢脸。每次谈起这事,文娭毑吃饭味同嚼蜡,因为她要消化儿子那副无所谓的样子和一些天上一句地上一句的话。儿子要她说出真相,她经过分析,说明两个问题:其一,原来的媳妇已不可能回心转意。其二,要不是新媳妇遥遥无期,单身日子仍得持续,瞒别人也瞒不住;要不新媳妇已成竹在胸,择吉日即可进门,瞒别人更无必要。到底是遥遥无期还是成竹在胸,分析到这里卡了壳,儿子不多说话,面无表情,任你软硬兼施,他反正石罗汉一尊。

话里套不出名堂,文娭毑就细心观察。她想,儿子要是谈了女朋友总会有蛛丝马迹。有天晚上,儿子快步从书房出来,拿手机打了四十多分钟,她有意无意地靠近儿子,撮起耳朵听,却听到里面是一个男人的声音,他们在谈一本书的出版事宜。另一晚上,快零点了,文娭毑已躺在床上,家里电话铃声大作,听到儿子急匆匆跑到客厅,这个电话也打得久,二十分钟肯定不止。深夜打这么久的电话,不信不是他女朋友。文娭毑在黑暗中甜甜一笑,闭着眼睛,睡了个踏实觉。一早,文娭毑装作不在意地问,昨天什么人那么晚打电话来?儿子说,一个移民到加拿大的作家,前年到过我们家里,记得不,浓眉大眼,剃着光头,一见面就喊你做妈。哦,多一个儿子,文娭毑却生不出喜悦,她皱着眉头说,那么晚打电话到别人家里,也不礼貌啊。儿子笑了,我们约好的,他在北半球,我们这里天黑,他那边天亮。如果再晚点,我做梦去了;如果再早点,他在床上睡懒觉呢。

文娭毑没辙,和两个女儿商量。大女儿出了个主意,找些门路广的朋友跟弟弟做介绍,看弟弟是什么态度。弟弟却不拒绝,凡是能带到他姐姐家来的女孩子,他都乐意去见。他只一个原则,不到外面见,茶室、酒吧、咖

啡厅、步行街、电影院,他统统不去。

那些个女孩子,以及由女孩子演变而成的女人,以及虽然已是女人却仍喜欢被称作女孩子的那类女性,没结过婚的则扬眉翘嘴,眼高于天,一副皇帝女儿不愁嫁的模样,本来让人难以近身,又如何能让她来近你的身?结过婚没生小孩,或者生了小孩不归自己带,肚子里还藏着一个生育指标可以大展宏图的,也是眉眼玲珑,待价而沽,好比盖了戳的名邮,品相稍差,理论上的市场前景依然广阔;即便是离婚后自己带着孩子的女人,没太多本钱和男方讨价还价,以中国的优良传统,却不至于要送到男方家里来让人观瞻,讨一群陌生人的欢心。

好在,也有两三个愿意屈尊移驾的。其中一个浓墨重彩,像一幅可以走动的油画,吓得文娭毑闪避不及。还有一个,吃过饭一起打麻将,因为一块钱跟文娭毑的小女婿吵起来。她说小女婿欠了她一块钱,小女婿说已经给了,她拉起嗓门:"见过不要脸的,没见过你这么不要脸的。"举座皆惊。文娭毑受了这两次惊吓,再不提叫儿子去女儿家相亲的事。她想开了,与其让这样的媳妇进屋,真不如母子俩安安静静过日子。俗话说,崽一世,爷一世,管不了那么多;再说,儿子总会有自己的考虑,何必去干涉他的内政,趁身体还行,先做好他的内务得了。于是,文娭毑身心豁然,更加轻松愉快地投入到买菜运动、麻将事业和散步游戏之中。

早两天,儿子出差了。她比较悠闲,散步回来,站在阳台上,久久地遥望、俯瞰着浏阳河。忽然,她眼前一亮,天地皆白。她望到了很远的地方。

她看到舅舅家,那是浏阳河的源头,清澈的溪水欢快地向下奔流,一个小女孩在溪边踏着流水的节奏奔跑着。

她看到了自己家,在布满鹅卵石的河床边,以固有的姿势聆听着岁月的歌声,一个青年女子把头伸出临河的吊脚楼,望着滚滚翻卷的白色波浪发呆。

她看到浏阳河冲出了大山,弯过了九道弯,每一道弯的细节她看得清清楚楚,像检视自己的掌纹。一个中年妇女走过来,她似曾相识,却想不起她是谁。她走得很快,越来越近,奇怪的是,她的身影越来越清晰,面庞却越来越模糊……

浏阳河九曲回肠之后,猛地到了长沙城的北郊。河面宽了,河水浑了,河里有了来来往往的船只,灯火通明。河边某小区一栋临河住宅的十三楼阳台上,站着一个白发如雪的老妇人。浏阳河在前面不远处汇入湘江,也

从这老妇人凝视的眼里汇入另一片奇妙的水域。她终于明白,这两条拥有同一个名字的河流,原来真的是同一条河流!

　　昨日,儿子从外地回来,文娱驰看到他第一句话就说:"你在这里买房,买对了。"儿子笑着说:"专门为你考虑的呢。"文娱驰发现,儿子的笑仿佛一杯满水却不溢出来,让人解渴,一股清凉的快乐在她心里蔓延开来。

疯 子

1

匹勇是我的好朋友。他弟弟匹超是我小学的同班同学。我和匹超也是朋友,但算不上好朋友,原因有些微妙,还不是班上那些破事情。被压着一头的,总不会和压着他的那人成为好朋友。比如,匹超是班长,我是学习委员;匹超语文第一名,我第二名;匹超算术第一名,我第二名;匹超图画第一名,我第二名;匹超唱歌第一名,我第二名;匹超体育第一名,我第二名;匹超劳动第一名,我第二名……其实,能当上老二也不错了,但当千年老二心里就不是滋味,对那个"老一"不觉会发生点心态失衡。

按理,我是够乖的孩子了,有一件事却让我气急败坏。那天上体育课,老师让我们打篮球。十多个男孩子在一个篮架(学校只有一个篮架)下抢一个篮球。不知我的同学们中了哪门子邪,人人拼命去抢,抢到后连忙把球扔到或递给站在边上的匹超,由他投篮。他一一笑纳,潇洒地把球投出去。我看了像掉进醋缸里,直想抢到球自己来投。那帮鬼崽子可能猜着我的心思,群起而上,我使出浑身解数,没抢到一个。球仍然每次都到了匹超手里,由他扔向篮筐。我终于忍无可忍,对着匹超愤怒地喊道:"我告诉我妈去!"我妈在学校当老师,只是不教我们的课。我噔噔噔跑到我妈办公室。妈见我那个样子,问什么事。我大声说:"他们搞特殊化,抢了球全部让匹超投,我看不下去!"妈妈听了笑着说:"那说明你群众基础没匹超好哇。"我讨了个没趣,干脆到操场另一头和女同学玩跳绳去了。

我在整个小学阶段没拿过一个"第一",全是匹超惹的祸。我曾经想过,要是匹超不在,老子就是门门第一了。这种情形只在梦里出现过,醒来揉揉眼睛,才明白又回到了"匹超天下第一"的世界。这似乎是一个无法改变的世界。

六岁那年春天,妈妈把我从外婆家接回老家罗岭村,说是准备上学

疯子

了。上学在九月份,妈妈提早接我是为了教我一些简单的算术和拼音。其实,大部分时间都是我和村上的孩子们厮混,手里晃着棍子,擎起弹弓,杀得天昏地暗。我家斜对面山脚有一栋土砖房,形制颇为奇特。罗岭村的民居,人口多的砌成四方院落;人口少的砌成直角或丁字形。我家便是一直角,正房加披厦。正房住人,属比较私密的场所;披厦由堂屋和灶房组成,供吃饭、会客和其他活动用。而这栋房子嵌在山墈下,破败低矮,房子沿山势而行,没走几步就走不动了。三间房,一大两小,门都锁着。最前面那扇双合木门可以推开一条约两三公分的缝,我把脸挤进那缝里,看出是一间灶房,灶上积满灰尘,蛛网密布。有只头大脚长的蜘蛛发现了我,它一抬脚就到了我面前,简直快如闪电,吓得我落荒而逃。伙伴们告诉我,这家姓匹,全家都在很远很远一个矿里,据说马上要回来了。

这不,到七月,对面猛然蹿出一团热闹。这团热闹把小山村给炸开了。吆喝喧天,招呼动地,一时间,罗岭仿佛成了世界文明的中心。我们这群小喽啰自然不会放过这样的热闹,一个个像沙子挤在石缝里,穿梭于大人的身边腰际,寻找着莫名其妙的兴奋点。一对像我父母那样的夫妇,后面跟着一个大男孩和一个小男孩,小男孩和我差不多大。由于围观者多,人声鼎沸,这支只有四个人的队伍竟显得浩浩荡荡,好像是刚打了胜仗凯旋的人民子弟兵。两夫妇脸上堆着笑。男人眼睛小,鼻子大;女人眼睛大,鼻子小。这样笑起来的效果截然不同。眼睛小,鼻子大,眼睛在笑,鼻子不笑,鼻子拦住了眼睛上面的笑,看上去只有上半边脸在笑,下半边脸不笑。眼睛大,鼻子小,鼻子挡不住眼睛上面的笑,那笑一直流淌到嘴边,形成一条波涛滚滚的笑河。女人比男人好看很多。两个男孩也在笑,不过笑得很节制。大男孩壮而黑,小男孩白而瘦,大男孩是父亲的翻版,小男孩与母亲如出一辙。

看着那扇门"吱呀"一声开了,我拔腿就跑,边跑边觉得有只蜘蛛在后面追。回头一望,果然,一只金色蜘蛛在网上跑得飞快;再回头望,已经是一群金色的蜘蛛在追我了。我跑得上气不接下气,碰到邻居童梦雄。他问,你跑什么?我说,有群蜘蛛追我。他不解地说,你有病吧,哪里有蜘蛛?我环顾四周,确实不见蜘蛛的影子。我们站在一棵酸枣树下。我想,刚才我看见的蜘蛛可能是阳光变的。

第二天,我和童梦雄又好奇地跑到对面那户人家去。两个男孩在外面。大的肩上斜挎着一根扁担,用锄头挖地,挖了一个很大的坑,不知道要

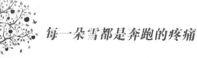

干什么。小的在玩陀螺,一根鞭子抽得虎虎生风。我们玩陀螺玩得多,但玩的是乡里木匠砍的土陀螺,他玩的这个陀螺顶端和侧面绣了花,转起来极像一只花蝴蝶,特别漂亮。我和童梦雄心痒痒的,很想去抽上一鞭子。但这个鬼崽子技术好,抽得陀螺上阶基、下沟渠,还在横躺着的树干上跑,就是不倒。我们只有睁着眼看的分。童梦雄耐不住了,当陀螺再次被抽上树干时,他故意在这头踢树干一脚。树干受惊,陀螺瞬即滚落下马。小男孩迅疾向童梦雄冲来,我让了让,下意识想看看他的身手。仅一个回合,童梦雄被放倒在地。我挺身而出,与他肩抵肩,头顶头,两个人一只脚撑住地面,另一只脚勾来绊去,企图制服对方。在僵持中,我感觉他的左手有所松懈,以为他没劲了,便用尽全身力气掀他的左边,不料他两手突然全部松开,我用力过猛,自己把自己放到了地上。这时,大男孩跑过来扯起我,顺手打了小男孩一耳光。打得不重,手指薄薄地在他脸上揩了一下,连响声都没有,但这一下给了我很大的安慰。屋里的男人也跑出来,塞几颗花生糖在我和童梦雄手里,说:“不要打架,九月份你们就是同学了,要互帮互爱。”因为那几颗花生糖,我和童梦雄听了他的话,对“同学”这个概念却毫无领会。

小孩子不记仇,或者说,不打不相识。我们玩到一起了。大男孩叫匹勇,小男孩叫匹超。匹超与我和童梦雄同岁,匹勇大我们五岁。从此,我和匹超再没打过架,可是,唯一一次打架被他使计放翻的经历,似乎预示着我在与他的学业竞争中,将落尽下风。

2

不久,匹家男人走了,回到那个很远很远的矿区。匹勇后来告诉我,矿区在郴州一个叫许家峒的市镇上,产铀。他时而说,有矿区以后才有了镇;时而说,矿区建在镇上,有镇在先。好像说不清先有蛋还是先有鸡。他父亲是一名井下工人。“那井可不像你家屋后面水井那样。你家水井白亮亮的,矿井黑糊糊的, 每个矿工头顶都得戴一个矿灯。你家水井是直统统下去的,矿井要转很多弯,宽的地方里面可以跑火车呢。你家水井出的是水,矿井出的是矿。矿井最怕渗水,一渗水矿工就可能淹死在里面……”

我喜欢听匹勇讲他的矿区。他讲的时候有一股自豪感,因此眉飞色舞,活灵活现。他讲别的事情都很木讷,嘴皮子动很久声音还不见出来。匹超与之相反,从没听他说起过矿区。有时,我想印证矿区是否真如匹勇

疯子

说的那么好玩,便问起匹超,他总是转过话头。说起别的事情来他伶牙俐齿,出口成章,一说矿区,则恍如丈二和尚——摸不着头脑,好像他从没到过那地方。

匹勇的妈妈身体不好,风湿、腰椎间盘突出、坐骨神经、偏头痛、低血糖等,除了一个好壳子,里面所有零部件都有毛病。她一年大部分时间卧床休息。大热天也用手帕缠着头,像在坐月子;冬天则把自己裹得只留下两只眼睛在外面。不久,她得一绰号:"药罐子"。奇怪的是,我觉得她格外好看,比村里任何女人都漂亮,她靠在床上,用手帕缠着头,哪怕裹得只剩下两只眼睛,我都觉得美不胜收。村里全是健壮得像一头头母牛的女人,她的病体加上本来不俗的容貌,便成为我心目中一道靓丽的风景。

发蒙上学,我和匹超、童梦雄真的坐在同一个课堂上。入学考试,匹超第一,我第二,童梦雄第三。于是,匹超当了班长,我当学习委员,童梦雄当体育委员。我当然没有想到,我将永远是老二,而且毫无例外。读四年级时,有一次我和匹超代表学校参加全县算术竞赛,考题非常之难,我仅得58分,却是第二名。第一名匹超的分数高达89分,震惊全县。早在两年前,童梦雄已由我的密友变为匹超的"童子",他们像一对油盐坛子形影不离。在那次著名的体育课"投篮事件"中,童梦雄狼奔豕突,拼命抢球送给匹超,我咬牙切齿恨了他三个星期。

我和匹超算不上好朋友,也不曾交恶。打过架、吵过嘴、告过状,都是小孩子的游戏,我们一直是不错的玩伴。但我和匹超、童梦雄一起玩的时间不多,基本只限于课堂上、校园里;课余时间及节假日,我和匹勇的交往愈益密切,几至无话不谈。除了在自己家,我去匹家最多。别人(包括我妈妈)以为我去匹家是找匹超,其实我是去找匹勇,是去闻那浓浓的中药香。药香氤氲中,那个斜靠在床上的病女人,笑起来时面庞挂着两朵经久不息的红晕。

匹勇没有上学。他说,他在矿区时已经小学毕业了,毕业成绩是班上第五名。说到这里,他颇为自得,曾让我猜他的理想是什么。我答了三次都没对。他告诉我,他想当矿长。他问我的理想,我想起自己门门是第二,不好干什么,就说还没定。他说,你可以当作家。我想问为什么,没问,问了另一道题,你为什么不读书?他叹口气,说现在家里没有劳动力,母亲病了,弟弟要读书,他是老大,应该做出牺牲。谈到弟弟,他更为得意,仅次于谈到矿区的自豪。他说,弟弟在矿区幼儿园就被目为神童,他的算术那时至

少达到小学三年级的水平。他比弟弟差得远,所以,要全力以赴供弟弟读书,把他培养出来。

3

我和匹勇的友情得益于我家后院的那口水井。水井是我上学前一年父亲打的,一丈深,井口离水面约五尺,水明如镜,夏凉冬温,从不干涸与满溢。每天晚上,匹勇要来我家挑水。他说,用井水熬中药,效果最好,没那么苦。我不解,为什么用井水熬没那么苦呢?你听谁说的?匹勇答道,我妈说的,她说井水比河水甜得多;你家井水特别好,做饭做菜都好吃。我听了很高兴,每天断黑,就巴望着他来,而差不多那个时候,他总是如期而至。人还没见,他大脚板啪嗒啪嗒的声音传过来,有如花鼓戏开场的鼓点。

匹勇担着一对大木桶,经过我家堂屋、灶房到后院。那时没听说过压水机,只是将一根长绳系在小木桶上,绳子打结处再绑一个废秤砣,称之为吊桶。把吊桶放到井里水面上,秤砣一偏,木桶倾斜,井水灌进桶里,并将桶没顶,打水者用力提拉,吊桶便满载而归。

我佩服匹勇的地方有二:

一是匹勇担的大木桶,每桶要装四吊桶水,多沉啊!我曾试图用两只手去提那桶水,结果桶勉强脱离地面,但大木桶随着我身体的用力而倾斜,水泼出来把裤脚和鞋子喂了个饱。匹勇挑着这么重一担水,从我家后院,经灶房,过堂屋,出门上阶基,能做到滴水不漏。后来我问他,为什么担水的技艺如此高超?他腼腆地说,不是技艺高超,而是很小心。他非常紧张,生怕把水溅到我家里,不过挑的时间长了,就能做到既放松又不让水溅出来。

二是他汲水的动作潇洒至极,从头到尾一气呵成。拿着吊桶放下去,平常总会发出很大声响,是桶底撞击井水的声音,仿佛吊桶跟井水有仇似的。他放下的吊桶却无声无息。很多人放下吊桶后,要东拽西甩,甚至得重新提起吊桶,再重重将它夯下去,待扯上来,半桶子水漂来漾去。他放下吊桶后随手一抖,桶便没入水里。一般人打桶水上来要扯七八下绳子,他只要扯四下,吊桶就到了井口,而且每次都是水平如镜一满桶。还有,水打上来后,有人哪怕只半桶水,倒进大桶还要洒出不少,他把满满一吊桶水倾进大木桶里,真有颗粒归仓的味道。

我父亲星期日在家里，看到匹勇来挑水的场景，感慨地说，这孩子是个好把式！又懂事又会做事，难得。父亲要我学着点。我没吭声，我知道他那套把式我没法学，也学不来，但我愿意跟着他。他做什么我都跟着。挖地、栽菜、砍柴、杀青等，只要有机会，我就爱跟着去。他说，我比他弟弟还亲，他弟弟从不做这些事，除了读书就是玩，我却总是做他的帮手。他这么说，我更加高兴，终于有人说我比匹超好，还是他哥哥说的。所谓做帮手，大凡有两种情形，第一种情形是他确实需要帮忙，比如捆一堆很大的草，一个人顾此失彼，我可以帮他拉拉绳子，换换手；还有挑一担很重的柴，起身那下十分吃力，我帮他上上肩，就省事得多。这样的时候很少。那么第二种情形，则是我兴之所至，想过把劳动瘾，他将锄头或者镰刀递给我，一边指导我动作要领，一边笑话我的三脚猫功夫。有一回，我要学他锄地。拿着他的锄头，举过头顶，猛地砸下去，虎口震得发麻，像触电一样，锄头却歪栽在地，旁边一个扣眼大的窟窿。他接过去，银锄挥动，宛如巧妇拈根绣花针，一忽儿便沃土翻卷，掘地尺许。那些泥土像盖在缸里的一群小鸡小鸭，盖子一揭开，呼啦啦全跑出来了。

我跟着他，对他同样不无裨益。互相需要，是友情的基础。我能说会道，陪他说很多话；他少言，却是一个很好的听众。无论做多么繁重、复杂的劳动，他总不会遗漏你说的那些有意思的东西。父亲每个月工资27元，偶尔抠出几枚碎银子买书，家里四大名著、《说岳全传》《隋唐演义》《武陵山下》等，我偷偷读了个遍，好多字不认识，我忽略不计，只看认得的字。认得的字带着我走进一个个惊心动魄的故事，我再把这些惊心动魄的故事讲给匹勇。他非常爱听，有些故事不厌其烦要我讲好多次。我认为老重复没意思，每回再讲的时候故意添油加醋，东扯葫芦西扯叶，有时牛头不对马嘴，有时牛头对着马嘴，不管对不对，他都听得津津有味。一天晚上，我心血来潮，鼓捣大木柜里父亲的抽屉，意外扯出一个笔记本，扉页上写着《第二次握手》。我就着煤油灯翻阅起来。整本都是手抄的，密密麻麻，有的是父亲的字，更多的不是，大约有上十人的笔迹。看完后，我兴高采烈跑到匹家，对匹勇说，有个好故事，要讲给你听。他手一挥，走，上山砍柴去。

他喜欢在山上听我讲故事。我坐在铺着厚厚松毛针的树下，诗情愈加浓厚；或者登临可以极目远方的高处，兴致随之增高。疏旷幽静的山谷便是讲堂，清郁葱茏的万木皆为听众。赏心悦目之下，我不禁意动神驰，天马行空。匹勇知道，我在这种环境下的发挥能让他最大程度地受益。而他并

不闲着，他做事几乎从不歇气，我讲的故事成为他辛勤劳作中难得的休闲，他砍柴的嘭嘭声又是我讲故事时美妙的伴奏。我们就是这样相得益彰。然而，在讲《第二次握手》这个故事时，他动作渐渐缓慢。我尽量渲染小说中离别的悲凉与重聚的伤感，他突然扔下柴刀，对着一株野茶树，放声痛哭。哭声在山谷中回荡，天与地同时共鸣，百鸟应和，草木肃穆。我全身沉浸在一种充盈着幸福的惆怅里。后来才明白，这样的时刻，是在学堂里用多少个第一名都换不来的。哭得极具爆发力，但很短暂，他用顽强克制住了自己内心涌动的潮水。他捡起刀继续砍柴，我没有再讲下去。故事完了，我不想再讲别的故事。这时只有他砍柴的嘭嘭声，一声一声，撞击着山谷。后来，他多次要求我重讲《第二次握手》，我有求必应。他没有再哭过，沉静地听着，手上的活一刻也没有闲下来。

4

我们村子隔着一条罗岭河，对面另一个村庄叫虹桥。虹桥村全部是山地。我曾问妈妈，虹桥村的虹桥在哪里？妈妈说，虹桥村没有桥，只是叫虹桥。我又问，没有桥怎么会叫虹桥呢？妈妈没有回答，她停住脸上的笑，似乎对这个问题也颇感苦恼。虹桥有我一个表姐。表姐是这样来的：她的外婆和我的外婆是亲姐妹。她家和匹勇家境况差不多。父亲在外面做事，不过没那么远，在距虹桥二十来里地的路口镇一个工厂里做饭。她的妈妈我们喊大表姨，患肺结核长年卧病在床。家里有两个小的。不同的是，匹家的老大是个男孩，叫匹勇；表姐家的老大是个女孩，就是表姐。表姐的弟弟和我同年，因小月份，比我迟一年上学，在虹桥学校读书，成绩差火，每跟人打架，则甩出一条又稠又长又绿的鼻涕，而出奇制胜，被誉为"鼻涕龙将军"。别看表弟颟顸愚莽，我表姐长得可不赖，苗条，清秀，有眉有眼儿。她也早早辍学，耽于家务与农活了。

隔得近，两村的孩子们时常玩到一起，比如，那边的到这边来看电影，这边的到那边去打群架，便混得烂熟。我读五年级时，传来消息，表姐和我村一个叫刘果西的小伙子谈恋爱了。刘果西是罗岭村有名的刺头，膀圆腰阔，身强力壮，人见人怕，他带人跑到虹桥去打了两次群架，大获全胜，顺便把我表姐给收服了。消息是匹勇说给我听的。他很为我表姐担心，说，落在刘果西那个化生子手里，以你表姐的柔弱之躯，不被糟蹋才怪。他这么

74

一说,我也觉大事不妙,仿佛表姐那朵鲜花是活活插死在牛粪上了。那天,匹勇老跟我提表姐和刘果西的事,我一直没开窍,他不得不点题,略带羞涩对我说:"如果你表姐嫁给我,我们应该是很好一对呢。"我一想,是啊,匹勇忠厚、勤劳;表姐漂亮、温柔,不是天造地设的么?于是,我兴冲冲地,调动起自己对匹勇的好感、对表姐的喜爱以及平素所读爱情小说学到的酸词绮句,洋洋洒洒写了一封信寄给表姐。信中痛斥刘果西的流氓行径,力陈匹勇的先进事迹,最后希望她能找匹勇做男朋友,而不是刘果西那个恶棍坏蛋。

这封信不知怎的到了我妈妈手里。某个星期天晚上,父母和我谈心,对我干涉别人恋爱的行为提出批评。但整个批评笑呵呵的,不像平日那般疾言厉色。父亲还随口说了句,看不出,你的文字蛮好。这时,外面传出刘果西要做掉我的话来,匹勇叫我不要怕,他会保护我。刘果西没有付诸行动,我想,其主要原因并不是匹勇承诺的保护,而是那封信压根儿没起作用,表姐跟定了刘果西,让他毫无后顾之忧。

转眼小学毕业。会考我依然老二,以一分之差落选重点中学——长沙县一中。匹超高居第一,"重点"亦手到擒来。录取通知书是一中一位老师亲自送上门来的。当天晚上,匹超妈妈到我家和我妈妈聊天。我躲在正房里,隐约听到,一中老师说匹超是上北大的料子。不知是惭愧,是嫉妒,抑或兼而有之,我神情黯然。上学那天,他家里欢声笑语,鞭炮喧天,人来人往,仿佛是世界文明的中心。我站在屋前阶基上,静静看着对门的热闹;妈妈在房里,默默看着我。第二天,我也离开老家,随父亲去了他任教的初中上学。在新学校,没有匹超这样强有力的对手,我终于坐上了头把交椅。我的学习越来越自信,短短半年,我如鱼得水,如龙在天,俨然校园王子。

寒假回罗岭,放下行李包就往对门跑。匹超搭便车,早我半小时到家。他瘦得厉害,原来胖嘟嘟的脸现在看不到肉。颧骨凸出,如被挖烂的山岬;眼窝深陷,像两个被鸟遗弃的空巢。他握着我的手,像是走散多年的亲人,笑容却像结冰的水面,僵硬、脆薄,有掩饰不住的沮丧。期末是全县统考,我和匹超在不同学校,做的是同一份试卷。他问我考了多少分,我报给他,他脸色大变,一个人走进内屋。从他妈妈口里得知,我的总分比他高了四十多分。他妈妈还说,他在学校睡不着觉,吃不下饭,天天以泪洗面,吵着要回来。我听了,心里一阵喜悦荡过。我怕控制不住,让那喜悦溢到脸上,便问,匹勇呢?她答道,清早就砍柴去了,马上会变天,得多蓄些木柴。我出

门上山去找匹勇，很远听到那熟悉的"嘭嘭"声，柴刀与树木交会一刹那，硬碰硬，狠对狠，一股强大的气流从刀刃间迸发，一声一声，撞击着山谷。我心情激越，三步并作两步。

想给匹勇一个惊喜，我悄悄绕到他身后，趁着收刀的间隙，猛地喊他的名字。不料，他既不惊更不喜，刚看到我的那一下，我都拿不准他笑了没有。说实话，我没吓着他，倒被他的样子吓着了。他站在山里，和一株黑黢黢的树无异。树没有眼睛，他有两只眼睛，可他两只眼睛眨都不眨；树有枝叶，他没有，风吹枝动叶儿响，他却一声不响，一动不动。他身边摞着好高一堆新砍的木柴，比他的人还高，他仿佛在制造另一座山，而那座山将重重压在他的肩上。我突然鼻子一酸。

<h2 style="text-align:center">5</h2>

冬天的太阳也起得那么早。我还赖在床上，听到有人进屋，和我妈妈说着什么。我撮起耳朵。是匹超妈妈带着他来了我家，咕咕哝哝。大意是想把匹超转到我父亲的中学去，继续和我同学，不然他会读不下去。等他们走后，我才起床。吃完饭，妈妈郑重跟我谈这件事，说想听听我的意见。我撅着嘴，不做声，心里十二分不愿意，好不容易稳居第一名，匹超一去，又只能当老二了。妈妈说，等父亲回来再商量。三天后，父亲回来了。他们再次征求我的意见，我知道他们私下商量过，但不知其详，我仍是撅着嘴，不做声，木头板脸，一副跟谁都有仇的样子。妈妈耐心地说，匹超去对他好，对你也好，有个像样的竞争对手，会互相促进提高。父亲没那么耐烦，他高声说，有本事和状态最好的对手比，比不赢就虚心学，我看你现在拿第一名水分不少。我白眼对着他们，自个儿进里屋做作业去了。

谁都想不到的惊天大事发生在匹超妈妈带他来我家的第二天下午。那时，我还沉溺于不太有信心与匹超争夺第一的消极情绪中，外面飓风般刮起一阵"救命"声。出去一看，匹勇手持一根一米多长的铁棍，追着匹超，在村里的简易马路上狂奔。匹超大哭着喊"救命"，匹勇大笑着喊"杀了你"。起初，村里人以为兄弟俩吵架，大伙儿站在各自屋门口，看热闹。看着看着，发现不是普通的吵架，匹勇几次追得很近时，举起铁棍就扑，那架势绝对是把人往死里整。匹勇平时力大如牛，刘果西都畏他三分，何况发着疯、手里拿根铁棍的他，谁敢近身？大伙看在眼里，急在心里。有胆子大的为匹超出主意,叫他往田塍上跑;马上有人说不行,在田塍上他哪能跑得过勇伢子,赶快往山上跑;前面的人反驳道,山上他哪里是对手,勇伢子在山上如履平地。建议上山的面有不屑地回答,山上树多,到底好躲些不!

可匹超没听他们的,既没去田塍,更没上山,他聪明地选择了童梦雄门前的那口大池塘,绕着池塘跑,转圈无形中卸掉匹勇不少蛮力,他们的距离渐渐拉开。匹勇忽然不追了,他爬到塘边堆着的一个草垛上,用铁棍指着匹超,模样颇像孙悟空指着妖怪,喊道:"刀下不杀无名之鬼,快跟老子报上名来!"我在想,这是从我讲的故事中学来的句子。匹超站在塘基那边,哭着说:"我是你弟——弟呢。"匹勇手一抡,把铁棍转了个向,威风凛凛:"胡说,老子没有兄弟,没有父母,是从石头缝里蹦出来的。你敢冒称老子的弟弟,今天一定让你现出原形!"天啦,他完全活在我的故事中了。

这时,兄弟俩的妈妈跌跌撞撞跑过来,哭叫着:"不得了哇,我的勇伢子疯了啊,变成一个疯子了啊。你们救救他,救救他。"

匹勇转身看着他妈,像不认识似的,"你是谁?老子刀下不杀无名之鬼,快报上名来!"

"哎呀,哦得了啰,我的崽是个疯子……"

"疯子?疯子在哪里,我去杀了他!"

匹勇冲下草垛,直奔他妈而去。刚才兄弟追逐的场景,又变成母子竞奔的局面。可怜那母亲,披头散发,衣衫凌乱,声嘶力竭,哪像那个斜倚床榻、面颊长着两朵红晕的娴静病态女人。我妈硬是看不下去了。勇伢子会把娘活活打死的。她边说边大步流星走下阶基。父亲将她拦住。关键时候,父亲的智慧起到了重要作用。他说,你看到没有,勇伢子追他娘和追他弟弟完全是两回事,追他弟弟使尽全力,力气全在脚上手上,若以追弟弟的功夫,他随时可逮住他娘;但他没有,追娘的时候他的力气用在嘴巴上,和他娘对喊对骂,保持距离,始终逼得他娘在前面跑。我妈问,他为什么要这样呢?父亲想了想,细细地说,他或许是假疯,至少,他脑子里某个部位是清醒的。他顶多是神经错乱,如果对症下药,应该能恢复正常。

匹勇满世界追着他妈妈。那病女人看见儿子直朝她冲来,慌忙从简直马路拐上旧打米厂后面的一道山梁。山不高,上面有一个很大的坪,铺着沙合土,是村里晒谷的地方,也是孩子们的游乐场。从声音里听得出病女人在晒谷坪摔了一跤,她连滚带爬,左冲右突,如一团魅影从一条不是路的地方飞出来,闪到了田垄。冬天,田垄是干的,她深一脚、浅一脚地摆动

身体，像被抽打的一个高速转动的陀螺。匹勇反而被拉开了，迟迟不见他出来，只听到他疯狂的叫骂一阵紧似一阵。待病女人过了田垄，重新跑上简易马路时，匹勇蓦地旋风般杀出，疾驰过去，吓得他娘没喘上一口气，呜呜哭喊着又跑将起来。

我妈急切地说，不能看着他们这样子，得拿出办法来，村干部还不赶紧开会研究！父亲笑了，开会没用的。幸而勇伢子有点匹夫之勇，大家不敢拢边，如果一窝蜂上去抓他捆住，真把他当疯子，他就彻底完蛋了。我妈跺着脚说，不能看着出人命，你快想办法啊！

病女人沿着一条灌溉用的小渠，往北跑，这是村口的方向。她隐没在一个山岬里。父亲说，我估计勇伢子是嫉妒弟弟成绩突出，前程远大，而自己拼命为弟弟付出，以后只能在家务农，一时想不开，心态扭曲所致。最好的办法可能是，让他爸提前退休，他顶职去矿区当工人。

6

夜色降临，万籁俱静。大自然的所有物件，群山、田野、河流、房屋、炊烟……一切都安排得那么妥帖，没有任何意见，互相之间不存丝毫冲突，群山拥抱着河流，河流枕着群山，房屋送出炊烟，炊烟回望着房屋，多么和谐与安详的画面，乖乖地被夜幕收服。

吃饭时，我妈说，但愿匹勇晚上不要再闹事了。话音未落，匹勇的叫喊声便闯将进来："今天我一定要杀一个人，一定要杀！我一家家来看，看谁是我要杀的人，谁都不准出屋，听见没有！"我连忙把门关紧。父亲和妈妈对望一眼，他们同时朝窗外窥探，外面黑糊糊的，仿佛看不见底的深渊。"宋根富，你家里藏没藏着我要杀的人？"宋根富是他家邻居。"哗啦"，铁棍砸碎了窗玻璃。"汪三萍，那个人肯定藏在你家里，快交出来！"汪三萍是他的叔伯婶婶，平时与他家不和。"嘣嗒"，铁棍好像敲烂了一把火椅子。"刘耀武，你坏事做尽，看老子来收拾你！"刘耀武是刘果西的父亲，本村一霸，他家在汪三萍背后的山坡上。"哐啷"，铁棍与铁器碰撞发出的声音，可能是把一口锅捣掉了。接下来一片岑寂，约四五分钟。"童仲其，你他妈的把人交出来，不然杀得你片甲不留！"童仲其是童梦雄的父亲，声音近在耳边，到了我家隔壁。"嘭咚，嘭咚"，铁棍在打门。

我的心快跳到嗓子眼了，妈妈的脸色也不好看，父亲则站在堂屋的窗前,密切注视着事态。听到路上传来沙沙的脚步声,仿佛有一队人在走。脚步声在我家门前齐斩斩停住,仿佛一队人马停驻在坪里。空气令人窒息。透不过气来的寂静。停滞不动的时间。突然,一声吆喝震响屋宇:"你们听着,文老师(我妈)家没有要杀的人。不是我匹勇故意放过他们,是只有他们家没有要杀的人。"说罢,沙沙沙,那队人马向远处跑去,刚才被他的暴戾所戳破的夜幕,很快缝补得天衣无缝。

晚上九点多钟,有人拍我家的门。一惊。外面的人喊:"文老师,我家超伢子找不到人了,我怕有个闪失呵,哦得了啰。"打开门,是匹勇的妈妈。这个病女人形销骨立,枯容陋貌,一夜苍老。我妈说,匹超不会有事,他肯定是躲起来了。我妈把病女人扯到一旁,谈匹勇的事。病女人捉住我妈的胳膊,说她六神无主,自己快疯了,请我妈明天给他爸发电报,加急。

匹勇一时遁迹,全村人都出来找匹超。"超伢子哎,你哥哥没在这里,你出来啰!""现在安全了,你出来啊!""超伢子你听见没?听见了快出来,你妈急得头都白了!"……任你喊天喊地,就是不见人出来。夜深寒重,全村无眠。

匹超是在刘果西家后山上柴棚里被发现的。灶房没柴烧了,刘果西妈妈叫刘果西去柴棚搬两捆下来。刘果西随手一拽,柴堆塌了,滚出一个人来。匹超揉揉眼睛,他在里面躺了一天一晚。

随后几天,匹勇仍然手拿铁棍在村里横冲直撞,但没伤到任何一个人,也没再砸人家的屋,只是口出狂言,挥拳舞棒,像一个孤独的英雄。他妈说,他晚上没回家,不知道睡在哪里。兄弟俩的父亲回来了,特意到我家致谢,并连连鞠躬作揖,我知道是关于匹超读书的事。父母没再征求我的意见,或许他们清楚,我已经没有意见了。

7

寒假结束,父亲带着我和匹超走了。学校寄宿生极少,我和匹超同睡一间房,共一张床。他每天晚上做噩梦,高声大叫,甚至痛哭流涕。与小学时那个要风得风、要雨有雨的无敌小子相比,他变成了一个神思恍惚、沉默寡言的呆笨少年。他的成绩一度滑落到班上中游,父亲经常找他谈心,命令我多帮助他。我陪他散步,聊天,打乒乓球,比赛做数学难题,以此唤回他的活力与信心。一个学期后,他跃入前十名行列,我继续匹马领先。

匹勇顺利顶他父亲的职,到矿区当了一名井下工人。他很少回来,我印象中再没见过他。他那一场疯癫看上去效果不错。自己如愿以偿当了工人,离他当矿长的理想应不算遥远。更大的奇迹是,他妈妈经过那场狼奔豕逐,竟扔掉了风湿、偏头痛、坐骨神经等很多缠身的毛病,连带"病女人"帽子和"药罐子"绰号,不仅下了床,还能下田。那次事件的受害者——匹超,在哥哥走后,刻苦学习,废寝忘餐,七年后,通过一年复读,考进湖南农学院。

我大学毕业留在长沙工作,父亲正巧调到城郊,就卖掉了老家的房子。去年春节,我实现了筹备多年的回老家计划,却在童梦雄家里意外听到匹勇死于矿难的噩耗。三年前的事。矿井坍塌,数十人葬身井底,捞上来分不清谁是谁,统统一顿火化,每人家属捧回去一把骨灰。童梦雄说,匹家砌了楼房,在老房子上面的山坡上。他用手指给我看。放假了,匹勇和匹超的儿子都在奶奶这里,大的十五岁了。

辞别童家,我越过田垄,向对面的山坳走去。树木掩映下,一栋红砖楼房若隐若现,好像一个躲着的人,在藏起自己身子时,不小心露出半边脸。路过匹家老屋,只剩下几面断墙,发出浓烈的畜生粪便的气味,大概后来在此养过猪牛。正待上岭,看见一个少年,大鼻子、小眼睛、矮矮壮壮,像一截黑黑的树墩。他在岭下一块平地玩花炮,旁边还有几个约摸六七岁的孩子。那神态、身姿,那和旁边孩子说话时的高声大气,不正是二十多年前喜欢听我讲故事的好朋友吗?

少年对我一笑,点燃一个花炮。花炮在地上高速旋转,像一个被抽打的陀螺。

天堂纳税人

去年秋天，我搬进了城市北郊、临近浏阳河的四季美景小区。看中这里的主要原因，是浏阳河一衣带水，从阳台前飘然而过。我太喜欢门前有条河的感觉。曾经住在城市中心，城市的心脏是由钢筋水泥制作的，有足够的承受能力；但人心是肉长的，住在那样喧嚣、动荡的地方，实在受不了。我每天都不想待在家里，你坐着只听到周围全是下水道的声音，仿佛那些下水道是插在你身上的管子，由它们给你输氧、输血、输你赖以生存所需要的一切营养。你每天就是这么一个全身布满管子的人，一个生命垂危之人，一个上气不接下气之人，一个无法脱离低级趣味的人。连书架上的书籍们都死扬拉气，无精打采，你好不容易把它抽出来，想翻到某一页，它硬是不让你翻过去，不是落到你所要那页的前面几页，就是落到那页的后面几页。按理，距离你要的那页很近了，可你朝前或者往后翻，手指蘸着口水，搓掉一层皮，那一页还是躲在其他页码里面，死活拽不出来。有一次，气得我用力把书一扯，哎，手上撕下来的那一页，正是我要的。这好比我要从鸡屁股里掏出一个蛋，却不小心要了鸡的命，那种沮丧与愤慨简直让我抓狂。

搬迁势在必行。我跑遍长沙市的东南西北四郊，最终定下了这个"四季美景"小区。事实证明，这是一个无比英明的决定，因为我现在可以安心坐在家里看书和写作，享受岁月静而姝好的时光了。若有疲累或不适，我便打开封闭阳台的窗子，浏阳河款款从东边流过来，它虽然已经走了几百公里的远路，但依然从容有致，风度翩翩，它的色彩、声音和姿态所形成的巨幅画面走进我的房间，成为房间里的风景。我再不受下水道的压迫了，站着与浏阳河对视的时候，那些下水道仿佛是簇拥在我身边的童子，好不威武。

住在这么好的地方肯定得付出一定代价。除了付给房产商二十多万白花花的银子之外，另一个问题是这里暂时不通公交车。我上班必须步行走完小区西边一条路的全程，才到达一个公交车站，然后坐上能

到达单位的 807 或 143 路。这条大约 1500 米的路在一个长而陡的岭上，故名陡岭路。出门从小区到公交车站是上岭，回来从公交站到小区是下岭。我通常清早七点起床，五分钟穿衣、洗漱；十分钟吃早餐，以稀饭为主，前一天晚上母亲熬在紫砂电炖锅里的。七点一刻出门，从小区大门左拐二百多米上陡岭路。沿陡岭路向南走五十米，是浏阳河大堤，这是我周末、假期在家时傍晚散步的胜地。平日上班则没有这种雅致，得往北先上那个陡岭，陡岭两边是两道山壁，嵌着拼成各种几何图案的石头，山壁上隐约可见几栋民居，在树林中遮遮掩掩，仿佛窥视城市生活的密探。到了岭上，虽然岭仍在缓缓继续，但已平坦很多，再说路长，与走平路无异。

陡岭路两边是密集的厂区和店铺。西边自北而南，依次是：长沙第二机床电器厂、博爱社区医院、英子专业美容美发店、世华饭店、长沙光华织带总厂、佳佳超市、养天和大药店、九芝堂股份有限公司陡岭路生产基地、陡岭路派出所。

东边自北而南，依次是：长沙正盛特种活塞环厂、湖南省金鼎消防器材厂、福泰家菜馆、长沙胶鞋厂、奇志装订厂、陡岭建材商店、浏阳蒸菜馆、白香炒货店、长沙铝制品总厂、创新废品店、开福区农村信用合作银行。

这些地方有个特点：凡店铺都热闹非凡，亲热调侃笑闹者有之，吵嘴推搡斗气者有之，其声势不亚于教授学者们召开的学术研讨会和西方政要参加的议会；凡工厂大多寂寥无声，各家厂门关着，留传达室一扇小门，里面坐着无所事事的老头，身高、长相、穿着、说话的腔调几乎让你觉得他们是同一个人，或者是同一个爹娘生的。这些工厂在市场经济冲击下，大多无计可施，处于关停与半关停状态。像西边的长沙光华织带厂，厂牌旁边还挂着两块更新、更洋气的牌子，一块是顺兴进口汽车修理厂，一块是湖南媲美印刷有限公司，三块牌子挂在一处，好比成群的妻妾，妻已年迈色衰，妾却光彩照人。无独有偶，东边的长沙胶鞋厂也被一家汽车修理厂和一家印刷厂占领，这年头还有谁穿胶鞋？但开汽车的和印书的可比浏阳河里面的鲫鱼都多得多了。

我偶尔出门比往常早，加上天气好，心血一来潮，决定走路去单位，便早早地横穿马路，行走在陡岭路的西边，过陡岭路派出所，右拐穿到伍家岭立交桥，五十分钟后可坐在办公室。但绝大部分时候，还是走陡岭路东边，在开福区农村信用合作银行门口左拐到九尾冲公交车站，坐807或143路公交车，二十分钟后单位在望。不管如何，陡岭路这千多米的距离只能用脚来丈量，小区刚开张，住的人少，出租车更少。当然，天天坐的士上班，我还不会那样打肿脸充胖子。"摩的"倒不少，都是无牌无照的黑色经营户，我从没有朝他们热切的目光里砸进过一枚硬币。

那天，我照例走在陡岭路东边，手提公文包，以比正常人稍快的速度走着。快要到金鼎消防器材厂门口时，看见一个老头也以比正常人稍快的速度迎面向我走来。

金鼎消防器材厂是陡岭路诸多工厂中最大的一家，我们单位墙壁挂的、墙角放的消防器材上，统统写着"金鼎消防"字样，那个像一团火一样的徽标我更是熟视无睹了。金鼎消防器材厂的厂门在陡岭路也最气派，约十多米宽，电动闸门像一条断腿蜈蚣，拼尽全力地耸来耸去，但总在原地，没挪动一寸。老头不是从厂里出来的，他也是沿陡岭路过来的，只是方向与我相反。所以，他不见得是金鼎消防器材厂的人，很有可能是长沙胶鞋厂或者长沙铝制品总厂的人。但自从我那天注意到他，我想起，很久以前我和他都差不多在相同的地点擦身而过，也许从我走在陡岭路上的第一天起，我们就开始了这种游戏。

我为什么要说是一种游戏呢？我认为，游戏应当是两个人以上（含两个人）共同开展的活动，一个人自娱自乐不能算作游戏，因为无法实行规则。游戏实际上是一种同谋关系，它必须在共同制订的规则下才能运作起来。我和老头虽然互不相识，可我们总是在同一时间、同一地点相遇，无形之中构成了一种同谋关系。这种本来无意识的行走，在这一地点、这一时刻便演变为一个斗智斗勇的游戏。

老头个子与我相当，身胖，头圆，秃顶。上穿一件焦黄色夹克，里面是衬衣；下穿卡其布蓝色裤子，裤管较大。脚穿一双胶鞋。我们叫"解放鞋"，20世纪70年代，中国人不管男女老少，脚上几乎都是这种鞋。我小时候穿烂过好几双。现在已少见如文物，他的脚上竟然有一双。他穿着那双鞋，健步如飞。我据此认为，他更可能是胶鞋厂的退休工人。在来来往往、慢慢悠悠的一大群人中，一看我们两个就知道是异类。这也是我能从人群中发现他的原因。当时他大步流星向我走来，瞧那架势，我以为是来找麻烦的。我下意识放慢速度，稍稍侧身，靠在绿化带一棵臭皮柑树后面。他没作丝毫停顿，大步流星走过去了，经过我身边时，眼角似乎有意无意瞄我一下，很

快收回去,一眨眼走得远远的。

第二天早晨,我又在快到金鼎消防器材厂门口时,看到他敏捷的身影。我想,不避让了,索性硬碰硬。他低着脑袋,我则高昂着头。陡岭路改造加宽之后,人行道变得更窄,还要配上装模作样的花坛,坛里栽着不知从哪里弄来的臭皮柑树。这些臭皮柑树移植过来时就严重老化了,很多枝条的顶部已经枯干,它们本应在乡下光荣退休,不期然来到城市充当绿化的新兵,苍老让它们身上绿意斑驳、支离,仿佛一桶桶因长久不用而干裂的绿色油漆。两个人在同一条道上,面对面疾步相向,老头在即将碰着我时,倏忽侧身,我被他的气势逼得一让,差点撞在臭皮柑树上。老头脸上露出歉意的微笑,但我分明看到这笑容背后藏着的调皮与调侃,好像这正是他要看到的效果。这一笑甚至让我觉得,他早已知道我的底细,对我路过这里的时间、步幅、速度,对我心里的种种想法,悉数了如指掌,因而在与我的对抗中,他怀着必然的胜算。

第三天早晨,我一上陡岭,视野里便出现他从胶鞋厂那边像一枚导弹发射过来的幻觉。我脑海中的防守完全处于混乱状态,几次试图进行拦截均被它强力穿越。不出所料,我在快到金鼎消防器材厂门口时,无可回避地再次看见那个比灯泡还亮的光头。他大概也看到了我,不像平时那样低着头,而是平视前方,笔直与我的视线实现了精准对接。更令人气愤的是,他脸上早早准备好了那调皮与调侃的笑,仿佛那是一团稀泥,他在和我擦身交臂的刹那,又稳又准地将它泼到了我身上。我愣在那里,目光像只蝎子样狠狠蜇他一眼;但没蜇上,他一晃,隐入我后面的人群中。仓促间,我目光的毒针误伤一位美女的右颊,她的手不停地摸着那个部位,哭丧的脸像被筷子夹住的花卷,我赶紧逃之夭夭。

我发誓要和老头针锋相对,决不退让。第四天,我一出小区就把脸绷得紧紧的,发动脸上的每个细胞都以阶级斗争为纲,纲举目张,所以整张脸恰如一个批斗现场。我高举这个现场向前挺进,快到金鼎消防器材厂门口时,一眼看见那个让人憎厌的光头。待他走近,我将"批斗现场"像个金刚罩一样向他掷去。不料,他手上神不知鬼不觉地拿着两个包子,走到我面前时,他歪起头咬了一大口包子,嘴角溢出酱色的油汁,一直流到手背上。他只顾忙乱地舔手背上的油汁去了,压根儿没瞧我。我满脸阶级斗争,两眼圆瞪,凶巴巴地俯瞰着一个刚买了早点、匆匆往回赶的大妈,她受到不小的惊吓,待在那里,浑身发抖,像面对一个蒙面持刀抢劫犯。我又逃之夭夭。

我在这场游戏中没有讨到半点便宜。我不玩了。我讨厌那个身轻如燕的光头，私下里我曾骂过他"老不死的"。虽然我骂过之后十分自责，毕竟他是一个与我没有任何社会关系的老人。然而，我们在情感领域和思维领域已经有着脱不开的干系。他是我在这个世界上最不喜欢的人之一，我却不得不每天要那样面对他一下，这对我的尊严是一种考验。于是，我想着逃避。上陡岭路是我去单位的必经之道。空间上无法逃避，唯一的办法是改变出发时间——上班迟到要扣奖金，唯一中的唯一是提前出发。比如提前十几分钟起床，为了彻底避免在陡岭路的任何地段与他碰面，最迟七点要走过长沙铝制品总厂。

早晨的睡眠比金子还贵。改变长期以来形成的生物钟，六点四十分左右起床好比受刑。而且，上班迟到领导觉得你懒散，不上劲，会对你有看法；总是早到同事觉得你发神经，或者有评优升职之类的不良企图，大家都看不起你。人还是正常点好，不就一个素昧平生的老头子吗！人家没招惹你，都是自己跟自己过不去。这样跟自己做思想工作，通了，继续按老时间作息。前面几天我有意走陡岭路西边，一直到派出所门口再过斑马线折到东边来。每次走到与金鼎消防器材厂隔路相望的佳佳超市和养天和大药店附近，我转头仔细寻找那边人流中那个锃亮的光头，都没有找到。绕了路，心里还很不舒服，好像在跟一个莫须有的东西做斗争，真不值得。我命令自己走回东边去，恢复日常状态，驱除心魔，莫把一个普通的退休老头当做怪力乱神。

那天早晨，下着雨。我是个宁愿淋湿也不打伞的人。长沙的秋天难得下雨，雨一下就挺认真的，可以兢兢业业下个半天一天。雨下得这么早，老头该不会出门了吧？我快走到金鼎消防器材厂门口时，的确没看见那个熟悉的光头，心里窃喜。你厉害，总拗不过我年轻！即便你敢出门，那个光头肯定也藏在伞下面，没法威风了。但当我走到金鼎消防器材厂门口时，发现老头站在传达室外面兴致勃勃观看一张刚贴上去不久的通告，他依然穿着那件焦黄色夹克和卡其布蓝色裤子，脚上一双解放鞋，只是光头不见了，赫然戴了顶蓝色旅游帽，双手插在夹克口袋里。我感觉自己又被打败了。为了消除这种不好的感觉，我大步走过去，站在他后面，仔细看起那张通告来，并且口里念念有词：

通　告

近来厂区多次发生偷盗现象。为确保国家财产不受损失，经厂办公会议决定：下班后六点整生产厂区一律关电拉闸，生产厂区传达室小门落锁，禁止任何人进入厂区洗澡。如车间有加班任务的，必须提前报主管经理，经批准后，保安部方能放行。早上七点三十分开门。

特此通知。

金鼎消防器材厂保安部

2008 年 10 月 25 日

　　老头回头看了看我，很快返过去，继续看那张通告，仿佛要从这张通告里将小偷抓获归案似的。通告旁边有一张遗失启事，我接着读："本人于昨天下午在三车间遗失充电器和电源插座各一个，请拾到者通知本人，电话：130××××3535。刘先生。"老头再次回头，但没有看我，他转身走了。我望着他的背影，调皮地笑了。终于打了一个胜仗。雨的空子都显得大些，我钻来钻去，到了公交车站进了公交车，身上全是干的，雨打在别人的伞上、淋在别人的身上，噼里啪啦，像开花一样，声音好听极了。

　　以后，我照例在金鼎消防器材厂门口附近碰见老头。他头上一直戴着那顶帽子，身上还是那件夹克和那条裤子，只是随着气温降低，看得出里面渐渐增加了衣物，但这些丝毫不影响他的轻快与敏捷。我基本可以断定，他是在进行晨练。如此准时，可能是他做工人时留下的不可改变的习惯。让人费解的是，别人晨练，包括在这条路上经常能看到的这类老中青，一般穿着运动服，甚至短衣短裤，架势很足；而他晨练和平时穿着同样的衣服，把运动当做一次普通的外出。他消解了晨练的外在形式，因此才有边快步走边吃包子的怪行，才有聚精会神看通告的闲情，才有对着陌生人调皮微笑的胆气。他没有架势，却是最能坚持的；他没有形式，却是最为生猛的。我在猜想，是什么使他如此特立独行，贫困、孤独，还是清高？

　　我没有答案。我迫使自己理解他，弄不好还有点佩服他，然而，我实在是无法喜欢他。他对我的挑衅施与我额外的压力，我不得不在那个时候、那个地方和迎面而来的他进行一场电光石火而又惊心动魄的战斗。其实我知道,这场战斗弄不好只关乎我一个人,只是我一个人的战斗,但他已被无情地卷了进来。我们之间,没有谁是无辜者,我们都在承担我们该承担的。好在自从那次我站在他身后念通告和遗失启事之后,他变得审慎多了,不轻易做出那样调皮加调侃的笑容。我也装作和悦些,不轻易板起自己的面孔。我从他不自然的表情里,看得出他感受到了我的不快,他似乎也不愿意碰到我,目光再不愿意与我对接,只要我望向他,他便主动收回,向内视去,看着自己的消化道和胸膜一带。于是,我豁然省悟,或许在他心里,我同样一直是他很不喜欢的人。人生真奇怪,从不认识的两个人,相差那么大,简直风马牛不相及,却能在对方心里引起如此复杂的情绪。他们永远不会相识,却总是以同一种方式相遇。

我们这对陌生人就是通过这种方式成为了"熟人"。后来,我经常出差,那些天他肯定看不到我,直到我从外地回来,我仍然能在快到金鼎消防器材厂门口时碰见他。即便不出差,我们并非天天能碰面,有时一连两三天没看到,不过他过不了几天总会出现。我们渐渐平静地接受了对方的不喜欢,接受了这种几乎是命运强迫的相见。

春天来了。往年这个时候春雨绵绵,无休无止,今年却出奇地雨少,每天天上挂个太阳,整个天空像一张盖了公章的发票。风稍大,刮走天边的一块云,好像拿了发票的手刮掉上面的涂层,露出"纳税光荣"的字样来。

有段时间,老头的精神状态似乎特别好,天天看见他健步如飞,神气活现的。所以,那天没在金鼎消防器材厂门口碰见他,我蓦然觉得豁了一个口子,仿佛一堵墙倒了,呼呼北风吹得人心里发凉。我放慢脚步,过了福泰家菜馆,过了长沙胶鞋厂,过了奇志装订厂,过了陡岭建材商店,过了浏阳蒸菜馆,过了白香炒货店,过了长沙铝制品总厂,过了创新废品店,过了开福区农村信用合作银行,到公交车站了,那个口子仍然醒目地豁着。

第二天,还是没有碰见他。下班回来路过长沙胶鞋厂时,隐隐瞧见厂区前坪架起一个长长的牛毛毡棚,看上去像是一列废弃的火车车厢,里面传来敲锣打鼓的声音和飞扬的哀乐。

第三天下班回来,那个牛毛毡棚里更加热闹,锣鼓和哀乐愈益迫促、粗犷,鞭炮炸得震天价响,还有繁密的人声,没听到哭,大多是说话声和喊叫声,此起彼伏。

第四天早晨,快到金鼎消防器材厂门口时,我已不抱希望能碰见老头,可连行人都没几个,让人颇为纳闷。我孤零零地走着,加快了步伐,刚

到福泰家菜馆，看见长沙胶鞋厂门口围了很多人，手臂上戴着黑纱，门口停着几部车。大清早的……我想避开他们，路上车少，我下了人行道，大摇大摆在陡岭路的马路上走着。走过胶鞋厂门口，一个比灯泡还亮的光头和那无比熟悉的、调皮而又调侃的微笑，震烁了我。我僵在那里，呆呆地看着一个双手捧着相框的青年，他神情悲戚，站在殡仪车旁边。

相框上挂着一条黑绸带。但里面的光头是那样明亮，笑容是那样调皮，神气活现的。他手上神不知鬼不觉地拿着两个包子，歪起头咬了一大口，嘴角溢出酱色的油汁，一直流到手背上，他只顾忙乱地舔手背上的油汁去了。我对着他鞠了一躬。这时上来一位戴黑纱的中年人，递给我一支烟。我接了，问："老人怎么过世的？"

他说："前天晚上打了麻将，看了电视，快零点的时候，突发脑溢血，没出屋就落气了。"

"去得快是福气。高寿？"

"刚吃 73 岁的饭。身体好咧，上下楼比我们年轻人还快，都以为他会活到一百岁。你认得我叔叔吗？我怎么没见过你？"

"呵呵，在这条街上，每天打照面。没想到今天碰上出殡，所以鞠躬送行。"

"谢谢你，再抽支烟。"中年人又递过来一支烟，他嘴里嚼着槟榔，舌头有点大。

"我不抽烟的。今天破例，一支够了。"

我最后看老头一眼，离开了那个人群。太阳高悬在天上，整个天空像一张盖了公章的发票。我们向天堂交付了一个老人的一生，要它开张发票是应该的。一阵风吹来，刮走天边的一块云，好像拿了发票的手刮掉上面的涂层，上面写着"纳税光荣"。我迈开大步，昂首挺胸，以一种从未有过的生命的尊严与光荣感向单位走去，向我的工作走去，向明天走去，向我的天堂走去。

肆

樊健军散文

【作者简介】

　　樊健军,男,1970年生,江西修水人,有百万字小说、散文见于《清明》、《山花》、《作品》、《中华散文》等几十家刊物,出版了散文集《追寻火焰》、《接近火焰》,有小说、散文多次被《作品与争鸣》、《时文博览》、《小品文选刊》等刊物转载,并入选《2006年中国精短美文100篇》等多种选本。江西省作协会员。

每一朵雪都是奔跑的疼痛

1

腊月下旬，就是雪的领地了。一夜之间，它就将一个十二岁的少年囚禁在一个偏僻的小山村。天地苍茫，世间仅剩一片空旷的白。而那白又特别的留恋，来得急，去得却慢，十天半月都不见一丝道路的土色。雪花消融的夜晚，慢慢崩溃的孤寂，究竟是怎样度过的，少年已经模糊了。

正月初一，是一块时间的斑痕。仅剩的记忆，就只有斑痕上跳跃的一串烛光。传统的龙灯在这一天的傍晚点亮。村里的爷们，在锣鼓和唢呐的召唤下欢聚到了一块儿。他们在雪地上奔走，说话，开一些荤荤素素的玩笑。婆娘都在屋里忙活着，准备供神的祭品。没有人来拘管少年了，他也什么都可以不管，什么都可以不问。穿着祖父替他买的一件白色风衣，懵懵懂懂立在场地边，一会儿盯着唢呐手的腮帮子，一会儿转向那面斗笠状的铜锣。有时他也会偷一眼不远不近的一个女孩。女孩满脸通红，两只眼睁得大大的，有些像龙嘴里的龙珠子。当然，这还是龙灯没有燃亮的时候。

就是这个晚上，少年接替了腿脚不便的父亲，成了龙灯队里的一员。他其实只是队伍里的一个闲人。他吹不了唢呐，只能望着偌大的喇叭口出神；他也不会敲锣打鼓，而铙钹又掌握在一个老者的手头，谁也沾不了手。后来他相中了碗口大小的一面铜锣，满以为自己能应付，可没想到那乐手竟然要出了花样，敲打一下，随手将它抛向半空，落下来又快速敲打一下，之后又抛向了半空，这一抛一落间，刚好踩准了锣鼓的节奏。少年沮丧了，默不作声退到了一处屋檐下。那里摆着牌坊，花灯。花灯是提着的，上面饰有大红的花纹，一看就知道是女孩子的玩意儿，他暗暗欢喜着，却又不屑于沾手。牌坊是举着的，不重不轻，刚刚合手，可它是龙灯队的方向盘，向左向右由它说了算。少年暗地里吐口气，将牌坊快快放回了原地。

少年一个人在屋檐下站了半晌。这是个不起眼的角落，没有人来理

会,他似乎被人忘记了。他的目光在场地上转来拐去,找不到目标。有几个小屁孩聚在锣鼓的周围,却不能与他们为伍,他觉得自己是个大人了。预热的时间是漫长的,从半下午开始,直到傍晚落了黑,场地上才聚集了足够的人气。晚饭是潦草的,少年只是扒了两口饭,胡乱吃了几筷子青菜,又回到了屋檐下。只是吃饭的瞬间,场地上却有了另一番热闹,所有的乐手都换了人,之前的阵营中还能见到一些稚气的脸,现在可全是老成的面孔了。锣鼓铿锵,唢呐欢快,甚至还有一支短笛在其中婉转着。少年受了鼓舞,重新回到了场地的边缘。这一回是在左边,那一排齐整的柏树下。那条篾质的,九节的巨龙正摆放在那儿。龙身糊满了红纸,没有灯光,所以有些微微的黑。龙嘴大张着,含了个脸盆大小的珠子,龙的尾巴分了个叉,向上微微翘着。少年试着将龙尾举起来,也不很重,转动一下手中的木杆,龙尾就摆动了,很灵活。舞龙尾应该不成问题,但他还是不敢贸然将它抢在手中。

灯最终是在一户做了新房的人家亮起来的。亮灯的顺序依次是牌坊、龙头、龙身,龙尾放在最后,之后那两盏花灯也点着了,白的纸,红的花,很是抢眼。挑灯的是两个女孩,同少年一般大,一脸欣喜的红。人面桃花。还有几盏普通的灯笼,直通通的,没什么花色,却是一样的让人温暖。少年的脸刹那间被映红了,烛光落在白色的风衣上,也是一片霞似的红。亮灯的那一刻是安静的,但很快被一串鞭炮炸碎了,龙随之动了起来,游、穿、腾、翻、滚,一条鲜活的龙在暗夜的雪地里舞动着。那面由两个人抬着的铜锣也吼了起来,它低沉的嗓音极具震撼力,整个山村仿佛都摇动了。那一瞬间,少年的眼角莫名有了泪。那龙却更欢腾了,蛟龙漫游、鲤鱼翻身、龙摆尾、蛇蜕皮……每个动作都有一个好听的名字,响亮而且形象。若干年后,少年回到村里,再见到龙灯的时候,那些名词不约而同从他嘴边跳了出来,一个也没落下。

就在少年发呆的间隙,那龙结束了第一次舞动,直奔另一户人家的场院去了。等他醒过来,龙灯队已走出好远,周围是一片完整的夜色。少年有些慌乱了,深一脚浅一脚,望着那九点灯火奔跑了起来。没有照明,雪第一次成了照亮道路的灯火。满天满地的雪,满天满地的白。跑到哪,都是朦朦胧胧的光明。雪仿佛是这个晚上的福音,只是没想到它也会制造许多的假象,看上去实实在在的一片雪,脚落上去却成了陷阱。他的鞋很快湿透了,连腿上都满是泥浆。可他顾不上这许多,他必须奔跑,奔跑,否则就要掉队。脚步落在雪地上咯吱咯吱响，那是雪萎缩的声音。慢慢地，灯火就近了，雪的白光强烈了，他从雪地里回到了道路上。可道路的干净同他没什么关系了，他的鞋子早挤进了许多粗砺的硬物，不知是冰粒儿还是泥沙。一直追到那九节的巨龙下，他才发觉风衣的下摆沾满了泥浆，一块黑一块白。他的细叔，龙灯队里的二传手，一个快三十岁的汉子，见了他的狼狈相，趁着换烛的机会偷偷塞给他一支烛。他接在手上，那烛是断了烛心的，凑到灯火上去燃时又有了新的发现，那折断的地方是个新鲜的伤口。他猜着，那是细叔有意折断的，要不然这烛没法传到他的掌心。看着那伤口，他犹豫了一下，将烛从灯火上撤了回来，就那么紧紧握在掌心，之后立在鼓乐声里盯住那通体红亮的龙。眼前突然多了幻影，说不清那是什么。游、穿、腾、翻、滚，那龙依然是那么几个简单的动作，可加上那样的鼓乐，他重新被震撼了，被俘获了，想抓住什么却又无处入手，想走开却又挪不动脚步。后来他又重复前一次的追赶，从雪地的中央再次奔跑出直线。就这样停停跑跑，跑跑停停，整个晚上他始终不停地在追赶那龙，最后竟然追丢了。他的细叔回过头，才在一口水塘边找到他。那时他早已全身湿透，刚从水塘里爬上岸，掌心里攥着那截烛，瑟瑟缩缩在雪地里。龙灯队已经宿灯了，周围是一片茫然的白，雪再次蒙住了他的眼睛。

2

有了第一次的经验，第二个晚上少年就准备充分了。他换了一双高帮的雨靴，风衣也脱下了，换上了黑棉袄。祖父将家里唯一的手电筒塞给他，电池有些软，光线有些暗淡，但照亮一条道路没什么问题。不过少年拒绝了老人的好意，嫌它碍手碍脚。他的细叔似乎比他还要兴奋，脚上着一双雨靴，靴底绑上了一根绳子，绳子是稻草搓的，比拇指粗。他的腰上系了根红布带，两指宽的布带，一端的布头垂在腰间。他明白，细叔有理由激动，因为头天晚上舞龙头的扭了脚，他这个二传手就要升格舞龙头了。赶灯的路上，细叔甚至折了根树枝，扎了把稻草，模仿着龙头的动作，蛟龙漫游、鲤鱼翻身、龙摆尾、蛇蜕皮……边走边舞，嘴上还念念有词。

这天晚上，细叔终于圆了他的梦想，成了龙灯队的龙头。这一舞就是许多年。少年知道，细叔舞龙头是煞费了苦心的。他的个子不高，身体也不是很强壮，但他热心，风里雨里，不管跑多远的路，从来没落下过一场龙

93

灯。细叔让他跟紧他,学着点。还说有机会让他试一下龙尾。再往后将龙头传给他。他为他设计了一条通往龙灯的道路。可惜的是,直到少年离开山村,都始终不曾触摸一次龙尾,自始至终,他充当了龙灯队里唯一纯粹的看客。

也许就是从那时开始,少年迷上了在雪野里奔跑。细叔让他跟紧他,他就追随在他的身后,只有龙灯舞动的时候他才从队伍里钻出来,静立到一旁。细叔让他学着点,他就盯着龙灯,眼睛一眨不眨。依然是那几个简单的动作。可看着,看着,他的眼前就不见人影了,细叔不见了,那吹唢呐的鼓着的腮帮也不见了。就只剩下一条龙,一条奔跑的龙,一条翻腾的龙。龙的光彩,龙的幻影……他眼花了,晕眩了。那震耳欲聋的鼓乐也听不见了。前一天晚上的情形又出现了。他掉队了,在雪地里再次奔跑出一条直线。

之后,他吸取了教训,不看烛光了,目光朝下,盯紧了龙灯下的脚步。那是一串纷沓的脚印,刚开始还能清晰地辨认出来,可转眼间雪花四溅,完整的雪地很快被踩出一个窟窿。雪已经不是障碍了,它阻挡不了那些奔跑的脚步。他几乎不敢相信,细叔那么矮小的个子,能够奔走出那么宽广的步伐。他的每一步都在跳跃,都在奔腾。少年甚至暗暗丈量过他的步伐,他的每一步,他必须要用三步,有时还要四步,才能走完。在细叔的带领下,这不再是一支龙灯舞,而是一条龙在奔跑。它用它自己的脚步在腾云驾雾,在山村的雪野里狂欢。他们的脚下没有泥泞,也没有陷阱。他们的脚步不像是落在雪地里,而是奔腾在云端,或者像云一样在山巅上奔腾。这一刻,他才明白,为什么前一个晚上,一个眨眼的瞬间,龙灯就飘出那样远。他花了好半天才追上去,甚至最后还追丢了。可他又不明白,他们为什么只要将龙灯举在手上,就会立刻奔跑,好像是一只铆紧了发条的钟,一刻也不停息。

很快,他也习惯了这种奔跑。只是他不能夹在舞动的队伍里,不得不跑到龙灯队的前面,同那帮小屁孩混在一起。或者故意落在后面,然后再去追赶。他已经不在乎自己是半个大人了。他的步子迈得很开,蹦跳着,雀跃着,向微白的黑暗奔了过去。那种在雪地里驰骋的感觉像符咒一样附在了他身上。风在耳边呼呼叫着。雪的残渣飞溅。他是踏碎了一路雪的坚硬,也踩碎了夜的白。奔跑的快感像火一样在血管里燃烧着。他只有奔跑,奔跑,才不至于化为灰烬。他迷恋上了眼前那一片无法穿透的雪夜,它的空旷,苍茫,以及不可捉摸的幻相,逗引着他,一路狂奔。他甚至觉得自己就是一条龙，一条会飞的龙。穿行在一个雪的世界，穿行在地平线的末梢。他暗自揣测着，龙灯将要奔跑的路线，他要奔跑在他们的前面，在他们尚未抵达时抵达。这难免会发生错误，不过他已经不担心，不见那九点光明的时候又折回来，再次追赶，奔跑，直到那奔跑的光辉又凸现在眼前。

那一路的奔跑在夜的深处终止了。鼓乐也在一瞬间无影无踪。山村是一片虚无的寂静。那狂暴的喧嚣是一个逝去的极端。龙灯队的人也先后散去，一个一个，悄无声息消失在雪地里。到最后，只剩下他和细叔。回吧，细叔说。他从龙珠里退出一截烛，烛是红烛，烛泪也是红的，落在雪地上嗞的一声响，雪地就被穿了个窟窿。两个人靠了半截烛的光明，慢慢往回走。路过一个稻草垛的时候，细叔抽了捆稻草，让他也抽了一捆，之后找了个避风的土坎，用烛燃了稻草。火光中，细叔一身热气腾腾，仿佛是一只竖着的蒸笼。他解开了红布带，将衣服完全敞开了。他的身体水淋淋的，全身没有了一丁点干爽。他雨靴上的草绳也不见了，雨靴脱下来竟倒出了大半碗的泥沙，还拌着鞭炮的碎屑。他的脖子上还红了一块，那是鞭炮炸的，接龙灯的人家将鞭炮丢到龙身上，就有鞭炮落进细叔的衣领，它们在里面欢腾着，像一个个淘气的孩子。细叔抹了一下脖子，笑了笑，什么话也没说。其实他们两个都没有说话。少年默默往火光中扔着稻草，维持着熊熊燃烧的火焰。烤干身体后，他们就靠着那截烛，在静寂的雪夜里穿行。奇怪的是那个晚上竟然没有风，那烛的光芒始终奔腾着，跳跃着，在一支烛的上空。

3

之后的许多年，少年已超过了细叔当年的年龄。他始终没有触摸过一次龙灯。这期间，他继续了那些晚上的追逐，虽然一路上跌跌撞撞，但最后还是奔跑着离开了山村，小跑着进了一座小城。有关龙灯的那一幕，彻底留在了山村，成了永远的记忆。

又是一个被雪漂染的夜晚。这样的夜晚同点亮龙灯的晚上几乎没有任何区别。他一个人立在雪地里。那是除夕的晚上。他的背后是一片坟场，几座坟墓被大雪埋葬着。那些雪又一次制造了许多假象，它掩盖了死亡和安静，将坟地渲染出一片白色的繁华。他只能站立着，前后左右都是雪。时间长了，雪的寒冷就上来了，顺着脚杆往上爬。为了驱逐寒冷，他在雪地上小跑了起来。脚步一挪动，那些奔跑的镜头就从雪夜里跳了出来。他们一

个接一个,在龙灯的光辉下依次从他面前奔跑过去。后来是消散,一个,又一个,消失在雪的苍茫深处。有的直接进入了背后的坟墓。他们的脚步轻飘飘的,没有了一丝声响,也没有了一丝重量。

他慢慢奔跑着。后来的脚印慢慢将前面的脚印覆盖了。很多的脚印叠加在一起,堆积在一起,形成了一片洼地。它让他想起了另一个夜晚。那是他在龙灯队的最后一个晚上。一片面积相同的雪地。一棵老树下。他的细叔和另一个老者又一次充当了龙灯队的主角。他们在一片鼓角声中跳起了梅花桩。他们手上握着纸卷的火把,钻来蹿去,一边还长啸着。那夸张的表情,扭动的腰板,分明是奔跑中一个凝固的瞬间。那条龙也在一旁舞着,跳着,奔跑着。之后是送龙下河,那九节的巨龙直接奔向了河流的一个缺口。最后在那里灭了烛,龙灯的红纸也被撕了下来。那两盏花灯直接扔进了河流。唢呐哑了,锣鼓也沉默了,一条龙就这么消失了。只有寂静,在流水中奔腾的寂静。龙灯消失的时候,少年听到了一声压抑的哭泣,它的声音非常低微,稍不留神就逝去了。那是一个老去的龙灯手,奔跑到最后的一声叹息,像一朵雪一样落进了水里。

他尝试着,想迈出细叔当年一样的步伐,可结果几次差点摔倒在地。他明白他是奔跑不出那样的脚步了。也许离开的这许多年,他的脚步早已钝化,失去了原有的豪放和奔腾,或许还因为惰性,累积的累。这次回来也不是为了继续龙灯队的奔跑,而是为了一个逝去的生命,他的祖母没等到龙灯飞舞的那一天就离开了人世,按照山村的习惯,正月里要摆上祭品祭奠,并接受村里人的叩拜。他挑了一担从小城带回来的祭品,累了,就在一片雪地上小憩一会儿。这个小憩的间隙让他有了一次怀想。他买的祭品里有二支烛,也是红烛,只不过比龙灯队使用的更长,更粗。但他不能点燃,现在还不是它们派上用场的时刻。他只能摩挲着它们,它们的光洁让他有了另一种温暖和感动。它让他想起了少年握在手中的那断了烛心的一支烛。他想,他不是离开,而是短暂的回来。没有唢呐,也没有锣鼓,他的脚印在雪地上,咯吱咯吱响。慈祥的山村,到处都是团年的鞭炮声。只有他一个人,在坟场上,沿着自己的脚印奔跑,奔跑。

正月初一的晚上。天地依然是平静的一片。他和细叔守在祖母的灵位前。细叔坐在火炉边的一个凳子上,埋着头抽烟。因为负重和负累,他患上了腰椎增生,再也举不起龙头了。还去戏龙灯吗?他问细叔。细叔抬起头,吐了一口烟,笑,然后说,去。但他想象不出,细叔还能去做什么。

正说着，就有锣鼓从山岭下爬了上来。嘡锵，嘡锵，嘡咚锵。嘡锵，嘡锵，嘡咚锵。紧接着唢呐也冒了上来，还是那个轻快的、悠悠扬扬的调。他和细叔几乎同时站了起来，一起向外走。那九点光明，沿着山脊直奔了过来。依然是牌坊，花灯，还有一串的笑语喧哗。照样有孩子在奔跑，龙前龙后，到处是乱晃的光点。快点准备爆竹。细叔一边说，一边迎到了场地的边缘。第一挂鞭炮炸响的时候，他看见细叔正在给龙灯队的人递烟，嘴上说些拜年的话。他忽然想到了龙灯队当年的一些细节，碰上娶了新媳妇的人家，细叔他们总是在龙珠里多点上一支烛，插烛的塞子也要松动一些，有意让烛掉下来，龙珠里的烛落地，亮着，预示主人家将要添丁添喜了。遇上有老人的人家，龙头的烛也格外的亮，那是祝福老人健康长寿，这个时候龙珠的塞子却是铁紧的，烛火怎么也不能坠落。那坠落是象征一条生命的离世。细叔肯定在暗示他们，所以这一晚的龙灯特别亮，锣鼓声也是铿锵悦耳。舞龙头的是一个比细叔高大的汉子，他的步子相当阔，走一步别人得跑两步才能追得上，那龙就奔腾着，跳跃着，扑向了厅堂。当汉子半跪着，用龙头向着祖母灵位三叩首的时候，他再也止不住泪水了。泪眼里，有一条龙在飞，在飞。

乡野里的布衣

除了我的父老乡亲是乡野里的布衣,飞禽走兽、花草树木,所有的动物和植物无一不是乡野里的布衣。

——题记

最后的飞翔:金龟子及玩虫的野孩儿

小时候,我喜欢做一些这样的事情——将两朵向日葵的花盘拢在一起,掐一朵雄的南瓜花放在雌花上,或是从激流中捞起一只失足的蚂蚁,将两根扭结在一块的藤条分开。

我无意中做了些本该由虫子来做的琐事。

在乡野,只要不吝惜自己的手,随时随地都有机会助别的生命一臂之力。正是这份微薄的力量,两朵向日葵完成了一次孕育,一只蚂蚁获得了新生。

我在乡野里生活了近三十年。在这漫长的时间里,我一直重复着这些简单的细节。我似乎生来就是做这些事情的。就像一只蚂蚁,衔着我遗落的麦粒在阡陌上走来走去,始终走不出那片田野。

我想我和那只蚂蚁没有什么区别。

和一只虫子没有什么区别。

我就是一只蚂蚁?

我就是一只从法布尔怀里飞出来的金龟子?

如果是,我显然忽视了自己的一些暴行——老家后园有一棵橘树,一年四季不断有各式各样的虫子飞来绕去。花开的时候有蜜蜂、蝴蝶,花谢的时候有金龟子。那种披着红铠甲、有着"猫眼"宝石一样光芒的虫子潜伏在橘树干上。我就常常捉了这样的虫子,用细线系住它的一条腿,当风筝样飞。我目睹那只虫子无数次飞了出去,又无数次重重落下地来。最后精

乡野里的布衣

疲力竭,伏在我的掌心一动不动。我却以为它偷懒了,把它掼在地上,红铠甲下那对剪翅横了出来。这是最后一次飞翔,可这对翅膀怎么也没有飞上天空,重现它本原的美丽。

那只金龟子被我摔死了。

无数只金龟子被我摔死了。

有时候,我还会翻开一截断砖。我不是寻找什么,只是为了看一只土鳖慌惶逃命的样子。

还有时候,我为了给鸡子寻找一顿美餐,把一只只蚯蚓从它的巢穴里挖出来,扔在鸡子的尖嘴下。

我祛除了一棵橘树被虫噬的痛苦,却毁灭了那么多弱小的生命。为了取悦一只鸡子,我宁可捣毁蚯蚓的家园,甚至将无辜的蚯蚓当做谄媚的礼品。我简直就是一个暴君,一个屠夫,一个刽子手。而在向日葵和南瓜花的眼里,我是月下老人;在纠缠的藤条面前,我是和平使者;在一只落水的蚂蚁眼里,我就是救命恩人了。

就这样,在乡野,很多生命把我视做它们最亲密的朋友,也有很多生命将我列为最凶残的敌人。我明白,是朋友还是敌人,全在我的一念之间。

现在,我已离开生活多年的乡野,远离了那些朝夕相伴的虫子。而那些虫子就像我的亲人一样,时常撩拨着我的情思。一只蟋蟀的吟唱不绝于耳,一只蝴蝶的舞蹈在眼际灵动。在这个城市,我经常恍恍惚惚,把街头的一个花坛看做一片春花烂漫的旷野,把街边的一棵树看做一片原始的绿荫。

有时候我会蹲下来,在枝叶间找寻一番。

结果什么也没有找到。

我找不到虫子,我无法看到那些乡野里的布衣。

也许是虫子感应到了我的心绪,也许是它们惦记着我这个乐不思蜀的乡野孩子。一只螳螂趴在父亲的肩头看我来了,一只蚂蚁藏在叔的裤管里看我来了。我看见他们尘土满面,神情憔悴,茫然无助地站在十字街头。我知道它们历经了此生最漫长的一次旅途,仅仅是为了看看我这个乡野的孩子在异乡生活的景况。我不知道那只螳螂是不是被我从嘴边抢走了蝉的那只,那只蚂蚁又是不是我从水里救起的那只。还有一只蜂不知何时莅临我的花盆,在仅有的几朵花上缱绻着,久久不肯离去。它是不是蜇过

我来向我道歉的那只泥蜂呢？

黄昏时分，我在街头漫步，一只长了飞翅的虫子落在了我的手上。我甚至叫不出它的名字，但我知道它千里迢迢而来的目的。我无法为它准备一顿可口的饭菜，我的口袋里没有一丁点儿绿色，没有一小撮花粉。就连我裤腿上的泥巴，也被我贤惠的妻子一洗而净。

我拿什么来善待一只来自乡野的虫子呢？

偶像的黄昏：空谷百合及食花者

我是一个漫游者。

有时更像一个梦游者。

我扛着鹤嘴锄在乡野里走来走去。一走入那个山谷我就被一种预感攫住了。我觉得我会发现什么。我的目光像一只红蜻蜓，滑过侏儒样的庄稼，滑过弱不禁风的草尖，滑过那棵孤独的红棕树。我的红蜻蜓没做任何停留，又顺着原路飞了回来。我的红蜻蜓什么也没有发现。我的鹤嘴锄找不到深入的方向。就在我转身离去的时候，眼睛突然跳了跳，有一点光亮刺痛了它。

我向那点光亮奔了过去。

我看见了一株百合，一株野百合。它挺着细瘦的长茎，顶着圣洁的花冠，茕茕孑立在乱草丛中。那是我见过的最美的一株百合，挺拔的茎，郁绿的叶子，就像一位旷世的美人。它头顶上的花冠有五朵花儿，五朵花分别指向五个不同的方向。

我在那株百合花前单腿跪了下来。

一个乡野少年用一种最简单的方式，抒发了他对一株百合花的顶礼膜拜。

但这份顶礼膜拜是短暂的。那株百合很快被少年分割成三个部分，一部分是花朵，被少年带回了家，养在一只酒瓶里。第二部分是那根细瘦的长茎，被少年抛弃在野地里。另外一部分是百合的根部，正是少年要寻找的药物，少年用鹤嘴锄将它挖出来，塞进了布袋子。

那个乡野少年带着鲜花和果实走了。没有带走的，只有野草、断茎和土地新鲜的伤口。

很长一段时间，那株百合花一直在少年的窗台上娇艳着。那是一段幸福的时光。那个少年是幸运的(他窗台上的酒瓶空了许多日子),那株百合花也是幸运的。而且,若干年后,少年的心中依然鲜活地伫立着一株百合,它有五朵花儿,五朵花儿分别指向五个不同的方向。其中必有一朵始终向着那片生长百合花的土地。

但并不是所有的百合花都如此幸运——老家有种百合的传统,山坡上,空谷里,哪儿都能见到成片的百合。花开时,村子里到处弥漫着百合花的清香。极像在一个女人国里,四围都是如百合花般的女人的味道。那段时间是少年最癫狂的日子。少年在百合地里钻来蹿去,松土、锄草、捉虫,劳动的细节生动在每片百合叶上,生动在每叶花瓣上。可是,最后那些百合花却没有一朵插到了少年的空酒瓶中。那些花儿被少年的母亲一朵朵地摘回家,用开水汆过之后,倒在阳光里暴晒。花瓣迅速萎缩,干枯,成了黑不溜秋的干花菜。每逢这种时候,少年便独自趴在窗台上,暗暗地流着泪。泪水滴在窗台上,顺着土墙往下流,一滴也没有落到花瓣上。那神情,就像少年因暗恋的女人受难而忧伤一个样。

那时候,不只我家这么做,村子里所有的人家也都这么做。甚至有的还到山头上采了栀子花,一样用开水汆了,晒干了当菜食。我记得我是吃过那些花菜的,至于它的滋味,我却忘记了。是不是当时就食之无味呢?有时想想真觉得不可思议,花天生就是用来欣赏的,可村人的眼里似乎没有一朵花的影子,没有一丁点怜香惜玉的心情,有的只是黑兮兮的菜肴。

是什么逼仄着他们忽视了花朵的美丽呢?

花开花落,春去秋来。少年的下巴下挂满了乱草似的胡子。少年长成了一条汉子。这个来自乡野的汉子学会了做很多事情,学会了思考许多事情,其中包括回忆、伤感,包括用花朵表达自己的感情。情人节的那天,他向同样来自乡野的妻子送了一枝玫瑰。就是一枝玫瑰,也被那个乡野女孩当宝贝似的养着,直到花儿开败,散落,枯萎,完成一枝玫瑰的使命。女孩扔掉秃枝的时候,甚至还在心里暗暗计数着插花的日子。

这是我第一次亲眼目睹一枝玫瑰成熟的全部过程。玫瑰在爱人怀中老去,这是一个多么美好的象征。很多时候,我们不都期望着任何一种美丽的事物,都能像玫瑰那样拥有一个完美的结局,一曲令人感动的花好月圆?

一种植物的幸福何尝不代表着我们的幸福?

灵魂的涅槃：晒不死的草及太阳花

我熟识许多野草，比如蛤蟆衣、六月雪、狗尾巴草、苦菜……还有许多我叫不出名字的草。虽然我不知道它们的名字，但并不会因此妨碍我和它们的了解和沟通，并不妨碍我和它们成为心心相印的朋友。

我熟识那些野草，就像熟识乡亲一样。这种熟悉不是表面的，简单如颜色形状，也不是形而上的春华秋实。我的认识深入到了它们的骨子里头。就像我在乡野漫游时遇到的一个人，不管他穿什么衣服，脸上是什么表情，我都能清晰地聆听到他心髓里的那份善良和淳朴。

我熟识那些野草，就像熟识泥土一样。捏一抔黄土，我深知它的细腻和热情；握一把沙石，我熟悉它的粗砺和苍凉。

我对某种草的认识就是这样。

对于那种草我有很多的不知道。比如，我不知道它怎样生根、发芽、开花、结果，不知道它同别的植物怎样相亲、相爱、相知，不知道它怎样保留种子、传播生命。在它的生活中，我是一个旁观者，又是一个冒昧的入侵者。

那种草有一个奇怪的名字，乡亲们都叫它"晒不死的鬼"。每年的夏天，我都会遇见这种草，要么在长满黄豆苗的地垄，要么在菜叶的缝隙间。有时它就吊在土坎的边缘，像醉汉一样摇摇晃晃，步履蹒跚。它的模样有几分像野苋菜，叶片细小厚实，茎滚圆粗壮。可颜色就不一样了，野苋菜是浅浅的暗红，"晒不死的鬼"却是一身的浅绿，说是浅绿其实几乎不见绿色，叶面几近于乳白了。我拿它和野苋菜相比较显然不恰当，任何一种草都是奇特的，都是独一无二的。"晒不死的鬼"也不例外。

那时候，我是"晒不死的鬼"的冤家对头。我的任务就是要把它连同别的野草从庄稼地里刈除。刈除"晒不死的鬼"，我几乎没花什么气力。它的根系并不发达，我的手轻轻一拔，它就整个连根带叶脱离泥土了。我把它丢在石坎上，我想用不了一个中午，它就会一命呜呼。过了些日子，我再来地里巡视时，却发现它的根系竟然深入到石缝里，又是生机盎然的样子。有时候我干脆把它放在一块平石板上，让它在烈日里暴晒。它似乎奄奄一息了，可巧的是风又把它卷落在泥土上。它的根又扎了下去,生命重新在泥土上张扬。我终于明白为什么乡亲们叫它"晒不死的鬼"。

"晒不死的鬼"不开花,也不结籽。我不知道它怎样繁衍生命。但我知道,任何一种卑微的生命,顽强的生命力是它们生命永远传承的唯一理由。就像一株还魂草,死去了,灵魂沾着水也会萌发希冀的绿色。

无独有偶。后来我看见一种开花的植物,叫太阳花,一个挺阳光的名字。我留意太阳花是因为它使我怀想起"晒不死的鬼",一种在乡野里死去活来的生命。我看见的太阳花长在别人的花盆里。它的茎是细瘦的,叶子微微泛红,那模样有几分像古典小说里的某个女子,苗条,弱柳扶风。在夏季到来之前,它是慵懒的,不惹人眼目。可在盛夏的烈焰里,它却是另一副姿态。它不再是那种纤瘦的女子,而是一个随时准备孕育生命的少妇,美目流转,神采飞扬。在它的头顶,黄的花冠红的花冠极像一个个小小的太阳,那么炫目晕眼。阳光更加炽烈,它的花也随之变化,由单瓣变成了重瓣,颜色也越发喧嚣了,像是在呐喊。

这就是太阳花,一种与太阳同光辉的花朵。从它的身上,我似乎看到了另一种影子,一种与"晒不死的鬼"同样执著的顽强。任何一种生命拥有的本原的顽强,那种骨子里的固执和坚毅。一只在田埂上觅食的蚁虫是一个"晒不死的鬼",一只在半空里振翅的鸟雀是一朵太阳花。而我那些在乡野里奔走了半生的父老乡亲又何尝不是这样的生灵?

失语的怀念:麻雀及空中的植物

我有理由怀念很多物事,可能每个在乡野居住过的人,都会有这样或那样的怀念。比如乡野的天空,那是建筑在头顶的另一片田野。那里生长着许多华美而珍奇的植物,比如一片玫瑰样的火烧云,它是天空里的花朵;比如孤独的太阳和月亮,它们是天堂里的哲学家;比如数不胜数的繁星,它们是那个世界底层的布衣。

而现在,我怀念的是一只鸟,一对在记忆里忽高忽低的翅膀。那是一只大眼睛麻雀。我感觉它老是站在同一朵云的背后,忽闪着眼睛。也许它在诉说着什么,可我一句也听不明白。没有人告诉我,麻雀的语言是怎样的语音怎样的符号。也许所有译者都漠视了这一点。

对于麻雀的服饰,我是熟悉的。父亲时代的麻雀和我少年时代的麻

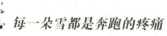

雀没什么不同,冬天的麻雀和夏天的麻雀也没什么区别。它飞翔的姿势我也是熟悉的。它近乎直线样垂落下来,就像从半空里掉下一块石头,或者像陨落一颗星星。但它的高度绝不会很高,绝不会超过对面的楷树巅。有时它就立在楷树的某根枝丫上,圆滑地扭着脑袋。它最拿手的是贴着地面飞行。这时的高度也许就是一株水稻的高度。它轻巧地展开双翅,向上一蹿,不过是一个人的高度,马上又收了双翅,向前方滑翔,最后落在稻草丛中。它运动的轨迹就像微风拂过水面,画出一层忽起忽伏的波浪线。

我看得最多的却是麻雀的另一种姿势。它倒挂在稻草上,细细的脚爪勾住草茎。它每从稻穗上啄下一粒谷物,都要扬起脑袋,骨碌碌地转动几圈。它的双目跟着流转。有人近了,它便"嘭"的一声腾上半空,在它的身后往往是一个群体,一窝蜂地拥向天空,很快又落在远处的稻草上。

麻雀觅食时是惊恐的,就像父亲在一个山旮旯里栽种辣椒一样忐忑不安。辣椒成熟时,母亲总是在傍晚时分才去采摘,背回家的时候还要在辣椒上压一层草,或者别的什么。那样子根本不像是收获自己的庄稼,倒像是一个小偷在偷别人家的东西。我曾看过一些有心人的统计数字,一只麻雀一年要吃多少谷物,一只老鼠一年要偷吃多少粮食。这些数字成为麻雀的一大"罪证"。也许是因为这样的原因,在我的老家,乡亲们都把麻雀不叫麻雀了,而叫"奸雀"。

那时候,我用弹弓射杀一只麻雀,不仅不会受到责罚,而且是一种非常的光荣。麻雀肉烧着吃,格外香嫩;蒸着吃,汤极鲜美。除了吃麻雀肉,甚至还可以获得奢侈的奖赏。我记得我还掏过麻雀窝的。它的窝常在屋檐下的瓦洞里。晚间,悄悄搬了梯子,用手堵住窝口,一只麻雀也跑不了。有时还会捡到蛋,很小巧的蛋。蛋好像没有吃,当珠子玩,结果也就可想而知。有的麻雀将窝安在茅草丛中,那窝用细草屑织成,很像一只碗。因没捉到麻雀,便气恼地摘了草窝,掼在地上,再踏上一脚,那碗扁了。有时干脆点一把火,连茅草一块烧了。

关于麻雀应该还有别的什么,我却没有搜索到。对于麻雀,我好像没有做过一件有意义的事情。回想起来,那些残留在记忆里的片断也都成了我的"罪孽"了。一个弱小的生命要想活命怎么就那么艰难呢?扪心自问,也许在我懵懂无知的时候,不管有意无意,我都在麻雀这个弱小者的脊背上踩过一脚。也许有很多人犯过诸如此类的恶。一只小小的麻雀教会了我

反思,又能否让所有犯过恶的人反思呢?

现在,我在地上撒一把谷物,有谁能告诉我多少只麻雀一次可以啄食这些谷物?哪儿是麻雀的天堂?

身体的暗夜

　　她就站在那儿。160cm 的个子,不胖也不瘦,很苗条的体态。走路的姿势也很特别,就像一棵小杨树在跳动。她不怎么喜欢唱歌,笑声却是不断,有着那个年龄特有的清脆和响亮。她的皮肤还透露了她身体的一些秘密,它潮红,有弹性,有着瓷的质地并且泛着瓷的光泽。

　　那时她十九岁,正处在身体的晨光中,甚至连每根发丝之上都闪现磁性的绒光。那一年她高考落榜了,对一个年轻的胴体来说,这样的打击比偶尔的感冒还要轻微,不值一提。之后是复读,再次落榜,带着前一年的高中毕业证南下打工。再之后是出嫁,生子……每个人的身体都有着白天和黑夜,在身体的白日中,她成为了一个与她同龄的男人的妻子。

　　很长一段时间,我和一个女人——她的姐姐,多次谈起她的颜色,她的某一个部件,每一个动作,包括她的梦想,云起云涌,叶卷叶舒。那个极昼之下的身体有了很多想象的空间。不过谈论得最多的是关于她的勤苦和节俭。她就像一只铆紧了发条的钟,环绕属于她的幸福,无休无止地转动,似乎谁也没法叫她停止。也许她的体内存在一根弹簧,或者她的身体本身就是一根强力弹簧,可有一天,其中的某个部位突然生锈了,而且锈蚀得非常厉害。姐,我胃痛。她的声音有了对于未知的惊恐。那种简单的喜悦,那种透明的清脆,好像被一根细小的电话线滤去了。也许就是那一刻,她身体的天空之上有了些许的阴翳。

　　去做胃镜吧。她的姐姐回答。

　　一根细长的管子,从身体的入口处一直往里挖。就像有一只老鼠沿着喉管,食道,用它的利爪抓挠着,一步一步,钻,钻,一直钻到那个盛装能量的肉袋子的底部。她的身体像是走在一条朝圣的路上。前方是她的男人,她的孩子,她握得紧紧的幸福。她必须抵达。之后就是吐,以朝圣的姿势,用身体代步,那些残存的食物,体液,都成了朝圣路上的风景。那个袋子本来就空空如也,她怀疑她将它也吐了出来。她不得不吐出来,否则它就会阻挡她朝圣的脚步。最后拿到手的是一张纸,胃溃疡。她的姐姐开始往南

身体的暗夜

方,那个身体的所在地寄药物,甲氰咪胍,雷尼替丁,大包小包,被老鼠拉着抵达身体的深处。

之后的许多年,她的姐姐,她的家人,他们都转移了视线,将目光锁定在那个看不见的肉袋子上面。按时吃饭,少食多餐,多吃软食。又是胃得乐,胃心舒。它们一直在朝圣的路上,一直奔往南方。但那个身体沉默了,每次都在转移话题,很少触及那个盛装能量的袋子。她似乎在忍耐,用无声的忍耐来消除他们的担忧。我敢断定,她的体内有一只蚕,将那个肉袋子当成了一片桑叶。它从来没有停止过啃食,一天一天,它在消耗她的身体。她无法将它抠出来,甩在地上,用脚踏得稀烂。她只能用药物来麻醉它。或者用少量的食物来贿赂它。还有就是忍耐,沉默。

但,那只蚕决意不让她沉默,它似乎已经长成了一个魔鬼。它在考验她忍耐的极限。它在她朝圣的路上静坐,奔跑,歌舞欢腾,进行恶魔式的晚会或盛宴。它彻底击碎了她的沉默。她有了第一声呻吟。她的肚子空着,米粒却一粒也进不去。熬成稀饭,也只能吃一小碗,最后稀饭也进不去了。她的身体像被谁偷偷装了一个暗阀,将体内的通道卡住了,什么都被挡在了门外。她以为还是原来的那个家伙在闹腾。甲氰咪胍,雷尼替丁,胃得乐,胃心舒。它一概不予接纳。它早已不是原来的那个魔鬼,而是蜕变成了另一个恶魔,一个比胃溃疡残忍百倍甚至万倍的恶魔。它是一个廉洁的恶魔,它不接受任何的贿赂。而且它是坚硬的,超过了石头的硬度。她的腹部因此失去了原有的柔软,而是像灌了水的水泥,迅速结成了一个硬块。B超。X光。她的腹部有了大片的阴影。身体的天空刹那间乌云密布,从极昼的天堂跌落到极夜的地狱。又是胃镜。活检。证实了一个恶魔的存在:胃癌晚期。

初春季节,别人都在南下的时候,她不得不将自己的身体从南方运了回来。那已经不是原来的身体了,原有的光泽和弹性无影无踪,只剩下一种颜色:惨白。有点像秋天的草,干涩,枯瘦,所有的水分尽失。只有腹部,像埋了一堆泥土。而且时间久远了,泥土早已板结,失却了韧性和润性。它蛮横地蹲在身体的中央,谁也搬不走它。在南方的夜晚,她的手肯定不止一次抚摸过那儿,她的指头在上面行走,可她不明白它们到底走在哪里。没有几个人能够窥视到自己的身体,它的内部,某一个地方,那里究竟隐藏了什么。它是幸福的发源地,还是灾难的窝藏点?也许她还想过,如果有可能,她宁愿不要那一部分,像丢弃一段时间一样丢弃自己身体的一部

分。如果没有它,她现在至少还能同幸福站在一块儿。她再也不是一个行走在路上的朝圣者。她在被自己的身体驱逐,被自己的身体流放。

她,在她姐姐所在的医院复查,站立,躺倒,将自己的身体裸露在一些冰冷的机器面前。他们希望这些机器颠覆前面的那一些机器,否定原来的诊断,归还她身体的清白。可结果,就像一个死刑犯,这最后的上诉也没有给她带来任何福音。维持原判。维持原判。而且这个结果被隐瞒了,从一开始就被隐瞒了,没人透露给那个身体,没人透露给那个身体的主人。他们,她的那些亲人,想用一个善意的谎言唤取她的信心。胃溃疡,要将那个盛装粮食的袋子切去一部分,一小部分。她沉默着,没有一句多余的话,好像他们所说的一切同她没一点关系。她,也许早已洞察了一切,也许还以为行走在朝圣的路上。现在已经没人知道了。

手术定在一个普通的上午,那是另一些身体的白天,天色蔚蓝,阳光普照。而对于她来说,这一切相当遥远了,就像在地球的另一面。她必须躺在那张冰冷的手术台上。一些药物正在让她变成木头,泥土,或者其他任何没有痛觉的事物。一把闪光的刀片,就像一只鹰,在她身体的低空盘旋,寻找降落的位置。她的身体成了鹰停泊的机场。她躺在那儿,一声不吭。她无力拒绝它的降落。而且它还要进入,从没有门的地方开启一扇门,从没有路的地方走出一条路。它可能无数次进入过别的身体,但进入这一具是第一次,也是唯一的一次。她已经完全成为了一块木头,甚至连木头也不是,锯子进入木头的时候木头会叫,而她有的只是沉默,沉默,任由刀子打开她的身体。它可以割走里面的任何一部分。她不能不给,特别是那些多余的东西,本来不属于她身体的东西。或者什么也不会带走,他们只是打开她的身体看看,那个藏于身体内的恶魔让他们找到了打开的理由。

就像一件瓷,她进入了另一只窑炉。窑炉之外,她的姐姐,她的亲人,在苦苦守候。没有人说话,所有的目光都停靠在那扇紧闭的门板上。他们在祈祷。门启之时,她会不会是一件炫彩的瓷。她的朝圣是一种血液的朝圣。通过她的身体,汇聚在那只盛装能量的袋子。她的身体不再属于她一个人,不是她一个人的财富,而是更多人的,共同的梦想,无法割舍而又不得不割舍的疼痛。虽然她已无力承载更多的梦想,像一幢老房子一样虫侵蚁蚀,摇摇欲坠。

而结局比预想的还要糟糕。她的腹部完全,彻底,干净,被那个恶魔占领。她的身体成了它的摇篮。它仿佛有一千只手,一千只吸盘,伸向了她身体的任何方向。它就是那样一个怪物,用亿万的根系,用亿万的触须,将她牢牢缚住。一个叫贲门的地方完全被它堵塞了。刀子也无可奈何。它可以割去一条根系,可以剜去一只吸盘,但面对千千万万的根系,千千万万的吸盘,它不能割除她身体的全部。三个月,最多三个月。这是医生最后的结论。数字"三"同她的身体紧紧连在了一块。三个月后它会离开她,奔赴另一个身体。

开启的门又闭上了。半个月后,她离开了医院,住进了她姐姐的屋子。她似乎明白了,她的身体已经陷入绝境。她不可能再回到那条朝圣的路上。路的尽头是爱人,孩子。还有身体在极昼下的灿烂和幸福。但她什么也没说,也没有什么异常的表现。她同她姐姐一墙之隔,悄无声息地躺在那儿,似乎原本那就是一间空房子。一些水,一些流质的食物,还在进入她的身体。它们是她需要的,然后又变成了恶魔的需要。也许她曾憎恨过她的身体,如果没有那个盛装能量的袋子,那恶魔也许就不存在了。不过,现在这憎恨也消散了,有的只是平静,彻底的平静。这不是绝望的放弃,而是平静的接受。遇上晴朗的日子,她由她的男人扶着,走出房间,去享受片刻的阳光。草在长,莺在飞。一切美好如昨。

而她的姐姐,她的亲人,还在幻想着,有一天奇迹出现。西医束手无策的时候,他们希望中药能够起死回生。草叶,树根,旷野的果实,虫子的尸骸。屋子里弥漫着中草药的味道。那些浑浊的液体,一滴一滴,流入了她的身体。好像那是一块干涸的麦田,所有的雨水都流往了一个方向。她的身体却承受不了这许多的雨露,腹部又内涝了。尖锐的针头再次扎入了她的体内。那些草药的汁液又变成了另外一种液体,流出了体外。那是恶魔的排泄物。如此的反复中,最后的日子日渐临近,真实的疼痛像积液一样涨了上来。那些草药也被迫停止服用。另一种白色的药片,去痛片,在缓解她疼痛的神经。先是一天一次,一次一片,后来是一天二次,一次二片。再往后这些白色的药片也失去了作用。另一种毒——杜冷丁,开始注入她的身体。或许那恶魔本来就是一个瘾君子,它寄生于她的体内为的就是等待这一天,等待这一支一支的毒。也许毒也不过是它的一个借口,它真正的目的就是要毁灭这个身体。她,成为了它享受毒瘾之后的殉葬品。

身体的极夜是短暂而又漫长的。没有了生命的阳光,她的身体在一步一步冷却,血液放慢了脚步,血压在降低。那个身体就要沉入极夜之后的深渊了。

每一朵雪都是奔跑的疼痛

　　最后的时间,她要回到她男人所在的村庄,她要长眠在那里,长眠在曾经堆满幸福和阳光的地方。在另一个世界,她偶尔张开眼,就能看见她的男人,她的孩子,在她走动过的地方奔跑,嬉戏。我,她的姐姐,去为她送行。她躺在车上,已经直不起身。而且她的腹部太突兀,阻挡了她的视线。她让她的男人托起她的头部,努力地做了一个微笑的表情。同时她的一只手举了起来,向车窗外树起了她的大拇指。车门很快合上了,之后绝尘而去,一个三十六岁的身体就那样永远离开了。

1975 年的纯白

1975 年的春天是白色的。先是飞儿白色的肺结核，妹妹春儿白色的"走根症"，接着是柚子花开，白色的香味，之后就是曾祖母的白内障。有限的记忆都被凝固在一片白色之上，除了白色，还是白色。

先说飞儿吧，一个春天模样的小女孩。她是邻居的外甥女，也是我五岁之前唯一的伙伴。当时她是七岁或者八岁，至于具体是哪一年出生的，我记不清了。那时候没有年龄的概念，就像没有男女性别的概念一样，我只是凭着印象猜测，她比我大两三岁。我同她在一起，也许只有四五个月，头年的秋天到另年的春天。那样短暂的一段时间，我回忆起来却有着半辈子的漫长。

一个五岁的男孩同一个七八岁的女孩，他和她全部的生活只有一个字：玩。也因为想象力的缺乏，玩的节目很简单。捉过蜻蜓，也在屋后的竹林里摘过那瘦瘦的野菊花，或者捡拾干枯的笋衣。还在场地上追逐过萤火虫。或者坐在门前的那块青石板上，仰望头顶的天空，一颗一颗，数着遥远的星光。也在土墙的泥洞里挖过蜂。那是一个恶作剧，蜂藏在泥洞里，用细竹枝骚扰出来，圆圆滚滚的身子，用瓶子在洞口接着，蜂就落进瓶底。那时是冬天，我和飞儿都穿着棉袄，蜂就瑟瑟缩缩，在瓶子里直哆嗦。

玩得最痛快的一次是在塘堤上烧炭窑。说是水塘，其实早已改成稻田了，水也不深，没有潜在的危险。加之塘堤很宽，有半条马路的宽度。我们挖了一个土坑，从石榴树和女贞树上掰一些朽枝，折成短短的一截，埋在土坑里，留一个缺口做烧火的通道。烟起的时候，我就听到飞儿在咳嗽，咳，咳咳，一声比一声急，一声比一声短促，到后面连咳嗽的声音都没有了。只见她捂着胸口，大张着嘴，像是在吐气，又像是嘴巴被什么撑住了，合不拢。咳嗽过后，飞儿再也没有走近土窑，只远远叮嘱我，不断朝火堆里扔稻草。她说她冷，她透不过气。我很奇怪，那时候塘堤上满是暖暖的冬阳，我都热得冒汗了。

之后是一段空白，好长好长的一段空白。我没有见到飞儿，她好像突

每一朵雪都是奔跑的疼痛

然失踪了,或者回到了她原来的地方。我甚至都记不清了,那会儿自己在哪里,又去了哪里。一个人的生命中总会有或这或那的空白,连记忆都没法弥补。

再见到飞儿的时候,是在春天的一个上午。她被一床小小的棉被包裹,由她母亲抱着,坐在场地上的阳光里。天啊,你睁开眼睛看看吧。我看到她母亲仰起头,向着春天的天空号啕。她悲伤的声音里充满了恐惧。我只敢在距离她几丈远的地方走动着,一边走一边偷偷瞧着她怀中的飞儿。只见一张苍白的小脸,平静地睡在一团红色之中。我分辨不清她的五官,眼睛鼻子和嘴巴,都压缩在那一团纯白之中。她留给我的最后的记忆,就是一脸苍茫的白色。之后她就彻底消失了,就像她的名字一样,飞儿,飞了。一个人的消失竟然如此轻易,我甚至来不及看清她走出村庄的背影。直到现在,我回想起来,依然记不清那张脸到底是什么样子,是胖还是瘦。那一团白色完全将她吞没了。

飞儿消失后,家人突然箍紧了对我的约束。我不能一个人进入邻居家,甚至不能单独跑到场地的另一边,有限的活动范围就在自家的堂前屋后。能在这个空间内陪伴我的,只有两个人,一个是八十高龄的曾祖母,另一个是比我小了两岁的妹妹春儿。关于春儿,我仅记得几个粘贴不到一块的片断。在我的印象中,她的活动范围比我宽广,想去哪里就去哪里,似乎没有谁来拘管她。那年月,祖父祖母,父亲母亲,他们都在为了生计没日没夜地劳作,根本无暇顾及。每一天的开始,春儿往往同我和曾祖母在一起,但很快她就走开了,不知上哪去了。可一个年仅三岁的孩子,又能上哪去呢。昼前午后,或者炊烟袅袅的时候,她又会被某个好心的村邻送了回来。春儿去的地方始终是路上,有时是坐在路中间哭泣,有时又在路中央睡着了。她好像并不明白自己要去哪里,上午在东边,下午可能又到西边去了。那段时间,道路几乎成了她的家。直到后来,我听大人们说起,才知道春儿一直在追寻母亲,母亲往东她也往东,母亲往西她也往西。有时不清楚母亲的方向,她就漫无目的地在路上兜圈子。

之后的一个片断,就是春儿病了。她好像病得不轻,邻居家有一个赤脚医生,用一根细长的银针扎着她的指肚,扎一根挤一下,就有一滴白色的脓液鼓出来,有时也伴随着血。我记得我也扎过银针,大人们说我的指肚里藏了虫子,要将它扎出来。可春儿扎过虫子后也不见好转,依旧紧闭着眼,怎么也不愿意睁开。她的脸也像飞儿一样白得没有一丝血色。

112

第三个片断发生的时间是在晚上。我被关在一间房子里，由曾祖母守着，不许走出房间半步。隔着门板，我听见母亲在嘤嘤泣泣哭，她的声音时断时续，不时被叮叮嘭嘭敲打木板的声音打断。我不知道他们在干什么。一阵狼藉的声音过后，门吱呀一声开了，有脚步声在往外走。母亲突然尖锐地叫了一声，我的春呀，你怎么就不要娘了呀。但离去的脚步声并没有因为她的叫喊而停顿，他们一直往西边去了。有火光从窗户里照进来，像一群白色的小妖在土墙上跳跃。我贴紧窗台，跷起足，终于看到了外面的世界。几支火光在山脚下游走着，一个人扛了锄头，另一个人的腋下挟了一个小小的木头盒子，有点像用来装黄鼠狼的陷橱。他们挟着它，转眼就翻过了西边的那一座小山，只剩下一线隐隐约约的白光。一个多星期后，我才从大人们只言片语中知道，春儿被埋葬在一个叫绿谷塘的小山坳，她的坟后有一小松树，坟上压了一根松枝。凭借这点线索，我一个人偷偷去过绿谷塘一次，见到了一个新鲜的土堆，只是我怎么也不敢相信，那里面会有一个叫春儿的女孩。我家的一个亲戚晚上经过绿谷塘的时候，看到过许多的磷火，还听到有小孩的声音，笑的笑，哭的哭。

　　稍大一点后，我才听说春儿死于"走根症"，但后来我问过好多的医生，都弄不清楚"走根症"到底是一种什么疾病。而我的理解也很简单，一个人的根走了，还能存活么。多年以后，只要我偶尔朝窗子后面张望，就能看到那几支白色的火光，它们就在那儿跳跃，闪动。

　　一个小山村经历了接二连三小孩夭折的事情之后，对幸存的孩子就拘管得更加严厉了。我的活动范围一再缩小，最后限定在屋后的柚子树下。那是曾祖母的地盘，她时常坐在那里晒太阳。她的眼睛里有一片柚子花样的白色，根本看不到外面的世界。为了不让我脱出她的监管范围，她甚至用一根草绳系住我的小手。对于她，我也没有更深的记忆，只是一个行动迟缓的黑色影子，仅此而已。但有一个场景记忆犹新，那是柚子花开的时候，白色的香味就像迟来的春阳一样四处张扬。我依偎在曾祖母的胸前，头顶上柚子花瓣一片片飘落，满地都是白色的花瓣。不过这个场景也是转瞬即逝，两三个月后，曾祖母就离开了人世。柚子花开的那个春天，是我同她一起度过的最后一个春天。

　　二十多年后的一个冬天，我被一场疾病击倒，医生诊断为结核性胸膜炎。当问及是否接触过类似的病人，我头脑一片空白，什么也想不起来。之后是抽水，十二号的针头从背后刺入体内，抽出来的液体盛在一只小塑料

桶里，上面泛着一层厚厚的白色的泡沫。就是那一层白色，让我想起了1975 年的春天，想起了飞儿，想起了柚子花白色的香味。有可能我就是那一年染上结核的，只是没有想到，这么多年来它一直潜伏在我的体内，将我同一个死去的女孩再次联结在一起。死去和活着，竟然在同一种暗疾身上存在。我怀疑每个生命都以暗疾的方式打上了记号。冥冥之中，像有什么早将这一切安排妥帖了，任谁也逃脱不掉。

水上绝句

梭子一样的铁皮船,浅色栏杆,朴素的桥面,缆绳,以及在水底沉睡的锚。它们组合在一起,就成了一座浮桥。

这样的一座桥,让我凭空生出了许多想象。

那都是同女人有关的,缥缈的,虚拟的,一些已经逝去的幻象。那些船只都是女人丢失的梭子。它让我想象一个同梭子有关的女人,正端坐在某个临水的窗口。那是秋日的午后,我行走在桥上,被流水、风和阳光所包围,被温暖、感动和幸福所包围。我偶尔一回首,就看见了她流水一样的目光,流水一样的发丝,以及流水一样的手势。她坐在那儿。浅色栏杆就像疏朗的篱笆,一些绿在它的下面安静着,一些红在它的上面微笑着。我眨一眨眼睛,她就不见了。同时消失的还有环绕的篱笆,一些红与绿的风景。它们好像约定了一样,在同一个瞬间突然全部消失。风一样无影无踪,只在泛绿的水面上留下一些细密的脚印。那些脚印一直走向了水的深处。

往后,一个人在桥上行走的时候,我便不再回首了。我不想那些消失过一次的景象,重新消失一次。我情愿守着第一次回首的那种感觉,缓缓地,走过一座桥,走过一条生命中的河流。

再往后,我更改了在桥上行走的时间,在黄昏或者子夜的时候,在阑珊的灯火里,一次又一次,一个人,靠在浅色的栏杆上,或者从一只铁皮船抵达另一只铁皮船。那时候我是安静的,河水是安静的,远处的窗也是安静的。一条鱼在睡梦中翻了一个身,搅起了一片水的声音。而后,声音慢慢消散,消散,一条河又彻底平静了。

很多次,行走在桥中央的时候,我会听到另一种足音,浅浅的,像雨滴一样落在身后的桥面上。如果我不停下来,或者不折回去,它就会一直尾随着我,从桥的一端走向另一端,直到我上了岸,它才恋恋不舍地离去。我听见它顺着来时的方向,一步一步,散入风中。那样的声音,那样的节律,应该是一个女人才有的。我疑心就是那个同梭子有关的女人,那个坐在篱笆墙内的女人。我不止一次这样想着,但我始终没有回头,或许只要我转

过身,就会看见她的背影,一个发丝如流水一样的女人,正轻轻浅浅地在浮桥上走动。

有时走得累了,我会寻找一个船头,背靠栏杆坐下来。这往往是夜色苍茫的时候。我坐在黑暗里,不说话,也不思想,好像我本来就是长在船头的一块铁疙瘩。而且能够让我落座的一定是生满红锈的船头。我坐在它的上面,看着红锈加厚,脱落,最终船只会离水而去。这一回,我没有听见那个女人的足音,也许她并不知晓我坐的地方。这地方水色深幽,连风也镀上了一层厚厚的红锈。我的想象像鱼儿一样跳出了水面。我幻想那个同梭子有关的女人,此刻正坐在临水的窗口,向着我的方向眺望。或许她看见了我,或许她什么也没有发现。

偶尔我也喜欢在风起云涌的时候光临浮桥。那样的时刻,一个人的行走也像船只一样,起伏,跳跃,有了女人一样的轻盈。我在想,那个女人一定有着修长的身子,修长的腿。她像跳舞一样在浮桥上漫步。我眨一眨眼睛,想将她看得更仔细一点,她忽然就不见了。那双修长的腿在风中一闪,就隐入了无限的水色背后,永远消失了。

这样的浮桥,在我滨水而居的小城有四座,四座浮桥就像一首七言绝句,漂浮在一条名叫修水的河流上。

那么,我怀想的那个女人,那个与梭子有关的女人,她一定是从绝句里走出来的,走到了这条河流之上,走到了这座浮桥之上。我吟诵绝句的时候,她握着梭子,藏在某个字里行间,用她流水一样的目光注视着我。她的注视让我的吟诵像流水一样流畅。

我的想象也在吟诵中走向了久远的绝句。

我虚构了一座藏在绝句里的浮桥。那像梭子一样的木船,沉静,斑驳,就像一个久经风霜的汉子。他仰卧在水波之上,一动不动。他的面容黢黑,胡须泛绿。甚至连螺,以及另一些不知名的水生动物,像果实一样结满了他的身体。他在等待那个从绝句里走出来的女人。他看着她,穿过低矮的篱笆,穿过岸边的垂柳,一步一步,走近了他的身边。她纤细的足落在他的胸口上,像是怕踩痛了他似的,轻得没有了一丝重量。

我甚至看见了沉在水底的铁锚——那个汉子的手掌,深入了河底的淤泥。

他舒展的双臂攥紧了岸边的垂柳。

那种时候,绝对是绝句里的景象,月色朦胧,水波不兴。一个长发及腰

的女人,静静地走过了一条河流。

同铁质浮桥相比,我更喜欢木质浮桥的沧桑、破败,包括断裂的栏杆,以及船帮的青苔。也许它们曾经真实存在着,但现在我只能依靠想象来完成。那些已逝的斑驳,那些破碎的平静,让我绝望而又悲伤。它们是流淌在骨头里的痛,结满了红锈一样的厚痂。唯一给我安慰的是,这种红锈慢慢在铁皮船上凝结、增厚,时间久了,就有了另一种颜色的沧桑。

我还幻想过一些与浮桥有关的声音。流水一样的琴瑟,月光下的竹笛,船头的箫。桨声欸乃。那些听得见的和听不见的声音,它们都远去了,漂散了。只能偶尔在水面的漩涡里,依稀辨出那么一个两个脚印,也许那里曾是吹箫人站立的地方。箫声就是从那里出发的。

某个冬夜,我独自来到了浮桥之上。我疑心自己进入了一个幻想的场景。飘落的雪就像涌动的水,慢慢将我覆盖。远处的灯火也有了一层朦胧的白。我的脚落在雪地上,同雪落在水面上没有什么区别。它们一样无声无息,一样幽深莫测。

那样的雪让我产生了另一种错觉。我记起了夏天的某个片断。一个女孩选择在浮桥上结束了自己的生命。她像雪花一样飘离了桥面,将自己交给了浮桥之下的那条河流。她重新回到桥上是在另一个下午。她仰脸躺在一只船头,脸色有如这静夜的雪。她的发梢还在水里,像鱼尾一样鲜活。

那个夜晚,我终于没能走入河流的中央,因为浮桥被拆除了,一座桥彻底断开了。

其中一座浮桥架起来之前,那儿是一个渡口。白杨,荒草,倾斜的堤岸,它们一起诱惑着我。我上船,下船,乐此不疲,似乎永远没有到达彼岸。更多的时候我是坐在船上,静静地看看水,静静地看看天。那样的时刻,我总感觉到有一个人,一个发丝如流水的女人,在船头迎风而立,衣袂飘飘。有时我是站在岸边,目送她离了岸又上了岸。我能看见的永远只是一个背影。

那样的一只渡船并不是我能想象的。我至今记得那窄窄的、柔软的跳板,那积了水的船舱,那乌黑的竹篷,长长的篙,以及角落里那把快要散架的竹椅。我在上面坐过,在我之前,也许那个发丝如流水的女人也在上面端坐过。我坐在那儿,面沉如水,目光凄迷。

后来,在一个夜色突袭的黄昏,那只渡船静静离了岸,往下游漂去了。

那个摆渡的老头,操起篙,在岸边一块青石上一点,那船就荡开了。老头收了篙,将它横在了船尾。那篙在船板上滚动了一下,很快又停住了。我再次抬头的时候,突然发现那个同梭子有关的女人,她正立在船头上,她的长发如水草一样泼辣,生意盎然。不过这个时间转瞬即逝,她的背影很快没入了暮色之中。

只留下我一个人,还守在今天的浮桥之上。

伍

陈瑶散文

【作者简介】

　　湖南长沙人,企业主管,1979 年生,有散文作品见诸国内报刊,入选《大地上的九座村庄》及《读者》等书和杂志。

呼吸也痛

1

起风了,却不是三亚的海风,原来自己一直在怀念那片海,那抹阳光,那些带不走的记忆。

一直以为自己只是在海的床上打了个盹,短短的,没有任何值得留恋与想念的成分。无奈,这个盹足够与长眠媲美。相片一张张铺开来,景或是人,人或是景,自己就是那样被征服,先是眼睛然后是思想,最后是心。我一直在想这个盹,到底仅仅是眼睛的休息,还是思想的洗礼,或是心灵的净化。这个盹对我而言,是人生中的精彩与亮点,不管在别人眼里会以什么样的形式出现,对我来说,是一个崭新的感受,生命的飞舞。

真后悔没有把阳光沙滩海浪装进瓶子里,带着它们飞过湘江上空,带进属于自己的地方。一直感觉自己喜欢古老的城墙,比如说西安,虽然没有去过,却有一种很深的情结。没料到大海对我而言同样是一种情结,甚至超过西安。总是梦回唐朝,却不料在海的床上打了个盹,原本属于唐朝的自己,竟然被茫茫大海征服,而忘记自己来自何方。

我从何而来,却如何从原路回去?这是这些天一直思考的问题。

几年前一直认为自己来自唐朝,带着一身贵气在茫茫人海中寻找,寻找回去的路。路过那片海的时候,不小心睡了一会,就遗失了自己,再也找不回来了!

2

四周很静,静到可以听见自己的心跳。我听见自己的心跳了吗?我不敢承认,不是因为我没有听到,而是听到了却是那么的无能为力。

很少有人听到自己的心跳,因为周围太燥热太喧嚣,让人习惯用眼睛

去看这个世界,用眼睛看世界,一切就自然而然,一切就简简单单。人总是相信自己的眼睛,不带任何猜测与怀疑,人的本能反应是自信,换言之就是相信自己的眼睛。

也有人习惯用耳去听这个世界,听这个世界上的任何一种声音,风声,雨声,雷声,笑声,哭声,一切符合自然规律能发出来的任何一种声音,而且近乎崇拜和迷恋,比眼睛更容易轻信。是啊,这世上什么都可以怀疑,除了亲眼所见亲耳所听,我们还有什么可挑剔的,我们应该感谢上帝造人时,特意给了我们一双眼睛和一对耳朵,让我们可以看得更广听得更远。

可是我在一个特定的时间特定的环境下,突然听到了自己的心跳的声音,跟着就听到了一系列的声音,比如花开的声音、草萌芽的声音、雪落地的声音。这些声音都是自己从来不曾听到过的声音,因为自己从来没有想过世间仍有这般完美的声音。

于是,我把自己的眼睛、耳朵悄悄地收好,拿出心跳的声音与自己对视,与自己的思想和灵魂对视,最开始需要安静,慢慢的,在任何情况下都能听到这种心跳的声音,不管外部环境如何恶劣,人声如何鼎沸,那种心跳闭眼就能感觉出来。

心跳,用心在跳!

可是为什么我会感觉到无奈。有什么比明明知道自己需要什么,却无法争取什么更艰难;有什么比除了自己,再无人能听到自己的心跳更可悲;又是什么比明明上帝给了我一双眼睛,我却无法用它来看清这个简单世界更可笑。

跟着心跳的感觉一起律动吧,因为上帝还给了我一颗晶莹剔透的心!

3

一觉醒来,窗外已是冬天,仿佛就在抬眼之间,季节开始轮换。

任由水从头顶流下,我一动不动,水淌过背部,仍是感觉有点凉,水的温度不能再高了,否则会灼伤皮肤。这个念头刚在心里一晃而过,马上就感觉到被灼伤,是水流过了手背,火辣辣的疼。手上的皮肤远没有后背细嫩,为何会被灼伤呢?

这样的冬天,真想学会冬眠,不吃不喝睡一觉,一觉醒来就见春,当狗熊也好,成睡美人也罢,总之只要能熬过这个冬季,什么都行。屋内没有暖气,手渐渐地失去了知觉,木。失去知觉的手能写出什么样的文字,于是干脆选择沉默。

原来手被冻坏了,当温水滑过,便会有一种灼伤的感觉,极致的冷碰上极致的热,就好比水遇上了火,不在水中熄灭便在火中焚毁。水仍是不停地从上而下,手背越来越难受,仿佛不属于自己,比开始的冻更加让人难以忍受,就好比大喜大悲,温差的转变太大,世间万物难以承载,情感的大起大落,纵然圣人也无法心静如水。

手开始有了温度,有了感觉,这时才发现手属于了自己。十指连心,这时心房才感觉到一丝温暖。

朋友说:人是在经历中成长。

朋友说:人生无处寻杨柳/只得断然于今秋/无言以对今生面/偏以真心伴水流。

朋友说:叮嘱你,不管什么时候你上车,第一件事情就是系好安全带。

朋友还说:是朋友就相信朋友说的准没错。

4

越想轻松就越不轻松,越在意就越无法敞开心怀,越谨小慎微就越容易出乱,越透明就越缺少一种真实。

一直无法明白感性与理性之间的区别或是关联,明明自己是一个感性的女子,却往往用理性来装饰自己,没有刻意的成分,却是一种自然而然。曾经自豪地认为自己是那种洒脱之人,没有什么拿不起也没有什么放不下,哪怕伤痕累累。

突然想起几句歌词:他说风雨中这点痛算什么,擦干泪不要问为什么。

世间的任何一种相识,都是缘;世上的任何一种感情,都是份。有缘可以成为爱人,无份可以成为朋友,有缘可以成为知己,无份可以成为过客,长的缘,短的份,长短总是不一,缘分总是太近。

原以为这个冬天不会太冷,看来错了,冬天就是冬天,除了冷没有其他感觉,往年怎么过今年还是怎么过。原以为温暖会长长久久,看来不对,除了自己没有人能温暖一生,还是用双手环抱自己,用力再用力。

每一朵雪都是奔跑的疼痛

冬眠吧,醒来便知春。

5

一直感觉坚强是紧紧团结在自己身旁的,可是那种心慌与自己寸步不离,不安,如此的不安。坚强是可笑的词语,稍不注意便可以粉碎伪装的坚强,我心里不停地骂自己没用,软弱的女人。

明白走极端的恐怖,惊慌之后便有一种什么都不重要的念头,原来全然不顾是一种疯狂的行为,是对自己的残忍,深深地为自己感觉悲哀,一种无力却又光鲜的悲哀。人在这个世上生存得越久,越发感觉到有人理解有人懂得是多么的重要,尤其是身边最亲近的人,我没有年迈到四肢无力,目光呆滞。正在慢慢地走向生命的另一个坡度,向前或是向后全在于自己。也渐渐发现自己心理上的问题,过于在意过于忽略,在意别人的想法忽略自己的感受。也终于明白自己本身就是个寄生物,可以把自身的喜怒哀乐、得失压得很低,可以把一切归于习惯就好,可以把自己折折叠叠收好,甚至加个盖,密不透风。

沉默仍是唯一的方式,却不是最好的方式,我仍旧不是一棵草,仍旧是温室里的一朵花,开得再美再艳也是在温室里,没有四季的轮换,没有冷暖感知,只需要有着色彩亮丽的花瓣,吐着芳香四溢的气息,安安静静地待在那间小小的房子里,便天下太平。

6

初冬的圆月,洁白的月光里透露出一份冷艳,宛若秋风中薄薄雾纱裹不住的寒冷,袭人。看着此时的月,想起了深秋的月,同样的是圆月,却有不同的感觉。深秋的月,温暖恬静,欢呼着奔跑在天空,四周有繁星陪伴左右,远远地看着便有一份相知的感觉,久久难以平复内心的激情。初冬的月,静静地挂在天边,偌大的天际是那样的空荡荡,让人产生无限怜惜,没有靠近就想拥抱,想用自己的体温紧紧地拥抱,给彼此温暖。

窗外孤月,屋内盏灯,中间是心情键盘随意而行,这样的夜晚总会有梦,美丽忧伤,醒来后只剩下淡淡的感觉,有一丝甜一丝愁在其中。有梦的晚上总是睡得踏实安稳,可是很长一段时间没有了梦,入睡前拼命地想啊想啊,想要积攒一个梦,酝酿一个梦,可是好梦难圆。圆月的夜晚若能圆一个美梦,该多好啊!

那是什么声音打扰了寂静的夜,扰乱了平静的心田?一声巨响划破长夜,莫名想到了韩红的《天亮了》,每每听到,总会由心底滋长一份伤痛,深深的伤痛,想起了曾经随曲舞动的自己,仿佛只有通过不停的旋转不停的飞舞才能释放内心的悲痛,与现在这种方式是截然不同的,文字趋于宁静,飞舞趋于灵动,却同样需要一份激情才能迸发内心的爱与痛!

写字吧,让激情流动于文字当中。起舞吧,让激情挥洒在音乐当中。一静一动,天上人间,尽在心中!

7

偶然间读到一些关于感情方面的文字,字字叩心,句句珍贵。并非与自身引发共鸣,而是透过字里行间,可以读出感情的伟大、细腻和脆弱。很少用直白的文字来形容一份感情,总认为那是一种亵渎,很少用夸张的语气来宣泄一份感情,总认为那是一种虚伪。

在自己的文字里面很少出现爱,一直不解,或许是一种刻意,或许是一种无意识,或许是根本写不出这个沉重而美丽的字眼,或许没有原因。潜意识里总是拒绝爱,总是把感情与爱分隔开来,区别开来。

爱是一种感觉,与时间无关,时间长了生成感情,时间短了成就经典。

爱是一片落叶,从空中徐徐飘落于肩,便有了爱。可是这片落叶不会永久逗留于肩,真心人细细收藏入怀入心,这便是爱的最好归宿,升华为情。若落入脚下便成泥,一种宿命,一种轮回。

爱是一缕清风,拂面而来,心动,有了爱。清风带走了心,心失去了方向,心若随风而去,久而久之亦成情。心若找不准方向或是找错了方向,便是一份错爱,爱都爱错何来感情。

不是不信爱,而是不敢爱。爱这分量是生命中承受不了的轻,说轻并不表示不屑,而是太轻,轻到无法拿起,轻到不忍放下,轻到拿起怕碎,轻到放下怕疼,轻到哄也不是抱也不是,轻到左右为难。只有感情的分量才能让人安心,是生命中必须承载的重,这份重与自身息息相关,不能轻言放弃,无法随意抛开,这份重伴随整个人生,不能任其自生自灭,无法不理不睬。这份重是生命的延续,是生活的过程,是人生的真谛,是完美的精神

世界。

不是不想爱，而是爱不起。轻易说出来的爱没有任何责任可言，爱的词库里不能有责任二字，掺杂责任的爱不再纯粹，不再美好。而不纯粹的爱，不美好的爱，宁愿不爱。压抑心底的爱没有任何轻松可言，爱的词库里不能有委屈二字，掺杂另外情感的爱不能长久，不能升华，爱若长久便成情，不能升华便成恨，与其往后恨或是痛，不如拒绝。虚无缥缈的爱是纯粹的一种精神恋爱，亦是爱的时间里最持久的一种。与其说是爱不如说是自爱，与自己在谈一场恋爱，用意力创造一个精神恋人，用感觉来美化一个爱人，来一场轰轰烈烈的爱。这样的爱是最高境界，不会有世俗偏见，不会有柴米油盐，不会有利益关系，不会有牵绊繁琐。有的只是温暖和轻松，牵挂和想念。

还是不习惯说爱，说说感情吧。

感情像一杯白水，淡淡的，无色无味，却能解渴。

感情像一抹阳光，暖暖的，五彩缤纷，总能亮眼。

感是感恩，情是真情。

怀着一颗感恩的心真情相待，便是我眼中的感情。爱情也好，亲情也好，都离不开感和情。对于亲情，感谢父母给了我们生命，感谢父母养育我们成长，用自己的真情回报他们便是至高无上的亲情。对于爱情，感谢另一半选择了自己，感谢另一半给予的温暖与快乐，当爱情转为亲情的时候，更应该感激与珍惜。用最初的怦然心动，换来了而今的相濡以沫，用最初的花前月下，换来了而今的相伴相依。经历了时间的磨洗，经历了风雨的吹打，才缔造成一杯纯净无尘的白水，地久天长。

8

总是很容易相信，相信身边的任何一个人，相信每个人说的话。

这是缺点亦是优点。我一直固执地认为，利大于弊。心不设防，让我可以心无牵绊，可以洒脱做人，而无须时刻猜测，时刻提防，给心放了假。我明白自己是善良之人，纵然世间万物早已蒙灰沾尘，却仍旧保持一颗爱心，爱身边的一草一木，爱身边的每一次感动与温暖。

有时候却也让自己陷入尴尬，陷入恐慌。人总是不能随意施舍自己的爱心，随意给予自己的温暖，在人与人之间有个度，在话与话之间也有个度，没有了这个度，一切枉然啊。我找不准这个度，却一直苦苦找寻这个叫度的东西。凡事还真有度啊，度就在凡事，而凡事又在哪？不知道，不明白。找不着凡事，也就找不着度，找不着度，也就容易被自己打动。

我一边寻找凡事，一边挖掘那个叫度的东西，仍旧改变不了依赖任何一个人，哪怕陌生，哪怕生疏，总是用自己的一份亲切与信任，与人为伍。对我是轻松，对我是简单，越简单越轻松，越轻松越简单。

9

幸福其实很简单：你认为是幸福那就是幸福，你认为不是幸福那就永远不会幸福！

和朋友一起吃饭，无意中聊起关于幸福的话题，自己就无端蹦出这样一句话，说出来吓了一跳。参透幸福的含义，谈何容易啊！朋友和我一般大，在她眼中我是幸福的，先生、儿子、一家三口真幸福。

有时候感觉幸福离自己很近，有时候感觉幸福离自己很远，忽远忽近，忽左忽右，就像秋天的云飘浮不定，任意成形。随着年龄的增长，阅历的增加，对幸福的理解也在不断的变化。对生活质量的要求越来越高，可是对幸福的要求渐渐放低，或者是寻找一种最真实的幸福。

我用幸福编织一个光环，光彩夺目。在别人看来是耀眼的，羡慕的，向往的。

我打着幸福的旗帜，带着自己编织的幸福光环，到处招摇，炫耀。我向世人张扬自己的幸福，也拼命告诉自己这是幸福。

幸福都一样，却不一定是自己要的幸福！

自己要的幸福，却不一定是常人眼中的幸福。

常人眼里的幸福，不一定是真正的幸福。

真正的幸福，不一定叫做幸福。

于是我决定自己创造幸福，创造一种既是常人眼里的幸福，也是自己要的幸福，还是真正的幸福。慢慢地参透幸福的真正含义：幸福由心定。

小时候的幸福便是母亲手中的那颗糖，或是父亲脸上的那抹笑。

长大后的幸福便是一间可以栖息的房子，或是一份稳定的收入。

结婚前的幸福便是一个宠我爱我的爱人，或是一份怦然心动的感情。

结婚后的幸福便是天天有一个爱人温暖的拥抱，或是常常有一句爱

人温馨的问候。

慢慢的,对幸福的感觉越来越淡,淡到好比一杯白水。

现在,一家平安全家和睦便是幸福,能安安静静地在电脑前面写字便是幸福,午后晒着暖暖的阳光读书便是幸福,或者不用犹豫就可以买下自己喜欢的东西便是幸福,时时刻刻有朋友的关心与帮助便是幸福,三点一线的生活便是幸福。

幸福对于我来说已经不重要了,重要的是我要的幸福便是自己想的幸福,我想的幸福也是自己要的幸福!

10

炎炎夏日,有一丝清凉的柔风,慢慢地吹进心里,将灼热的心一点一点地冷却,直至不再浮躁。

瑟瑟寒冬,有一抹午后的阳光,悄悄地照在心上,将冰冷的心一点一点地温暖,直至不再悲伤。

有雨,浮在空气中,缠绵成丝,轻轻地飘落发梢,无声无息,花上好一阵的时间将我润湿,我便陶醉在这缓缓的,循序渐进的细腻之中,竟然无法表达出内心的感动与深情。无语,我选择无语,是担心太仓促、太华丽的词语亵渎了这份真情。

爱上了这种感觉,顺其自然的感觉。

感性的女子有着理性的思维,是多么荒唐可笑的事情。曾经深深的埋怨过那份忽视,曾经深深的忽略过那份轻言,曾经尝试着另一种方式,曾经跳跃至另一个高度。太多的曾经都是如此苍白、无力,试着用文字来描述来自心底那抹最温柔的情怀,突然之间感觉到一种强大的力量在将自己袭倒,那样的力量不是瞬间爆发的,是日积月累的感情加上细微处的感动,让我渐渐软弱下来,让我没有一丝力气站立或是行走。

我就这样静静地坐着,一动不动。不是不想动,是根本动不了,是自己还沉浸在那份暖暖的感觉之中。压抑在内心深处的激情似是要爆发,却又找不到出口。我用自己习惯的方式安静,却希望通过无声感应到那份无言。

有些时候,感动是一瞬间的事情,足够温暖一生。

有些时候,温暖是片刻间的事情,真情深过一世。

11

她们点了我最爱吃的鱼。

我安安静静地坐在那里,前面是鱼和鱼汤飘过来的香。身体正在被一种莫名的物种侵蚀,一点一点吞蚀着我的食欲,突然之间发觉自己失去了胃口,没有了食欲。无数双关切的眼光注视着我,我仍旧展露笑脸,我只是没有食欲,与身体无关,与心情无关。

鱼正在慢慢地消失,我都不曾动筷。我都失去了食欲,那么它关我什么事?哪怕它味道很鲜美,都不关我的事,因为我没有食欲。

食欲有时候也很恐怖,它时刻左右自己,让我可以不停地往肚里填东西,无法停止。可是我却控制不了食欲,就好比现在突然之间就消失了,竟然让我有点措手不及。

食欲,食之欲。不食亦有欲,无欲不食之。

我要控制食欲,即使很难。面前的人间美味诱惑着我,如果没有失去食欲,如果我不能很好地控制,那么我将开始迷失,尽情品尝酸甜苦辣。

人生的大餐桌上,亦有我不能控制的食欲,面对那么多的山珍海味,有些只看一眼就心生喜爱,总不能全部吃下肚。

12

差点失去。

这是今天唯一想说的一句话。

有些事情不能太执著,否则得失便在一念之间。

有些事情不能太随性,否则悲伤早已潜伏而来。

差点,失去最初对文字的纯粹,亵渎了那份纯朴与美好。

差点,扭曲了写作的心和灵魂,玷污了那份清澈与透明。

给一份阳光,我就灿烂;给一个微笑,我就犯傻。

庆幸及时。

这是今天晚上想说的另一句话。

有些事情只能靠自己,否则会被依赖心理吞蚀;

有些事情不能凭感觉,否则会被伤痕累累刺痛。

庆幸,在凌晨十二点,醒过来。
庆幸,未曾熟睡过去,梦一场。
心若在,梦就在,擦干眼泪从头再来!

13

是一种百分之百的信任,才会让自己陷入迷茫;
是一种近乎绝望的依赖,才会让自己宛若羔羊。
在那棵树的背后,绻缩一只迷途羔羊,
睁大无助的双眼,仰望上天的苍凉。

大雨磅礴的时候,冷眼相望,
任风起,凭霜落,
纷纷扬扬,洒下万千冷漠。

奢望落下一片树叶,裹住疲惫;
期盼寻找一份希望,唤醒沉睡。
大树弯下了身躯,
羔羊才有了气息。

原来,
万物皆有情,
无奈两迷惘!

14

指尖开始传递一种冰凉,渐渐失去了敲打键盘的力量。身体的意识渐渐模糊,下沉,再下沉,沉到最低。

整个晚上都感觉眼睛雾蒙蒙的,空气中也有种潮湿的气息,一种无形的压力,不,是一股莫名的失落感把自己紧紧包住,而且越来越紧,直到自己喘不过气来,无法呼吸。我张大嘴,拼命把空气灌入肺里,却不准备将它挤出去。乃至心里被这股气堵住了,呼也不是吸也不是。

越来越发觉自己的冷漠，或者是一种冷静，冷静得让自己都感觉到可怕。这种冷静在心里，表现出来的却是另一种感觉。一直习惯克制自己的感情，习惯到现在成了一种麻木，习惯到现在连自己都以为是真的失去感觉。有一句俗语："许多事情原本不是真的，说的人多了就成真了。"对于这句话一直深信不疑，就好比现在的自己，刻意地掩饰，拼命地伪装，太多的刻意加起来就成了有意或是无意，太多的伪装加起来就成了真实或是现实。

睡美人会有王子吻醒，

灰姑娘会有水晶鞋寻找，

丑小鸭也会变成白天鹅，

冰冷的山峰总有被融化的时候。

沉睡已久的心亦有苏醒的一天。

15

眼泪只会在委屈的时候流下，突然明白这个道理的时候，竟然有点激动，凝望掌心刚刚因为委屈而流下的眼泪，其实只是一块印记，湿的痕迹，轻轻地被掌心的温度烘干。

多大的伤，多大的痛，多大的辛酸都不曾掉过眼泪，可是委屈的心，尤其是被朋友委屈的心却无法没有眼泪。越在乎才越委屈，越委屈才越难受，越难受才会觉得更委屈。这个时候只有眼泪才能洗刷内心的伤痛，其实我的眼泪很不值钱，甚至很廉价，廉价到只有自己才明白的一种分量。

16

朋友说我的彩铃不好。

于是，立马上网选购彩铃，在这之前我从来都是拒绝的，拒绝这种不透明的消费，拒绝这种平民化的奢侈。选彩铃足足花费了我一个小时的时间，主要是网速太慢，打开花去的时间远远超过选择的时间。那么多首彩铃，忧伤的，欢快的，欣赏的，搞怪的，真让人无法选择。匆匆忙忙选了一首，也算精挑细选吧，比起给自己买衣服的时间还要多。选完之后，才发现彩铃是别人听的，而自己听不到，就像手机号码总是别人拨得多而自己几

乎不拨。原来更多时间是浪费在别人那里。

这让我不由得想起了一个词：付出。

也不由得让我想起了与这个词有关联的一切，

似乎只有感情才可以付出，

时间只是感情的另一个代名词。

引用邓皓的一句话："谁认真谁受伤。"

17

这几天的细语没有贴进博里，这几天博也没有更新，这几天感觉是数着时间过日子。

喜欢就这样静静地坐在台灯下，以一种散漫的姿态写下一个一个的字，无力的，孤独的，偶尔就会研究这些字，一个一个长得真有意思，放在一起仍旧无法感觉到整体性。我把脖子歪向一边，我的眼神是迷惘的，可以长时间地注视一个焦点，慢慢地发现一直盯着的地方真空了，我是在描述一种心情，还是在叙述一个故事，我不知道，也没有人知道。

突然想写诗。实在是因为细语不细，风言无力。

十点半，家里静悄悄的，大家都睡去了，剩下自己。第一次发觉时间难以打发，写字更让人感觉难受，起身、站立、坐下。再起身、站立、坐下。反反复复，像只无头苍蝇。提到苍蝇，就想起白天惨死在苍蝇拍下的生命，而操纵者是这个可以写出忧伤美丽文字的人，这难道不是一件恐怖的事情吗？

我开始自省。

18

魔法是神奇的，美妙的，虽然一直无法让自己深信不疑，却往往不由自主地深陷其中。

那声音也如同被施了魔法，在耳边悄然响起，内心深处的快乐随之而来，亦如在冬季听到了春暖花开的声音。有时候也会感染到一种淡淡的忧郁，亦如在寂静的夜里听到来自心脏呼吸的声音。有时候也会嗅出一味沁人肺腑的温馨，亦如在冰冷的电脑前听到了远方挂念的声音。有时候什么也不会有，内心就归于一片宁静，静到可以听见彼此血液流动

的声音。

　　停留在表面的是声音,随着时间慢慢地推移,慢慢地探入心灵,或是心没有设防。声音背后却是思想,那些真正打动人心灵的思想,那些贴近生命的思想,那些活得真实的思想,那些简简单单的思想。是爱上了这声音还是爱上了声音背后的思想,我不愿作太多的窥视,若没有这声音,那些暗淡无光的岁月将埋葬我的青春年华;若没有这声音,那些伤痕累累的记忆将扼杀我的身体灵魂。若没有声音背后的思想,我仍旧沉默着,压抑着;若没有声音背后的思想,我仍旧会孤独会寂寞。

　　当然,现在的我仍是孤独的,寂寞的,因为声音始终只是声音,遥远的波段而已,思想也仅仅是思想,即使擦出美丽的火花,也是瞬间即逝。

　　声音迷惑着我,思想缠绕着我,让我甘心踏上一条未知路,小心翼翼,如履薄冰。

　　不悔。

19

　　轻轻地向手心呵气,自己温暖自己。

　　爱情有时候是迷茫的,没有未来的。纵然是别人的故事,仍然让我唏嘘,别人眼里的幸福其实是自己最大的可悲,可是我眼里的可悲却是别人的幸福。朋友说写写我的故事吧,提笔无力。谈爱情,写爱情,是小女人的情结,也是天下最美丽的文字语言。朋友的故事无法让我产生共鸣,我也不想用自己粗糙的文字来亵渎那份美丽的情感。

　　其实我明白,每一对夫妻之前都有过爱,至少现在的夫妻是这样。绝大部分是因爱走到一起,爱的吸引力如此之大,让两个不同世界的人生活在一起,柴米油盐的日子开始磨灭伟大的爱,也磨灭彼此之间的吸引。我开始惧怕这样的日子,不管是自己的故事还是朋友的故事,都让我对爱的信任开始瓦解,对感情的渗透却越来越清晰。

　　一时之间仿佛也看到了北方的那场大雪,漫天飞舞,积压成厚厚的一片,银妆素裹,分外妖娆!那样的大雪我只见到过一次,却深深烙印在脑海里,只是无法将它用文字描绘,不是自己居住城市的大雪缺少一份感觉,正如爱情一样,不是自己的故事无法产生共鸣。可是我仍旧怀念那场大雪,仍旧向往另一场大雪。

20

想念是会呼吸的痛。

这是一句歌词,也是一句很轻易就把我打动的歌词。想念,呼吸,痛,多么美丽忧伤的字眼,组合起来竟然如此的完美,写了这么久的文字,竟然没有写出一句如此伤感却又如此眩目的句子。我一遍一遍地读,一个字一个字地读,慢慢地让自己融入其中,用呼吸的痛去想念,去想念一种有呼吸的痛。

年少的心太柔软,没有阳光的日子里,总是容易怀念过去,想念一些人或是事。岁月的沧桑没能改变内心的执著,只是在时光的流失当中渐渐被坚强包围,被耳边常常想起的音乐感化。热爱音乐才会热爱生活,一个热爱生活用心生活的人从来不拒绝音乐。静静的夜,只有音乐在身边流淌,只有时间在身边流淌,学会聆听也是一种享受,也是一种祝福。

一直感觉音乐和文字是离不开的,再好的旋律也要配上美丽的文字,否则总会少了一种感觉,少了一种怦然心动的感觉,一种迷失沉沦的感觉,一种置身情感之外的感觉。那么爱上文字的我同样爱着音乐,喜欢音乐的同时开始迷恋文字,迷恋那种忧伤,那种低喃,那种娇嗔,那种莫明。

在文字里飞翔,在音乐中起舞,给心装上天使的翅膀,从此降落人间。

挣 扎

1

他像个孩子一样望着我,满脸泪水,我的心没由来地紧了一下,那感觉就像是自己咬到了舌头,痛到心里却无法说出口。我伸出手,却无法触摸到他的脸,原来我们之间的距离是如此遥远,看得到却摸不着。

他又笑了,我问他为什么总是笑,他说笑总比哭好吧。

是啊,笑比哭好,可是这笑,同样也让我的心紧了一下,那感觉就像是自己打了自己一巴掌,莫名其妙的痛。我闭上眼睛,却无法感受到他的内心,原来我们之间的感觉是如此模糊,看得到却得不到。

摸不着他的脸,得不到他的感觉,或者是背后的思想。有时候人与人之间的相处不是想象中的那么简单,给彼此一份独立的空间尤其重要,有时候需要独处,有时候需要伙伴,但这不影响我们之间的感情。我知道我记住了他孩子气的脸,感觉到了那颗游离的心,松开手,原来自己紧紧握住的只不过是自己想象的美好,松开的却是我们的另一份美好,更真实、更长久的美好!

2

我试着再靠近他,再近点,可他却一退再退。我不能让他有逼紧的感觉,因为我知道那不是我想要的,所以我停了下来,站在原地,看着他,希望他一步一步向我靠近。

沉默有时候是最好的方式,给人最大的想象空间,生活,工作甚至其他。在这样的想象空间里,我无法让自己不去猜想。语气,表情,都是我用来猜想的依据,而我的思维就在不停的猜想中变得越来越空灵,越来越跳跃。

停下来的时候久了点，我也会想要朝前跨一步，可是跨这一步之前，我会很犹豫，会很矛盾。理智告诉我，既然停下来了，就坚守自己的决定，可是感性又让我充满期待与希望，最终理性敌不过感性，我迈出了一步，把想象的空间缩小，也缩短了我和他的距离。

人之所以矛盾是因为理性和感性的自我挣扎，当理性战胜感性，我们会觉得失落，但仍旧保持清醒；当感性战胜理性，我们会充满希望，却收获失望。是清醒地认识到自己，还是在假想的空间里希望地生活，或许本身就是矛盾。

可是，我明白一点，当我被感性的失望折磨得筋疲力尽的时候，就会理性地站起来，走出去，猛然回头，才发现，只不过是自己和自己的较量，与他无关。

3

出差在外，突然收到他的短信，破天荒的头一次。平时除了工作，我们很少有其他的交流。我习惯性地问他有什么事情没有，他说他只是想问问：你什么时候回来，坐火车很闷的，陪你说会儿话。

手机在掌心的温度慢慢升高，或许是握的时候长了久了，或许也和这条短信有关。平时的工作我总是批评他们，而自己却被他们想起，在异地被他们念着，旅途的劳累，精神的疲惫，因为这些问候与关怀，正在慢慢消退。两个不同年代的人，或许在平时的工作中，生活中有着很多的差异，思想也有某种隔阂，但温暖是没有距离的，那一刻我深深感受到了，来自他们的理解与温暖。

有时候，把自己放低，放平，或者换一种角度尝试，就会发现许多的不同，比如这样的感动，比如那样的温情，过往的误解都会冰释，而这些只会在一个特定的环境里发生，很多时候，关键还是在自己这里，走一步，或者退一步，都会有不同的感受和体会，只不过需要我们好好把握！

4

他始终像谜，让人不由自主跟随。那些未知世界里的光阴，是否也一样能够触摸，或是感觉。这团谜越来越浓，而我也越来越热衷于置身于这团迷雾之中,寻求答案或是解脱。

这世间有太多太多的谜,每个人都想要解开,每个人都在努力,越是想要知道真相,就越放不开。这一秒还在计算着如何明了,下一秒却又要为另一个未知费神,人的好奇心永远无法得到满足,并且一次比一次来得激烈。我们似乎总是在寻找答案,其实答案的本身就是没有答案,或者答案的本身就是自己。人是个体,思想与灵魂同时存在,我并不相信单纯的真正意义上的灵魂,灵魂是思想的另一个高度,是人类自己给自己一个更高的台阶。

然而,对于他的出现,我还是充满了期望,正是这期望,让我明白了自己对自己从来就无法把握。人终究是可悲的,有时候无法主宰自己的命运,明白了却比不明白更让人迷茫,宁愿选择相信,却不愿意清醒,或者本身就是一种我们无法预料到的事实,只不过,有些人理解得更深刻,而有些人终究走不出自己的小圈!

5

有些人不管距离多远,总能感觉到他的存在,就像天际的一颗小星,孤独地伫立于视线之外,却又在某个时间划过夜空,滑落心间!

他就是这样存在于我的视线之外,甚至常常被我忽视,偶尔想起的时候,却是陌生而又伤感的记忆,那些记忆很淡,淡到即将被我忘记。我想不起来有多长时间没和他说过话了。曾经的温暖与感动,就在这日复一日的琐碎中磨灭,生活的片断一晃即过,容不得我们复制、粘贴,很多事情是经不起时间的考验的,感情也是如此,缺少了联系,缺少了投入,总会淡去。

在生活前行的过程里,他曾经出现过,这就足够。人与人之间的缘分与感觉,如同深夜的繁星,放眼望去,不会重复,也不会是同一颗星。往往我们记住的不是一颗星,也不是一个人,而是与他们有关的瞬间,像亮光一样,划过夜空,长眠心间!

6

很干净的声音。这是我唯一的感觉!

这是我第一次用干净来形容一个人的声音,很纯粹的那种,似乎可以净化心灵!四周静悄悄,仿佛从天际传来的天籁之音,闭上眼睛也能感觉出那份宁静,这静从心底开始,然后融入血液,是那么遥远,却又如此靠近。寂静的夜,声音穿越时空,钻进了心里。

他的声音有一种穿透力,让人不知不觉中沉迷。如果说爱上一种声音,会是很荒唐的事情,所以不说爱,但要承认,声音比文字更能深入内心,更能清晰呈现。

声音可以拉近距离,心的距离,发现自己开始渴盼的时候,正是距离越来越近的时候,跟随着声音的方向,小心翼翼的,如履薄冰。有时候声音可以蛊惑人心,也可以净化灵魂,所以,我明白,声音是实体之上的虚幻,却又是虚幻之中的真实。真真假假,假假真真,感觉是最重要的,我懂得,声音有时候正是一种心灵的召唤,来吧,来吧,一起飞舞吧!

7

没见到她的时候,有一种失落,就像满屋子的人,她不在,终究是静悄悄的。

洒脱是不需要做作的,她给我的感觉如此自然真实,轻松之余就会被感动,盈盈一笑,满屋子都是花香,我们就在这花香的世界里嬉闹,玩耍,偶尔我们也会谈感情,谈人生,谈心中的梦想,谈我们身边的人,熟悉的或陌生的,但我们谈得更多的是自己。

有时候,人与人的相处真的就那么简单,缘分与感觉很重要。她叫我姐姐的时候,真就有那种姐妹情深的味道,浅浅的,却让我沉溺其中,无法自拔。女人之间的感情往往比男女之间的感情要深要沉,或许来得缓慢,或许来得简单,但却是最真诚最长久的一段感情,不是风花雪月,不是雾里看花,却是最能贴近生活的故事。有些话只能说给自己听,有些话只能说给女人听,但这些话都不能说给异性听,不是不能说,而是不能懂。

女人的心,细腻玲珑,多愁善感,这些只有女人才懂。

女人的情,温情缠绵,深深浅浅,这些只有女人明白。

我比任何时候都更懂得,女人之间的感情虽不能惊天地、泣鬼神,虽然不能流芳百世,却是生活中最柔软最能贴近心灵的那抹香,在平凡琐碎的日子里,浓过世上最伟大的爱情。

8

她说她一直就在这里,不曾离开。

所以,即使这间房子里只剩下我一个人,我仍旧坚信,她始终在我身边,默默地关注着我。理性的双手从来不需要相握,隔着冰冷的屏幕,我们能感觉到彼此的温度,因为我们都是热的,足够温暖这个寒冬。

默契从来就不需要言语,懂得也不需要时间,那些心里的话由别人说出来的那一刻,内心充盈着惊喜与感动。两个有着思想,懂得思考的女人,相处起来竟然那么和谐与愉悦。那间充满芬芳的屋子里,多了一分清醒,一份智慧,更多了一份理解与相知。

冬日暖阳透过偌大的玻璃屋顶铺洒在身上的时候,我常常就会想,是不是她们也正和我一样,享受温暖。这般感动,有时候需要分享的不仅仅是喜悦与快乐,也不一定要有多么深刻,往往需要分享的只是一分心情,如蜜一样甜,如花一样香,如茶一样浓,如文字一样慰藉心灵。我把眼光放远,放远,仿佛看到她的模样,在这暖意的初冬,即使空气不再湿润,但脸上仍旧绽放最真诚的微笑,用眼神作进一步的交流!

9

女人何苦为难女人。

我们实在不需要一个借口,来让自己相信眼前的事实,很多时候,解释就是多余,可是不解释只会让彼此更加陌生。她就像是一道彩虹,嵌在天空之中,光彩夺目,可是看久了就会感觉疲劳,至少我感觉到了一种累,连说话和交流都是一种累,更是一种负担。我没看到过彩虹,儿时没有,现在也没有,但我愿意用女人的心去了解她,去理解她,虽然我从来就不打算去解释什么,因为对于我来说,解释就是多余,就是不值。

用女人的心去体谅她的酸楚,而不是朋友。脆弱的外表,坚强的心,都将只是一道风景,有时候人只是过不了自己这关,淡然是一种超脱,漠然却是一种罪过,伤感的沉思,百花齐放才是真理,宽容不是一种言语,也不仅仅是一种行动,更是一种高尚的情操,需要有更加豁达的性情与处世,这些并不是所有的人都能懂得,并且能够做到。我庆幸认识了她,因为我

做到了宽容,用一颗女人的心去宽容与善待,女人不能为难女人,更不为难自己。

10

她是天使,蓝色的天使,不会飞的天使。

从来没见过像她这样淡然的女子,对于文字的感觉非常准,我知道这是天生的感觉,在岁月的长河里慢慢磨炼,而今,闪闪发光,即使在白天,也能耀眼。她在我身边最近的地方站着,我能看到她的静,也能感觉到她的净,更能读懂她的近。她放心不下我,才会想要陪着我。我就想,她是不是就是自己不小心遗落的天使,蓝色的天使。

风从心底吹过,听到近处传来幽幽叹息,她说,谁也不是谁的影子,我也不是。

我知道,我从来就没有把她当成自己的影子,她只不过是我心上的花,只在暗处开放,只在心底吐芳,她也永远站不成我的影子,那个原点处,只有自己。

其实,除了她没有人懂自己,但她从来不说,只是在离我最近的地方,静静地看着我,让我无法忽视她的存在,只能深深地把她记起,哪一天,当自己也变成天使的时候,看能不能重合,从此她就是我,我就是她!

符　号

1

像缺少了点什么似的，总是无法感觉到他的完整，不管一边如何圆润，弧线怎么优美，他仍旧不完整。这就是最初的感觉，不完整成了定局。

起点到终点，过程迂回曲折，就像是人生的这条路，无法一下子看到尽头，才会让我们在走走停停之后，有了无数次的思考，在思考中一步一步前行。我们把人生绕了很大一圈，并且努力把这个圈画得更圆更润，在自己画的圆里面辗转反复，匍匐前进，却在最后想回归，回归到最初，把人生这一圈重新缝合，算是走完。然而，回归的路已经失去了方向，越靠近起点，就越迷茫，越想回到当初，就越犹豫。

谁都知道，我们再也回不去了，不管我们如何靠近，如何寻找，我们终究无法找到起点，终究无法回到当初，可是我们会在离起点最终的地方，停下来沉思，回首走过的岁月，感慨良多，转而无语。生活原本是简单的，是自己绕多了圈子，也就找不到来时的路了，无奈，沉思之后才发现，接下来的路只能走直线，再绕就是作茧自缚。

窗外的风景越来越清晰，因为我们不再绕弯路，有了足够的时间，我们就学会了更多的思考，在这样的思考下面，走完人生最后的直路。

却不能忘记，最后为自己留下一点，这点是我们对人生的眷顾，对生活的热爱，对自己的剖析。这点的力度只有自己最清楚，最明白。

这就是问号，人生路上用得最多的一个符号。

2

看到窗外的雨下得淅淅沥沥，断断续续，思绪就跟着这点滴停顿，然后复苏，醒来的是空气，不醒的是梦。

　　人是需要偶尔的停顿,走路累了,停下休息,说话累了,停下歇息,思考累了,放下包袱,间隔的时间是由我们来控制。不用像这眼前的雨,规律或是习惯,一成不变。人生的道路走走停停,全凭自己做主,但我们不可以一鼓作气地走个不停,有时候路边的风景很美,需要我们停下脚步欣赏,有时候身后的记忆很温暖,需要我们回头留恋,有时候我们的节奏需要用自己的脚步来控制,调节很重要。

　　走走停停,停停走走,才不会错过爱和情。凡事不要太执著,才不会错失另外的机会。给自己一点时间,给别人一些空间,才会发觉人生不过如此,在无法抉择的时候,停下来,会有更清醒的认识。

　　我用逗号隔断了自己的执著,同样也给了自己喘息的机会。

3

　　闹了,最近太闹了。

　　这阵子心无法静下来,偶尔还会伴有失眠,在床上翻来覆去的滋味真叫人难受。夜发出沉重的叹息,我在这秋末的伤感中飘浮不定。

　　很小的时候就向往天上的感觉,自由自在,远离地面,给自己一个高度,俯视脚下,密密麻麻是别人的影子。站得高,必定看得远,这想法一直占据心头,似乎远见是因为高度的不同而有变化,我却忽略了很重要的一点,脚下有着自己的根基,没有了这根基,不管我飘浮多高,都将枉然。那种失去重心的感觉是如此真实而强烈,是自由了,可是自由的代价却是失去了安全感、踏实感。而目前自己最需要的不是看得有多远,飞得有多高,而是需要一份坚定的信心,脚踏实地才能心趋于平缓和安宁。

　　脚下的草绿了又黄,黄了又绿,生命的过程得以如此真实地展现,它的根基在泥土之中,即使绿遍江南两岸,仍旧紧紧依附着自己的土地。身旁的河流清澈见底,欢歌向远方奔腾,人生是那么的绚烂,不管它跑多远,流向何方,始终离不开它的源头,来时的方向。

　　我们有时候需要给自己画个句号,结束一段或辉煌、或失意、或无奈、或伤感的过去,圆满也好,仓促也好,即使无法割舍,但句号是必须要有的。

　　其实,句号是结束,也是另一种开始。

4

在心里狠狠地骂了自己几句,屏幕前的冰冷深深地刺痛了我的心,泪水就这样不争气地流了下来。那是生气时的眼泪,浓度很高,才明白气到最后就是软弱无力,化为水。没有人可以说教什么,也没有人有资格对我说教什么,正如我向来只是就事论事,对事不对人。然而在生活中寻找的简单,却被这虚拟的世界弄复杂。

窗外的风何时发出了很大的声响,我在静静等待什么,没有人知道。想象中的话没有,想象中的笑脸没有,想象中的温暖也没有,全都被理性、冷静占据,可是这些我都不能说,也没有人能说,那就像是一个笑话,天大的笑话,如果在场的人听了没笑,那就是更大的笑话了,这样的笑话我不希望自己是主角,甚至不想要自己出现。

然而,当我看到渐渐隐去的淡然,心仍旧莫名疼了一下,这和我的感觉差别太大了。至少应该有某些暗示或是其他吧,可是没有。之前的气却在这沉默之中退去,我竟然就这样将这事转化了,转化成了现在的失落。理性被另一种关怀烘托,我想我应该懂得的,默默的付出是不需要别人知道的。我试图用自己懂得的去了解那些淡然,那些沉默,那些冷静,用自己的感觉去体味那份温暖,那份关怀,那份理性。距离就是一种持久,一种永恒的方式,这距离不仅仅是空间上的,时间上的,还有心灵上的,心灵上的距离是需要由自己来控制和掌握的,若没有这距离,是浓了,浓了也就更远了。

唯有淡才安然,唯有淡才长久。

于是,我给自己挂着个笑脸符号:),用这个来拒绝浓,也靠近淡!

5

在做出决定之前,我似乎不用经过太多的考虑,这不是冲动,也并非不理智,这是一种自然,自然地发生,自然地发展,自然地作出结论。有些人是天生的,感觉非常好,对文字或是对人都是一样,所以我只选择自然地做好自己,自然地表达自己的想法,自然地跟着自己的决定。

很多事情,就这样由复杂变简单了,轻松的感觉真好。头顶上的空气开始稀薄,没有了压抑,也就没有了束缚,没有了束缚,也就可以跳跃。跳

跃是我常用的方式,尤其是思维的跳跃,有时候甚至连自己都无法接受,但这就是自然,遵循自然的规律就是最正常的状态!

总有人说我思想太快,要慢点才好。我试过,努力过,但没办法慢,很多想法和念头就是一瞬间的事情,上一秒还在东,下一秒就到了北。我一直认为这世间上最快的速度就是思想的速度,你甚至可以想到任何一个地方去,只要能想到的地方,就去了,这速度快得让人难以想象。我可以放慢步子,但无法放慢思想,就是身体可以不动,但思想不行,思想如果停滞,只会加快老去的速度,与其他无关!

阳光正从透明的屋顶泻下,刚刚明明下着细雨,我站在大厅的中央,抬头,就见满屋顶的温暖,今天是立冬,有雨也有阳光,这是一个过渡,这样的过渡很自然,人生也需要这样的过渡,自然的,慢慢的,才能接受与消化。

省去一些不应该想的,做的,事情就简单了,过渡就真实了,此刻才更加理解省略号的用意,不是不想说,不是不想做,只是没必要!

6

想起了自己一直记着的一句话,并不是这句话说得有多好,也不一定有多大的意义,但就是被我记住了,同时记住的还有说这话的人。我怎么就变得不自信了,在意一些无关紧要的人或事,这是自己的问题,还是个很严重的问题。过度关注一件事情的时候,容易缺乏判断力,容易失去方向感,更别说自信了。

云突然之间就低了下来,压在头顶的方向,厚厚的感觉,穿透需要力度,更需要时间,再看那云,越积越厚,越积越沉,有种喘不过气来的感觉。我加快前行的脚步,却始终无法摆脱云层的压迫,有些事情是注定的,不管你怎么努力,都将沿着原有的轨道一步一步走完,那些发生的和没有发生的事情到最后都朝着一个方向,结果都是一样。过程在此刻不重要了,结局已经注定,一切偶然都将是必然。

所以我不再过度地关注过程,以及过程中的人或事,我也不再过度关注表象,原本有些表象就无法走进内在,那些看到的原本不是自己想象的,而自己想象的也是无法看到的本质,这样看来所有的一切都将加个引号,证明一切自有出入。

引号给了我解释的权力,也给了我想象的空间。

7

立冬了,气温却有了回升,阳光竟然懒懒地洒在了桌面,扑面也有一种温暖。我把双手放在阳光下面,肌肤泛出光泽,和这阳光一样令人舒服。

位置有了变化,角度也就跟着起了变化,不料心境也有了变化,而且这变化让我轻松了许多,进和退就在一念之中,原本就存在的定局,只需要一步一步地走完,结局都是一样。我看着自己刚刚结束的局面,没有硝烟,没有喧闹,似一个狂奔之后的操场,人群散去后剩下了寂寞,寂寞是美丽的,也是闲适的,我喜欢这样的淡然与安静。

当独自一人回望这曾经狂奔过的操场时,我把过去的片段一一滤过,操场周围的树有些陌生,树枝稀稀落落,没有了树叶的衬托,树显得孤单而萧条。树会给我留下什么样的记忆,或者什么样的记忆会与这些树有关,操场上渐渐多了些人,他们从我身边走过,无视我的存在,我也不关心他们的来来往往。选择了退让,也就选择了漠然,今天我回来,是来寻找一些过去,那些曾丰富过我思想与心灵的往事,那些生命与生活的积累,我把它们找回来,一点一点地累加在一起,就会有收获。

于是,我用了加号,把温暖、感动相加,把阅历、思考想加,把所有值得我珍惜的人和事相加。

8

从来没有如此不安,有一种绵软从四肢经过血液流向心脏,我不想说是害怕,因为没有什么值得害怕的事,可分明又感到一种恐惧,正紧紧包住自己,不管自己在做什么,黑暗之中总有一双眼睛在窥视。

雨说下就下了,没有丝毫征兆,没来由地把我淋了个透湿。我像个落汤鸡,站在雨里,无处可藏。前面一片迷茫,或许是雨挡住了视线,一下子让我迷失了方向。为什么明明被自己忘记的事情,说被翻出就被翻出,和这雨一样,下得没头没脑,在我没有任何准备的情况下,旧事重提。我没有招架之力,也失去了还手的能力,我只好任由这雨从头到脚浇了个遍,还不能躲,不能藏。

　　这就是一种无奈,明明看到是火却还要往里面扑的无奈;也是一种可悲,秀才碰到兵有理说不清的可悲;更是一种煎熬,精神与内心的煎熬。朋友提醒我,不用去理会一些莫明其妙的事情。朋友的心是好的,可是这世间没有无缘无故的恨,即使是误会,也需要一个解释的空间,更需要一个特定的时间,然而时间和空间对我来说都没有,所以我除了选择沉默,就是备受折磨。

　　此刻的自己,就像被括号包围,没有退路,也失去了前进的勇气。括号里面的我,像只无头苍蝇一样,失去了主张!

9

　　城市的夜扑朔迷离,灯穿越城市的心脏,一直向远方延伸,橘色的。我看到一片橘色,跨越江的上空,江水寂静而平缓,水面映衬着橘色的光亮,点点闪闪。我在水里找寻自己的倒影,隐约一片空洞的色彩,黑白成了底色。

　　靠在桥的栏杆边上,冰凉从指尖传递到周身,立冬的第一个夜晚,伴着点点星光,在水面呼吸。我想沉入这江底,窥探这夜色的谜底,只有沉入最底处,才能让自己更加清醒。风就这样吹过江面,寒意从心底而生,这世间,有些人有些事,还真让人心冷,与这风无关,与这夜无关。

　　我想要一个离开的借口,或者一个坚持下来的理由,但不管怎么样,都有一分信念在坚守,立在桥上看不到江的尽头,只有橘色的光圈一路向前,我是沿着这些橘色的光圈走下去吗?夜色越来越朦胧,月亮不知何时隐去,剩下几颗星星,孤独地缀在天空中,它们也一定想歇歇了,和我一样。

　　很多事情真的就这么简单,简单得直接可以画上等号,只不过等号两边,有了太多太多想象的空间。

10

　　夜很快就暗了下来,除了火车的轰隆声,就只剩下呼吸声。躺在下铺床上,辗转反侧,偶尔从车窗玻璃上面晃过一丝光亮,瞬间就被黑暗淹没,如同自己一样,被淹没在这无边无际的黑之中和轰隆声中。

真是不习惯在陌生的环境里入睡,数羊也不管用,耳边传来上铺的呼噜声,有点刺耳,更加不能静下心来入睡了,手机里传来信息提示声,打开来看,时间正是晚上十点半,或许也有人和我一样睡不着吧,那就一同打发这无聊的时间。信息一条接着一条,心中就有了期盼,精神上也有了某种寄托,谁也无法强迫自己不去猜想信息背后的思想,忽略信息本身的意义,忽略文字本身的含义,在这样陌生而不安的黑夜里,它温暖了我。我感激对方,陪伴有时候就是这样恰到好处,温度不高不低,感情不深不浅,或者只需要在这样一个晚上,帮助我战胜黑暗,克服不安,安然入梦。

　　有人说,心一直无法安静下来,也就不能很好地写字。

　　我想说,安静只是一种形式,人不可能真正做到安静,心静更加不可能。我们只需要分析自己目前的状况,明白什么为主什么为辅,明白什么是最重要的。人一旦有了目标,明确了方向,就会沉下来,沉下来了就自然享受到一种宁静。

　　就好比现在,火车的轰隆声并没有停止,外部环境没有任何改变,可是我却不再像先前一样浮躁,或许是短信给了我温暖,或许是这种温暖改变了我的心境,让我明白,此刻,很好地睡上一觉是最重要的,其他都不用去想。从某种意义上来说,我的心正慢慢趋于平缓状态。听,声音是那么的均匀。

　　破折号的意义就是在某个适当的时候给出自己一个合理的解释,或是中肯的理由,只要能够说服自己,就没有什么不能做到的,想要安静也是一样,只要找准自己的方向,就没有什么改变不了的!

碎了的瓷

0

像是一首幽怨的曲子,在夜深人静之时,学会自己舔着自己的伤口,血呈蓝色,抑或是红色,自己愈合,留下深深的疤痕,如同瓷,碎了再缝合,还是会有裂痕!认识是一场意外,谁也没料到结局,或者没有结局,但你和她终究成了这场意外的受害者。她能记住每次眼泪流过的地方,流过之后学会遗忘,直到下次重新被记起,仍旧与眼泪有关。

1

电脑前面是你消瘦的背影,床上是她憔悴的面容,无语的空间多了一种叫做凝固的东西,时间,片断,记忆,已经不再有生命力,在她空洞的眼睛里,黑夜漫无边际,就连你也凝固成一种姿态。或许早已分不清你的实体与虚幻,也分不清她的飘浮与假象,彼此长时间缺少交流与沟通,让语言疲惫乏力,你在厮杀,在呐喊,在虚拟的生存空间里尽显一个男人的威猛。

她想从平静的角度去思考,对于几声呼唤得不到回应早就习以为常,斑痕累累的天花板显出陈旧与疲惫不堪,一个或是几个的向外突出的部分更有一种隐蔽的丑陋,白色粉末下有上千种声音在嘶吼,她终于忍受不了。它们开始声讨你的沉寂,而你,却用行动拦截了一切。你的行动就是那一端,几乎是你刚刚厮杀呐喊之后剩余的全部力量,你再一次证明你作为男人的强大与雄壮,只不过,需要用她,一个女人的身躯来承受。

女人的眼泪不代表柔弱,刚烈的她却无法用行动来保护自己,冰冷的水泥地面同样凹凸不平,敏感,纤细,脆弱,委屈,全部被揉碎,一片一片被她吞咽下肚,胃部的溶液将它们腐蚀,一部分随着血液流向身体的各个部

碎了的瓷

位,给予营养——有勇气,有宽容,有谅解,一部分随着汗液排出体外——有狭隘,有伤痛,有苦涩;最后剩下没有任何实体承载的负荷物,深深地扎根在身体某个最隐秘的部分,终日不见阳光,在暗处发酵,酿成果。

2

门被重重地关上,门外是她飞奔而去的身影,夜幕的天空犹如一块黑色的篷布,紧紧扣住东南西北四角,而她始终走不出夜的围堵,像游魂一样出没在篷布下的各个角落,阴影长长短短地交错在一起,瞬间又被切割成碎片,黑暗中有一双无形的手牵引着她朝着更隐蔽的方向移动,脚步如此沉重。路灯下,她看到手腕处密密麻麻的淤痕,呈现出一种紫青色,沉积在皮肤下面,有种厚重的压迫感。她用手掌覆盖,试图掩饰内心的绝望与苍凉,却感受到一种来自骨骼接合处的挣扎,或者原本应该有一种声响来暗合这一切,断裂或是其他。

门内是你颓废落魄的神情,门在关上的那一刻,一定有一股力量震荡了你,那种气场很强烈,不然,盲目与蛮横不会消失,暴力与强权也仍旧存在。你像是红了眼的猛兽,在经过激烈战斗之后只剩下空壳,虚弱正一点一点侵蚀你,终于,你发出一声沉重的低吼,在夜空中刺破一道屏障,露出苍白而无助的肉身。

两个彼此独立却又互相依靠的灵魂,在夜的洗涤下还原,开出隐晦的花朵。

3

三月的春风吹在脸上有点凉,地面是湿的,正慢慢浸湿她厚厚的牛仔裤,包被摔在一边,带子已经脱落,静物般注视着眼前的一切。

你的力气很大,包和带子硬生生地被扯断,而她也因为反弹的力过大,摔坐在了地上。你一定忘记,那个时候,你们还未出世的孩子,她不敢动,她怕肚子里才两个月大的孩子会有什么闪失,她也没哭,她不想孩子看到她的眼泪。她不再是以前的她,以前的她常常会一倔到底,不服气,不认输,两个人的战斗里,她不想做退后的一方,然而在那一刻,她感觉到腹中胎儿的蠕动,轻轻的,触动她的整个灵魂,从此,她知道,她不再

149

是一个人,她不再孤独,爱的力量是伟大的,这种骨肉之爱让她瞬间成长,"母亲"这个词已经深深地烙在了心上,从此后,她将为了这个圣洁的词付出所有。

起身,捡起地上的包,默默地朝着车站的方向走去,一路无语,而你,后悔了吗,在怪自己的一时冲动吗,这些对于她来说,已经没用,她不会退缩却不是为了你,她选择沉默也不是为了你。包被她紧紧地抱在怀中,脱落的带子孤独地垂在一旁,跟随着她前行的脚步缓缓摆动,你不由自主跟着它的节奏向前移动,不能快,也不能慢。速度在这个时候是那么的重要,脚步,内心,思想,都在追随,然而,一切都晚了,你的脚步永远无法抵达她的内心。

4

夜很黑,可是她不害怕,隆起的肚子让她有了足够的安全感,深夜十二点,她像个游魂,游荡在夜色之下。已近深秋,薄薄的棉裤无法抵挡那丝凉意,她一直随着肚里孩子的成长而成长,所以当她看到那扬起来的手,并不惊讶,很多时候,扬起与落下就在瞬间,她用异常坚定的目光迎上去,然后看着那只手的缓缓落下,随之落下的还有那无可奈何的神情。她已经没有力气再去思考谁对谁错,转身,打开门,将自己隐在黑夜之中。

习惯性地将右手放在腹部,能感觉到轻微的跳动,她知道这样的游走坚持不了多久,因为她始终没有走出那窗子,橘色的光亮一直照着楼下的路面,她沿着光亮,眯着自己的影子不停地走,散步吧,虽然是负气跑下楼,她目前的心态完全能够处理任何的不愉快。

你开始坐立不安,随之也跑出了门,你朝着相反的方向急步,花坛前的木椅上没有她的影子,虽然你知道她不可能走太远,可是你就是无法找到她,有时候,一个人真要躲着一个人的话,是一辈子也找不到的。所以,你守在了楼梯间,路口的那盏灯就快熄灭了,你想着如果她突然要回来了,没灯会害怕的。

5

那把伞就这样被抛了过来,狠狠地砸在了她的头上,庆幸的是怀中的孩子没有被伤到,正睁大眼睛望着她,眼泪就这样刷刷地往下流,她能感觉到额头上有些微凉,用手一摸,刺眼的红色,没想到你那么狠心,丝毫不顾她手中抱着才三个月大的孩子。

她的心凉到了极点,大年初五,没有喜庆,没有欢乐,只剩下眼泪。她用脸紧紧地贴着孩子的脸,有种与这孩子相依为命的悲凉感。想起曾经有人说过,女人一旦生了孩子,就再也走不了属于自己的路。现在的她连想要放手的念头都不敢有,为了孩子有个健全的家,她让眼泪肆意地流,心想,流完了就再也没有了,没有了泪,也就没有了悲伤。

而你,在进门的那一刻,已经做不到冷静与理智了,即使你明白不应该,抛出去的那把伞带走了你的疯狂,清醒之后你失去了主张,尤其害怕看到她额上触目惊心的红和眼角的泪,还有被紧紧抱在怀中的孩子。

望着你又一次道歉,眼神里只有迷茫,你总是说不是故意的,总是说不小心,这样的话从你的嘴里说出来,她已经心灰意冷到了极点,把目光投向那把伞,也许不是你的错,是伞的错。

6

你和她就像两只刺猬,竖起满身的刺只是为了保护自己,须不知已经刺伤了身边的人,那些刺一根一根扎在了彼此的身上,并且生根,发芽,开知道疼痛的花。

让日子慢下来

1

那片云从遥远的地方飘来,飘到她想去的地方,梦开始的地方。我总是不由自主地去想象她的美丽和高贵,我宁愿相信她是华丽的优雅的,这样才能与我心中的那片云媲美,才能配得起心梦的神奇与伟大。只是不知道,她有没有从我的头顶飘过,有没有发现另外一个城市里有着想要和她分享一切的我。

那片云成几何的形状浮现脑海,有一种让人不可轻视的气质,莫名产生压力。有时候会怜惜她飘游在异地他乡,无牵无挂,黯然泪下,为了一份陌生的情怀。有时候会嫉妒她紧拴住梦的方向,任意左右,气度不凡,为了一份温暖的牵挂。有时候会祈祷她永远不要飘回来,怀着深深的愧疚将这份祈祷默默撕碎,故乡的云啊,何时归来!

他说云飘回来了,我说好啊!

她说云还是要离去,我仍说好啊!

我只是在和自己对白,我在等一分钟,或许下一分钟,看到你不舍的眼,也就把自己变成那片云。

2

其实自己需要一份资本,来抗衡内心的那份情感,才不会让自己慢慢地丧失唯一的自信。那个高度是自己永远无法触及的高度,一直就明白,深深地懂得。

既然深深地懂得,还要让自己遍体鳞伤,还要让自己残存一份渺茫的希望,还要让自己拼命攀爬,哪怕跌落谷底。一份心甘情愿的付出,一种义无反顾的向前,一条布满荆棘的道路,一个失去光明的方向。

让日子慢下来

　　那份付出不一定有回报,当我在这条路上义无反顾地前行时,没有了方向,走到了分岔的路口,你向左我向右。不,一直是同一个方向,只不过是平行的两条线,其实自己需要的也是能够平行的感觉,可是这份感觉太难,难道我必须斩断自己的退路,朝着一个方向,没有光明和希望的方向,一路前行。平行了是幸事,最好的结果也是平行,终究不会相交,永远不会相交的两条线,隔岸相望,相思两地,散落美好回忆!

3

　　他们在欢笑,我在祝福,他们在我的祝福里欢笑。
　　他们在歌唱,我在聆听,他们在我的聆听里歌唱。
　　我在哭泣,花儿在低喃,我在花儿低喃里哭泣。
　　我在游荡,风儿在呼唤,我在风儿呼唤里游荡。
　　最好的疼爱是手放开,最好的幸福是心放下,
　　放在胸前左边的口袋,离心脏最近的距离,是我的深情与关爱,
　　靠近左手最远的背心,在心跳的另一面,存下我的所有委屈无奈。
　　电视机里传来别人的对白,无法给自己一个交代,越来越多的牵挂换来越来越深的忧虑,一夜无眠,醒时白了些头发!

4

　　隐约见到一个背影,灯光下折射出长长的影子。
　　越走越远,影子越拉越长,拉出撕裂般的疼痛,影子仍旧不离身。所以说影子是世界上最爱自己的,也是世界上唯一敢说不离不弃的。
　　我在冬夜的路灯下面,孤单地看着脚下的影子,我走它走,我停它也停,我蹲下身去,它也陪我蹲下。忽然我有种想要拥抱影子的冲动,我摊开双臂,同样也看到它回应的双臂,可是我无法拥抱,我无法触摸到它的温度,无法感受到它的呼吸,因为它只是影子,仅仅只是影子。
　　我拼命思考,想尽一切办法,希望能拥抱这个与自己不离不弃的影子,想要拥抱与自身息息相关的有着不同寻常意义的影子,无数个漫长的寒夜,无数次徘徊在这条冰冷的石头路上,如影相随。寂寞的灵魂游走在尘世间,什么也没带来,什么也带不走,只有这个影子随自己生随

153

自己死。

人不能没有温暖,人最怕孤独。陌生而又熟悉的影子便是相伴到老的另一个自己。我开始不习惯一个人坐在电脑前面码字,开始习惯一个人对着影子说话。

我:一棵树的死去,对于村庄的意义到底是什么?

影子:树的价值不在村庄的重视,而在于树的本身。

我:寂寞而忧伤的树叶,落地为泥,为何?

影子:一种轮回。

我:什么样的约定才是恒久不变的约定?

影子:别傻了,约定本身是空洞的,加个恒久不变也是枉然。

我:可以不吃饭吗?因为我不饿。

影子:吃饭是为了活着,活着是为了更好地吃饭。

我:不爱也是错吗?

影子:不爱是错,爱比不爱错得更远。

我:如何能不犯错?

影子:死去吧,便不会有错。

于是,开始越来越害怕"死亡"这个字眼,却又总是会在眼前晃动,先是看到一棵树的死去,然后是关于树的一切也正在慢慢地死去。后背的疼痛让我心力疲惫,我开始怀疑一些什么也开始忽略一些什么,还开始失去一些什么,可是我不在乎,因为我知道不久的将来,我也会要死去。这些曾是我的快乐、温暖、幸福,还有那些我的忧伤、美丽、灵动我都带不走,既然我都无法带走,那么我还要它们有什么意义,既然我也会死去,那么我还计较这些有什么价值,不如好好地活着。

影子:你是落入凡间的天使,只不过折断了翅膀。

我:没有翅膀的天使又怎么能称天使。

影子:天使为了留在人间,折断了翅膀。

我:没有了翅膀,天使再也回不去了。

影子:天使是微笑的,哪怕没有了翅膀。

我:天使也会有落泪的时候。

想找到一个让自己留下的理由,却又想找回曾经的翅膀,哪怕是折断的。天使没有了翅膀就等于自己没有了影子。我能失去影子,抛弃影子吗?我不能,所以天使也不能没有翅膀,我要找到自己的翅膀,离开这个影子

的世界,回到属于自己的天堂!

5

一时之间,感觉浑身冒汗,关掉烤火炉,却没有关掉身上的热度。汗仍旧不停,用手一摸,湿热湿热。渐渐意识开始有点模糊,身子越来越虚弱,甚至无力支持椅子上的身体,开始往下滑落,我想喊,无法出声。我用双手使劲地扶住椅子,将自己陷在了烤火炉里面,再也无法动弹。

等到母亲喂了我好几口热茶,我才渐渐清醒,才慢慢想起昨天晚上到现在都没有吃过东西,怪不得出虚汗,虚脱。昨天晚上想到死亡这个字眼,潜意识里就开始抗拒也开始恐惧,不到三十,无缘无故被死亡的恐惧打倒,多么荒唐可笑的事情,可是谁也不知道,我是真的害怕了,害怕深夜睡去第二天就再也不会醒来,害怕刚才那样猛然间模糊意识不再清醒。除了害怕剩下的就是遗憾,似乎还有好多的事情要等着自己去做,想要列出一个清单来,从明天开始就按着清单上的各项一一实现。深思熟虑之后才发现清单不清,根本想不出来还有些什么样的事情要去做。

没有了这张清单,一下子感觉肩上轻松了,心头也轻松了。

没有了这张清单,忽然不再惧怕死亡会在不知不觉中到来。

没有了这张清单,终天明白活着还真的是为了吃饭。

既然我没有必须要去做的事情,也就没有遗憾,既然没有遗憾,那么我何惧死亡。

6

一袭黑色装扮,我把自己禁锢起来,这个冬天什么都不缺,唯独缺少一种伤感。黑色一直不会给自己带来好运,我仍旧固执地把自己卷入这个黑色旋涡,急流不曾勇退,如今的风平浪静却让人心生恐惧,我尝试着挑战自己的执著,尝试着委屈自己的心灵。

风里带着一丝寒意,肆意地吹乱我的头发,吹乱刚刚精心打理的头发,明明知道自己不耐冻,却仍旧选择在这样的冬夜裹一件单薄的毛衣,不打车,一个人走入这繁华街道,霓虹闪烁,人流汹汹,身边看上去有很多

不怀好意的目光,可是我无暇顾及,我的心思全放在脚下的这条路上,一条望不到尽头的路。那个地方我去过很多次,而现在却找不着,我像只无头苍蝇四处乱窜,电话打了无数个,仍旧问不清楚自己要找的地方在哪里。来来往往的人群里射来无数疑惑的目光,让我紧张。酒吧一条街,快节奏的音乐,性感的迎宾小姐,冲击着我麻木的思想,我就这样漫无边际地寻找,来来回回近四十分钟,高跟鞋开始有分离脚跟的想法,胀痛随着脚底向上,我拉紧了身上的黑色毛衣,把头深深地埋进领子里面,不让过往的路人看见我微红的双眼和即将溢出眼眶的泪水。

一个男人手上拿着很多气球,我没问价格给自己买了一个,蓝色是我最喜欢的颜色。我像个孩子拿着个大气球走在拥挤的街头,不停地寻找自己想要去的地方。猛然身后窜出一个人狠狠地撞了我一下,手一松,气球飞离我,飘浮在空中,渐行渐远。我就这样仰着头,行人都看到一个年轻单薄的女子望着气球,只有我知道她的仰望仅仅是一种遮掩,朋友曾说过:当你想流泪的时候就把头仰起,这样眼泪就不会流出来。

7

睁大眼睛,终于在黑夜里抓住了一丝光明,哪怕是那样的微弱,那样的遥不可及,仍旧可以带给我希望,仍旧可以给我一个坚强下去的理由。

秒针嘀嗒嘀嗒在转动, 我的心在忽上忽下地跳动,一切成了机械化,什么都在按部就班,唯独我。首先是我的思想在转变,跟着是我的潜意识在转变,然后是心也跟着在转变,最后是手指按在键盘上的姿态也在转变。这样的转变让我有新生的感觉, 清澈夺目, 拨开了一层云雾,期待新升起的太阳。这样的转变让我有梦境般的虚幻,深入其中如诗如画,向往曾经的激情。这样的转变让我重新审视自己,把内在的虚荣与表面的矜持裸露眼前, 让自己无地自容。这样的转变让我浑浊的头脑渐渐清醒,美丽的假象和真实的内在呈现面前,开始明白这条路走得多么艰辛,一步一个脚印,容不得半分浮浅和一丝杂念,只能慢慢地将心思精力融入其中,渗透字与句之间的内在涵义,才不枉费那份全身心投入的感情啊。

让日子慢下来

8

一杯米浆一根油条,在这样的早餐食品中开始了我一天的工作。已经忘了有多少日子没有吃早餐的习惯了,当冬天悄悄地潜入这座城市,当莫名的恐慌吞蚀自己的时候,我开始在早晨用食物温暖自己,即使是多么的不情愿吞咽,一口紧跟着一口,望着焦脆的油条由长变短,米浆由热变凉,这对完美组合给了我无穷无尽的力量,我亲眼看到它们消失在自己的视线里,在我的唇齿之间,重复无数次的咀嚼再咀嚼。

雨淅淅沥沥下个不停,南方的这样冰冷越来越让自己无法适应,虽然是土生土长的南方人,虽然在这个城市已经生活了近三十年,仍旧无法让自己习惯。记得上次去北方,是三年前的这个时候,那场雪是我见到过的最隆重、最美丽的一场,美得让人心醉,隆重得让我束手无策,但是却没有给我留下任何记忆。于是三年后的今天,我开始日夜思念,想象那场盛大的雪景会再次绽放在生命里,那么,我将要把那一刻定格成永远的画面,把那一瞬间感受到的新生刻入记忆深处。

今年冬天的第一场雪什么时候降落这个城市, 是我现在不停思考的问题。我向往有一场雪,一场空前绝后轰轰烈烈的大雪。

9

桌面是在三亚拍的相片,阳光沙滩,青春逼人。电脑中飘散的光线洒落桌面,心也随着漾开,温暖,再温暖。原因是那趟三亚之行可能会有好的结果,当听到这句话的时候,曾经被自己淡化的荣耀随着这张相片又涌回来,说不在乎是假的,顶多哄哄别人,是哄不了自己的,不然,当残留的最后一丝希望再次复燃的时候,我开始激动起来,开始幻想起来,那将是人生的又一个高度,是无数个日子里辛勤劳动的结晶。原来并不是所有的东西说放下就能放下,就比如那场比赛,就比如那些付出,只是自己把这些藏起来了,轻易不叫人发现,而现在,当轻轻的一句话,或是一个眼神,那些曾被自己刻意忽略的细节仿佛都活了,生动了,跳跃在眼前,让我不得不重新回想起以前发生的,到现在都没有结束的事情。

我是有梦想的,只不过一直放在心里,轻易不拿出来与人分享,我也是有困惑的,只是独自品尝,希望三亚是梦开始的地方,毕竟在那里我打

了个盹,也要有个美丽的梦才不虚此行。

10

这夜骤然间就黑了下来,像是被倒翻了墨水瓶,泼洒成这般沉黑。我之所以用沉黑,就感觉到这黑像是压下来,厚而且沉。猛然间迎面吹来一口风,好大一口风啊,吹得我险些站不稳,眼睛花了,头发乱了,心也跟着动荡了好几下,差点失去了方向,找不着回家的路。

仍旧是太黑,黑到睁开的眼睛无法辨认来来往往的路人,那些行色匆匆的路人里面,有没有我熟悉的面孔,有没有值得信赖的拥抱,有没有让人温暖的笑容,我不知道,我也不想知道,可是我仍感觉到一束目光的注视,长久的注视。夜太黑,我分辨不了那束目光的位置,却能感觉出一种热切的关怀在其中,明亮的眸子照亮了前方的路,我小心翼翼地前行,深一脚浅一脚的踏在被雨打湿的路面上,泥水沾湿了我的裤脚吗?我不知道,我也看不到,可是我明显感觉到了裤腿的分量,被泥水沾湿后的重量,我吃力地抬着双脚,走在这条沉黑的路上,借助着那一丝微亮的目光,匍匐前行。我是狼狈的,可怜的,这样的夜说黑就黑,根本没来得及容我有半分钟的考虑,给我半分钟的时间,我就会选择更早蹚过这条泥泞路,我就会选择在夜没有压下来的时候,找到自己的方向,回家的方向。

墨水瓶倒翻了,有人扶起来,拧紧盖子,然后想冲洗一下被墨水弄黑的夜,那一场雨铺天盖地地倾泻而出,肆意冲刷这样的夜,夜有多黑雨就有多大,可是雨再怎么下,夜终究还是压了下来,甚至比先前还令人压抑,恍然大悟,这样的夜一直存在,只不过被自己忽视了,墨水瓶哪怕是拧紧了盖子,可是倒出来的墨汁无法被雨水冲刷干净,只好选择远离这样的夜,远离这种沉!

11

柜子里装满了五颜六色的糖果,我是这样慰劳自己的。着眼处色彩斑斓,舒缓着那份忧愁,我一粒一粒仔细端详,让我想起小时候经常收集的漂亮糖果纸,仿佛那时候吃糖并不只是为了吃糖,关于糖果的一切都让我

如获至宝的收藏。

现在的糖果更多的时候我不会吃，我只是把它们买回来装进玻璃瓶子或是摆在柜子里，在自己心情不好的时候就会捧在手上，不停地重复一系列的动作，倒出来再装进去然后再倒出来。当可以买到自己喜欢的任何东西的时候，原来一切都不再会像以前那样喜欢，那种感觉是无论如何都买不到的，就像现在我会把缤纷十色的糖果摊在桌子上，却没有半点剥开糖纸放入口中的冲动，倒是在超市里面的那种感觉深刻。我一包一包扔进购物车，根本不会像以前那样去考虑价格，至少买点小零食不会去查看标价，这样的感觉代替了小时候迫切想要吃上一颗糖的感觉，这样的感觉有种说不出来的舒服。

有时候忧伤可以淡化，就比如用那些漂亮的糖果，在分离目光的同时带给自己一个明亮的世界；有时候忧伤可以递增，就比如用钱买回来一大堆糖果只是摆放在那里，或是被冷落在角落里。我的忧伤仅仅只是一种美丽的印象，我在文字里写满忧伤，却要用糖果纸的漂亮来增加它的亮度与色彩，于是糖果是我忧伤的全部，文字是我忧伤的另一个全部！

12

听说，云走了，不是回原来的地方，而是暂时去了另一个地方。于是我开始窃喜，转而就为自己的这份小心思羞愧，最后竟然看到云从自己头顶飘过，用那种姿态，优雅的姿态，是我无论如何也学不来的姿态，我开始羡慕也开始妒忌，仍然是放入心底，仰着头注视上方轻盈欢快的云，感觉有点难受，不是为自己，而是为那片云。

那片云远离了那个城市，什么也没有留下，或者什么也没有带走，于是我就开始整夜整夜地设想某种场景，是的，自己一直就在设想一些场景，或是臆想一些细节，慢慢填充那份虚无，慢慢平缓那份焦虑，曾经一直傻瓜样的认为自己有超意识，很多事情想着想着就能成真。到现在，我仍然相信信念的存在，自己设想的场景或是臆想的细节，会在不久的将来以最原始的姿态展现在我的面前，就像那片云，不管它知不知道曾有这样一个人出现过，不管它明不明白曾有这样的一个人幻想过，它的姿态都叫我不得不低下头，在这圣诞前一夜，平安夜的钟声即将敲响的时候，还是要深深地祝福它！

每一朵雪都是奔跑的疼痛

13

　　满城风景,平安夜踩着冬天的脚步,人们踩着平安夜的脚步,从不同的方向涌向同一个地方,平安夜里夜平安。

　　我应该很幸福,卡片,鲜花,在这样一个冰冷的冬日,在这样一个人人祈祷平安的冬日,温暖于我,感动于我。那一刻我是微笑的,微笑的我是美丽的,竟也宛若小女孩般兴奋,那些过完的圣诞节对我来说没有任何记忆,权当是日历上面普通的一页纸,而这样的一个夜晚却让我开始盼望下一个平安夜的到来。

　　感动于我以两种方式存在,当心处于极温柔极细腻的时候,我是感动的,这样一份感动犹如狂热之中沁入一丝清凉,像极了风在用手轻轻抚摩。当眼底抹过一丝泪光,心里涌出一份情怀,我是感动的,这样的感动足以将我袭倒,却是沉重的,无法用言语表达的。读尘子的《感动着我的感动》才明白,原来人都一样,细微的感动,平凡的感动总能持久。

14

　　我知道,那是天使。

　　可爱的孩子般的面容,绽放着纯美温暖的笑容,我称之为天使的微笑。洁白的翅膀上沾有轻盈的羽毛,柔柔的顺顺的,让人心生怜惜。那双眸子明亮深邃,一触及,让人迷惘,让人沦陷,我称之为天使的眼睛。呵气如兰,呼吸着你的呼吸,让空气开始凝固,让时间在这一刻停下,我称之为天使的爱。

　　窗帘飞舞着,如风一样飘动,像是优雅的女子凭栏而倚,轻吐芬芳,我知道,那是天使来到了人间。瞬间,耳边传来银铃般的笑声,清澈如林中小涧,涓涓溪水,我知道,那是天使降落身边。

　　回眸,眼见处是天使的笑容,撒落人间全是爱。

　　一路上,天使都在把温暖、把关爱带给大家,可是大家忘记了,谁来给天使爱,天使降落人间,折伤了翅膀,那一场雨来得快而且猛,淋了翅膀湿了心。

谁来给天使温暖？

这样的冬夜，风起云涌，街头悠闲的脚步都有各自的去处，都有各自的幸福，有着孩子般可爱笑容的她，落泪了，在这样的夜晚，默默地流下了一滴眼泪，我称之为天使的眼泪。

15

疼痛开始袭来，和平常一样，从骨里浮于肌肤，用一种缓慢的速度将我最深的痛楚挖掘出来。我用尽全身力气，绷紧背部的肌肉，将背拧成窝状，就成了现在的一种姿态，旁人看不出我的异样，我也没打算让别人看到，这是自己的事情，是属于自己，哪怕是疼痛。

其实我不是一个轻言疼痛的人，那些折磨不至于让我委靡不振，一直以来相信自己的承受能力与耐力，现在也不例外。我把这份感觉归于生活的另一种考验，这样说或许有点另类，也并非要张扬一种情绪，写文字的人总在有意无意地夸大一种感觉，那也并非我的本意，一切是原始的味道，亦如现在的难受。

这样的过程一直就在延续，竟然让我忘记了初始的时间，忘记了最初的感受，也让我无法看到结果，过程一直就这样执著，这份疼痛也是一样的执著，而自己的这份韧性也在这样的过程之间浑然天成。

这个时候，最不需要的是同情，不用把自己看得太娇贵，原本就是一棵草，即使有花的芬芳，仍旧是一棵草，有着顽强的生命力。

16

脑子经常涌现的，是设想了无数次的场景，我想我也应该去一次远方，去寻找记忆中本该模糊的碎片，然后将它们拼凑在一起，当然原本就没有记忆，一切归于自己的想象，不得不佩服自己的想象力和臆想力，那些氛围，那是最熟悉的陌生人，渐渐包裹我的身体，纠缠我的思想，甚至我的整个生活。

天真的心，不愿意染上颜色，我知道它本不应该是红色，可是所有的人都一样，它也就成红色。其实我的心是蓝色的，蓝色代表忧郁，蓝色代表沉默，蓝色代表拼凑的零碎。那些粉红的蓓蕾将开成深蓝，我拾起无数蓝

色的花瓣,轻轻地数着,细细地闻着,那是心的味道,清澈,清新,没有人能拒绝这份美丽,哪怕是我的设想。

如果我去远行,一路向北。

一路向北,将是我远行的方向。

走过一片蓝色的记忆,

梦的海洋里,淌过无数场景,

那些熟悉的而又陌生的味道啊,

是我心头永远的痛。

17

盼了很长时间的雪,仍旧不见踪影,有点心灰意冷,从最初的期盼到现在的茫然,害怕自己丧失最后一点渴望,也害怕盼不到那一场雪的到来。雪是温暖的,这样的句子想来就让人怦然心动,一点一点沁人肺腑的香,浸润着一颗冷漠的心,被呵护的感觉是温暖的,那是被捧在掌心的温暖,被惦记的感觉是温暖的,那是靠近心房的温暖,如果现在有一场雪,我将会捧在掌心,捂上心头,甚至投身于大地的怀抱,那苍凉的白雪啊,将覆盖我那冰冷的身躯,我的手脚是冰凉的,我的肌肤是冰凉的,唯有那颗心,呈火热,晶莹剔透,只剩下一颗孤独的心,晶莹剔透。

向上苍祈求,下一场雪吧。可是,感觉却告诉我:那一场雪早就下了,下在了我的心里。

静静地低下头,我看到一种滚烫在不停地跳跃,一层薄薄的白雾紧紧地附在上面,那是雪吗?如果是雪,为何如此之薄?如果不是雪,为何让温度逐渐降低?我用双手轻轻地触摸,热,由指尖传来了炙热,被灼伤;冷,由心里传来的冰冷,被撕碎。这是上苍恩赐予我的雪,漫天雪舞,飞扬的都是我撕成碎片渐渐冷却的心。

18

开始在心底哼唱欢快的曲子,笑容慢慢地漾在了脸上,不得不佩服自己自我调整的能力,大概也是平时常被自己挂在嘴边的洒脱吧。其实洒脱的感觉好过忧郁,曾被朋友戏言的招牌笑容差点被自己遗落,小心地拾起,细心地收藏。

于是,这样的夜晚开始迷人起来,温柔起来,开始有了一种莫名的冲动,手指也不停地敲打键盘,看着一个一个美丽跳跃的文字铺满白色的格子间,心中的喜爱倍增。突然之间喜欢上眼前这个透明的玻璃瓶子,细长的瓶颈,想多美就有多美。把那些美丽跳跃的文字一个个装进瓶子,小心呵护,定能生出嫩绿的枝芽。把那些细小的感动一点点装进瓶子,注入血汗的浇灌,定能开出鲜艳的花朵。把那些百分之百的信任和执著也装进瓶子,再加入些泪水的滋润,这个瓶子的意义将不再只是个瓶子,它装载了我的整个美丽人生,装载着我的整个完美生活。

可是,这个瓶子是玻璃做的,玻璃是易碎的,易碎的玻璃瓶子万一打破,那么打破的不仅仅是瓶子,而是我的整个人生。

所以,我会用尽全身力气包括生命去保护这个瓶子,要它完好无损地立在我的眼前,永远。

19

在我的玻璃瓶里装满了温暖与感动,在我情绪低落的时候,我会拿出一点,在这个冬夜慰藉自己疲惫的身心,拿出一点点,再拿出一点点,突然发现瓶子已经空了,我那个空空的玻璃瓶啊,曾担心会打碎,却不料被自己掏空。

我曾无比骄傲地向世人展现我的玻璃瓶,透明的,质感的,也曾无比自豪地炫耀我的玻璃瓶,真实的,自然的。可是我忽略一些事实,忽略的某些片断,也正在慢慢地依赖那个瓶子,而且越来越重视,越来越珍惜。

那些被忽略的事实慢慢呈现出来,因为瓶子即将恢复原来的模样,仅仅只是个瓶子,是自己久已麻木的思想无法装入瓶子,是自己近乎呻吟般的文字无法装进瓶子,被自己拒绝的温暖,被自己漠然的感动,也都无法装进瓶子。慢慢的,瓶子越来越轻,轻到毫无重量可言,轻到我根本无法托起的程度,轻到甚至,差点被自己摔破。

我是故意的,我故意想把它摔破,破就破吧,破了,我就把那些曾经装入的情感撒向天空,撒落地面,伴随着那零零碎碎的雪花,装饰我不醒的梦!

20

慢一点，再慢一点，让日子慢下来。

写下上面这一句话，作为细语的结束语，并不是随意之语。我一直感觉自己在跟时间赛跑，在抢时间，写字也好，生活也好，总是把自己禁锢在一个快节奏的脚步里面，牵着时间的手向前跑。

忘记感受生活，那些清晨的雾露，午后的阳光，黄昏的落日，深夜的星空，渐渐被自己抛在脑后。匆匆太匆匆，沿途的风景被我固执地遗落，那些本该美丽的故事被我草草结束，我给自己一个冠冕堂皇的理由，一切来得太晚，须不知是自己走得太快，不，是跑得太快。

跑得太快，也就距离终点越近，我越来越害怕这样一个终点，甚至想逃匿，想远离。可是，脚步无法停止，心也无法缓和。

让日子慢下来，靠近年末送给自己一个祝福，不要再错过人生中任何风景，不要再遗失生命中最美的感动，让日子慢下来！

陆

蚤休散文

【作者简介】

蛋休,本名张复林,江西修水人。从小在赣西北山村长大,眼中所见是淳朴的山民。常常,一架连一架的大山遮断我远眺的视线,山村的贫穷让我渴望走出去。然而当考取城里的学校参加工作后,我的灵魂却在进行一场艰难的回归。这或许就是我写作的原动力。当然我得庆幸自己有一份稳定的工作,它让我的写作成为可能。生活中,我忌讳别人和我谈钱,谈稿酬,我相信一个精神富足的人,远比一个穷得只剩金钱的人,内心更为强大。既然纯文学创作不能赚到什么钱,那就保持一份文学的清高,且不言把文章写好,至少守住一份操守。

无法抵达的村庄

　　我从没有像现在这样,深深地怀念田村,怀念田村的土地。

　　1991年秋天,我失去了土地。那年,我考进了城里的学校,庆幸自己终于走出了村庄。

　　痛惜的是,当年的我那样急切地把土地交了出来,似乎生怕稍有迟疑,就无法抹去泥土烙在身上的某个屈辱印记。我满脑子兴奋地想着,自己再也不会像我的那些两腿沾满泥水的乡亲,祖祖辈辈像牲口一样拴在田村的土地上。那时年少的我怎么也意识不到,土地一旦被放弃就再也不可能拥有它,我从此漂泊异乡。山坡上埋首啃草的羊,老柳下咀嚼稻草的牛,夏夜蛙鸣中飞过田野的萤火虫……这些村庄再寻常不过的景致,彻底离我远去,成为一个人生命中的奢望。

　　入学的前一天,村里的族人和远道而来的亲戚不断挤进村口我家狭小的土坯房。家里从堂前到地坪摆了十二桌,狗肉馋人的浓香混合着刚开坛的谷烧酒,飘荡在整个村庄上空,久久不散。我痛快地洗净脚上的泥巴,穿上那套从镇上同学那里弄来的黄军装,肥大的军装总让我兴奋地想起出征远行的将士。以我当时懵懂的年纪,认为自己已经可以远离家乡,去到世界上任何一个地方。带着一种即将离别的情绪,我在村里骄傲地悠来晃去。

　　那时候,读过古书、喜欢追着村里孩子讲楚霸王、讲薛仁贵征东、讲水泊梁山的春秋早已离开了田村。有人说在城里见过春秋,说春秋在城里扫街,捡垃圾,把田村人的脸丢尽了。在田村,春秋是个种不来田的人,常常遭村里人嫌弃。要播种了,耙不了田;要上肥了,挑不动粪;要收割了,扛不起那山一样沉重的打谷桶。不作田,不娶媳妇,不养儿女,在田村人眼里,春秋根本不像个农村人。村里人忙得不可开交时,他却像个闲人一样,东逛西逛的,田村的一切似乎都与他无关。有人嘲笑他:"春秋,你是投错了胎的城里人!"春秋索性横下一条心,这辈子再也不窝在田村了。

　　离开田村,去到一个大地方,当是春秋多年以来的梦想。春秋跟我一

个村,我俩同族同宗,曾在同一个祠堂祭祖,去同一座山扫墓,家里的神台上,都供奉着同一个祖宗牌位。不过春秋的离开田村,也许只想离开一个容纳不下他的小地方。犹如古时悲壮的侠客,春秋义无反顾,单枪匹马开始了他迟来的闯荡。可当他真正将多年的愿望付诸行动时,并非像后来考取学校走出村庄的我,也不像今天无数出远门的年轻人那样,怀揣着对未来的渴望与向往。封闭年代里,一个久居家乡,且年逾不惑的人,被迫对远方复杂而茫然的投奔,其中的辛酸与无奈,是田村人无法想象的。至今想来,若生逢乱世,春秋必定会成为一条好汉。

这些年,村里不断有像我一样,考取学校离开田村的,而更多的是像我的叔叔、堂哥、侄子、侄女一样,去广东福建打工那样走出村庄的。相比留守田村的乡亲,我的那些候鸟一样在内陆与沿海之间不断迁徙的打工乡亲,他们莫不被看作试图以自身的努力来改变命运的人。而先前的春秋,他的出走田村,他的对于生活的态度,也许有着另一重不为人知的理解与追求。那是偏远乡村一个有眼光的人,对生活的另一种热爱与向往。遗憾的是,春秋生错了时代。

二十年,或许时间更长,春秋终于回来了。回到村里,春秋做的第一件事,就是去看他名下的那六分水田和土丘上几块瘦长的旱地。村西最肥沃的四亩丘,靠河的一块正好是六分。田间的禾苗长得肥肥壮壮,似乎老远就听得见禾苗嗞嗞喝水的声音。塘窝里的土丘上,几块相连的旱地荒在那里,倘在以前这个时节,麦株该齐腰深了,风一吹,麦浪翻滚。五月麦熟时,连片的麦地,会引来铺天盖地的鸟雀,云朵样遮蔽着村庄。即使离开村庄多年,这些田地仍是属于他春秋的,他春秋仍是这些田地的主人。这些在村里的土地簿上写得明明白白清清楚楚。并且,当村里人走过这些田地时,会不由自主地想起他,想起田村还有一个叫春秋的人。可以说,正是这些田地留住了春秋的田村人身份。

因为粮食不值钱,这些年村里后生纷纷外出,留下的大多是老人孩子,水田由原来的双季稻改种了单季稻,而旱地更是抛荒了不少。走在村里,看着那些荒芜了的土地,春秋这个并没种过几天田的人心痛不已。当然,春秋并不相信,粮食真的会变贱,田村人也绝不会真正放弃土地。先前,村里人有了钱,就买田置地,一些出远门谋生的人,也不时把有限的银两寄回家乡,在村里买田买地。村里有个破落户,喜欢夸谈祖上的辉煌与荣光,每每说及祖上留下了多少良田和土地时,往往两眼放光,显得那样陶醉和神往,俨然一个曾经的土地的国王。如今村里人外出只是短暂的,过不了多久,他们依然会回到自己的土地上。春秋相信,人是泥捏的,自远古女娲造人开始,就离不开土地。人,跟一棵树,一株庄稼没什么两样,只有和土地连在了一起,才不会随波逐流,才不会没有归属。而一旦离开土地,一个人的命会变薄,成为一张飘飞的纸片,被世界吞没。

毕业后,我如愿留在了城里。打开那本从街道户籍警那里办下来的暗红色居民户口簿,户别栏中一行醒目的"非农业家庭户口",让我突然意识到,再也没有了一寸属于自己的土地,我成了一个远离土地的人。可背地里,我常常自认为还是一个田村人,把自己看作一粒被风吹离田村那块土地的种子。表面上我也的确跟田村人没什么两样,至今我仍保持着田村人的质朴与不事张扬。在市场上,尽量不添置那些太光鲜的东西,我怕那些花里胡哨的东西掺假,淘米我不会超过两次,我坚信母亲的话,米皮是养人的。而且一日三顿的剩菜剩饭,我总是舍不得倒掉,这可能跟我小时候在乡下缺衣少吃有关。尽管私下里我并不认为,自己这样做是为了保持什么好品格,或者多年养成的什么好习惯。不过,这么多年来,我依然不自觉地保持着它们,它们就像跟在我身后的影子。当我在街市上看到那些来自乡村的东西,比如稻米、大豆、红薯,甚至各类绿色菜蔬,我都会格外亲切,就像看到了我的那些分别已久的乡亲的面孔。我是那样熟悉它们,我爱它们,是它们重新唤起了我久违的乡村身份与记忆。

可现在我的户口早已不在了田村。当年考进城里的学校后,和父亲、堂哥挑着稻谷,顶着八月的骄阳,大汗淋漓,去乡上办理粮食和户口迁移,把土地交出来。从那一天开始,我就已经不能算作一个真正的田村人了。那时,村里人都用羡慕的目光打量我,他们已经把我当成了一个城里人看待。当村里的伟春、小河、运鸿陆续考取学校,把户口从村里迁出去时,村里人纷纷去祝贺,说他们走出了村庄,再也不会争了村里的口粮田。连带村里那些刚嫁出去的女子,随着户口迁出田村,她们名下的田地马上被村里重新分配,她们都被认为不再是一个田村人了。而我的叔叔、堂哥、侄子、侄女,以及那些在外面打工的乡亲,无论他们离开村庄多久多远,只要户口仍在田村,田村有他们的土地、山场、塘堰。这些留住一个人的根与血脉的东西,足以表明他们仍是一个田村人。而放弃了这些东西的我、伟春、小河、运鸿,已经不可能再是一个田村人。

这些年,从进城的乡亲那里,我听到过村里不少事情。明伦和杰伦的

死让我十分震惊。他俩比我年纪大不了多少,杰伦甚至还跟我同过学,却以自杀过早结束了各自的生命。一个跳崖,一个喝农药。明伦这个小时候爱听春秋讲古,好打抱不平,被春秋称赞为有英雄气的少年,在长大后却变得酗酒、赌博与争强好胜,未及中年又得了肝癌。起初村里的郎中一直当作胃病治,前几年曾来我工作的城市求医。到一座陌生的城市,明伦并没有求助于我,哪怕给我一个电话,让我帮忙找找医生也行。据说,后来明伦忍受不了病痛的折磨,才跳的崖。而杰伦我去年还见过,就在我上班的那条大街上,他说来城里找活干,精神显得很低落。头发蓬乱的他,一脸沧桑,就像个半老头子。不久有人说他喝了农药,他的两个儿子被迫辍学,去了遥远的南方,用他们稚嫩的身体去承受异乡的风雨。杰伦进城时,一定正为儿子的学费犯愁,可他竟没向我这个城里的同学提起半句。本来来到城里,他们都需要帮助,而且在这个虽陌生的城市,至少还有他俩的一个老乡在这里,可他们都没有和我联系。即便碰了面的杰伦,也未提到过他的困难。很显然,田村人不是怕还不起我这个人情,而是他们已经不把我当成田村人。

对于明伦和杰伦的死,我无话可说。一个人,义无反顾,走向最绝望的那一步。表面上,如果明伦不是那样要强,就不会借谷烧酒来反复把自个折腾,身体应该不会垮得那样快。即便后来得了病,如果不在村里耽误,如果能筹到那一笔去城里就医的款子,也许不会转为恶疾。而实际上,怕是一直以来,那颗少年英雄的心无法承载生活的刀斧。至于杰伦,这样一个把一生都交给了土地的人,居然供不起孩子上学,不得不离开土地,最终,身无长技的他在城里失败了。杰伦可是村里最勤劳,农活做得最漂亮的人。他是村庄里一头终日沉默寡言的牛,本应把力气都使在土地上,可命运却把这头吃草的牛赶进了城。

看来,田村人非但不把我当了田村人,也没有人在意我在城里过得怎样。自从离开田村,离开田村的麦场、稻田、老祠堂、山场祖坟,我一直牢记着自己是一个田村人,我在外面代表的是田村。我在异乡流血流汗,默默奋斗,独自承受着异乡的孤独与艰难,小心翼翼维护着一个村庄的声誉与尊严。城市的繁华与梦幻背后,隐伏着太多的冷漠与坚硬,城市让我这个乡下人变得焦虑、敏感、脆弱。这一切田村人谁也不知晓,他们只羡慕我吃上了国家粮,我这样一个原本跟他们一起摸鱼、种地、砍柴的傻小子,忽然在城里拥有了一份体面的工作。可他们哪里知道,我在城里过得并不快乐，我只不过是一只蛰伏在城里，却不断忧伤地怀想乡村的甲壳虫。这么多年远离家乡，田村常常在我梦中萦绕。我把整个的生命始终毫不保留地向它敞开着，却没有意识到，我的身后没有观众，没有田村人关注的目光，我的荣辱与奋斗与田村人无关。我所做的一切，只不过是村庄之外一个人孤独的表演。

因为冬天的一次意外，三岁的桂花栽进了火塘，留下半边脸的疤痕。起初，桂花照样与村里的男孩女孩一起玩"猪八戒娶媳妇"，一起围着春秋听木兰从军，一起赶七八里的夜路去镇上看电影。后来长大了，她那一拨的女孩都出嫁了，她便成了村里的老姑娘。虽是个老姑娘，在村里，桂花却有名有分占着一份田地。村里不断有娶媳妇进门的，都是要分一份田地的。眼看村里的田地越分越少。一天，村里来了个安徽棉花客，村长找到桂花爹，说：老哥，桂花从小遭了罪，可做爹的总不能养一辈子，还是帮她找个婆家吧；我看那个棉花客，做的虽是走四方的生意，苦是苦点，跟着他饭还是有吃的。就这样，桂花跟棉花客走了。可她爹却死活不愿把地让出来，带着男人难听的哭腔，不住诉说着，桂花可不是嫁出门的，说不定哪天这个可怜人就会回来。夜间，有人听见桂花爹在桂花那块地里嚎哭。

村里人中，小凤的遭遇一直深深牵扯着我的神经。离婚的小凤是被迫回村的，拖着两个女娃子，柔弱的她不得不像小时候一样，跟父兄一起生活。听说她原来的男人好赌，脾气又暴躁，在外输了钱，回来就打老婆，辱骂小凤不会生崽。村里人都十分同情她，但又不能接受她，村里向来的说法是，嫁出去的女，泼出去的水。甚至父兄都这样看待。因为这一点，她的孩子也受到村里同龄孩子的欺侮。在村里，小凤总是抬不起头来，过的是一种寄人篱下的日子。这两年，小凤一直想把户口办回来，以便从村里要回她名下的地，却遭到族人的一致反对。去找村长，村长屡屡劝她：小凤，你这样年轻，还是去外面再找个合适的男人吧。看来，要在村里得到地是没指望的，小凤想把娃子送人，好外出打工，却没人要女娃子。几次，小凤在田村河边徘徊，娃子的哭声又把她唤回了。可怜的小凤，谁知土地对你的伤害有多深？

在田村人眼里，我已经离开田村多年，桂花、小凤则是嫁出了田村的，田村再没有了我们这几个人。我已不知该如何来改变村里人的这种看法。其实，我心里十分清楚，只要我还是个城里人，只要我的户口还在城里，就不可能改变它。而且，即便我做得到放弃城市户口，回到田村也拿不回原

171

先属于我的那块地。我只能像一株无根的浮萍,继续在城里漂着。在此,土地已经成为我、桂花、小凤,共同的念想与疼痛。

明伦、杰伦、桂花、小凤,这些我童年和少年时代的伙伴,我们曾在同一块土地上长大,一起游戏和奔跑,一起梦幻和向往,天真地传唱幸福的歌谣。我们相信世界的美好,就像相信村里的一棵树、一块田、一口井。现在,远离乡村的我,只能站在命运的另一个门口,怀想我的那些童年和少年时代的伙伴,无助的他们仿佛就站在了我的面前,目光饱含着无限的辛酸与忧伤。他们的身后,乡村展开的,再也不是那样一片开阔而明丽的天空,它变得遥远、灰暗、沉重。

在田村,人们对土地一直充满了敬畏。村里人办宴席,无论喜宴,还是丧席,席上不论主客,敬过天神之后,喝的第二盏酒就是敬土地神的。他们信奉,一切庄稼与作物都来自于土地,是土地养育着村庄,村庄在土地上繁衍生息。土地就是村庄的命脉。记得因为一块林场地界的纠纷,村里人曾与邻村人发生过严重的冲突,几乎全村的男劳力都参与了那次流血事件。而上头下屋的族人之间,也常因几寸的地场屋基而争端频发。村里人真是把土地看得比自己的命还重,他们恨不得像抱粮食一样,把土地抱在怀里。他们在地里生,土里长,死后埋回黄土里。就像土地上沉默的庄稼和树木一样,我的那些世世代代都不曾弃离故土的乡亲,把根须牢牢扎在了大地上。

春秋这次回来,村里人都以为他在外面发了,很客气地招待他。不曾想,许多天过去,并没有任何表示,有人背地里开始骂春秋流打鬼。在田村有这样的惯例,一个人外出回来,不管是去做工,还是在外做生意,甚至媳妇回一趟娘家,也往往要给左邻右舍捎带点什么。既可表示看得起你的乡亲,又可表示你在外面混得不错,特别是刚过门的新媳妇,则正可借此炫耀一下娘家的殷实与富有,让村里人不敢欺侮。

村里人看不起他,这是意料之中的。春秋并不在意,倒是庆幸,田村还留着自己的地。要是没有了村里的那块地,自己根本就不会有回到田村的名分,只能继续在城里做工,扫街、捡垃圾,乃至流浪,直到老死,把尸骨丢在外面。

现在春秋老了,很自然地返回了田村,就像村里一头走丢的羊,或者一条上了年纪的老狗,在外流浪多年后,如今又回到了出发的地方。不久,春秋把最后一口气呼在了田村的土地上,以永久地占据村里后山上的三

尺黄土,把自己的名字堂皇地写进了一个村庄的村史。

尽管春秋的回归是以一种被村里人歧视的方式,但我仍为他感到无比的幸福,因为他安睡在了村庄的怀抱里。我突然羡慕起春秋来,虽然他并没有在外面实现人生的胸怀与梦想,甚至他终生的奋斗都被田村人看作是耻辱的,但他把根留在了田村,并且理所当然地回到了自己的土地上。而此前明伦和杰伦的死,虽然是一种村里人和我都难以接受的方式,村里人谈起两人都十分忌讳,但并没有被田村人抛弃,田村人隆重地把他俩跟老祖宗们葬在了一起。可我却再也不属于一个村庄了,我已无法回到村庄的怀抱。就像那梦中时常想起,却至今不知漂泊何方的桂花和小凤,我们都成了一条再也游不回村庄的鱼。

也许,今生我只能以另一种方式,来填补被田村离弃的虚空与苍白。至今,我仍近乎固执地保留着田村的许多生活习俗。比如春天来了,立春、雨水、惊蛰这些节气,会提醒我像田村人下地那样,该下足工夫了,似乎它决定着我在城里一年的收成。农历六月初六,我会把所有的衣被抱到阳台上曝晒,我相信,温暖的阳光会伴我度过一个寒冷的冬天。七月十五,鬼节这一天,我会偷偷溜到城郊,找块无人的空旷场地,给远方已逝的亲人烧纸钱,好让先祖们花着我孝敬的钱币时,庇佑我这个城里的子孙。大冬要来了,我会提前去市场买只鸡,田村人相信,大冬吃鸡,来年平安吉利。那天,我要一家人把整只鸡吃完,老婆吃得很苦,孩子就像见了敌人,我吃得喉咙叽里咕噜的,老婆说像半夜鸡叫。有时候想想,我也不明白,为何一家人会有这么大的差别,也许老婆孩子是城里人,而我只是个待在城里的乡下人。

不过,要是村里人知道我在城里仍保持着这些田村的生活习俗,他们恐怕并不会夸奖我,反而会笑话我丢田村人的面子。即便我甘愿置自己于这样一个尴尬的境地,可我所极力保留的,也只能是村庄一些表面的、近乎仪式的东西,我再也无法深入田村那片土地的深处。我住的是远离地气的高楼,吃的是经过深加工的精致食品,呼吸的空气混合了城市二十四小时不断排放的废气,而不再是村庄充满着麦香、稻香、花草树木清香的自然之气。

其实,田村人并不是很开明开放的,从他们对一些老旧的东西那样顽固地保持着感情与信赖,就足以证明田村人骨子里的传统与保守。比如老祠堂。虽然家家户户厅堂上有各自的神台,可大年大节大喜事,仍会集中去破败的老祠堂祭祀。比如老屋地基。也许老屋早已倒毁，只留下一片瓦砾荒草掩覆的地基，一家人仍会设法保护好老屋地基，盼着把屋做回老屋场的那一天。比如老井。一村人世世代代从老井取水吃，老井延续了一个村庄的血脉；每年七八月间农历分龙那一天，不论阴晴刮风下雨，村里人齐聚井台，参与淘井活动；田村人称那一天下雨为分龙，老井蓄水则是接龙。比如老中医。田村人看病相信老中医，村里人病了，就去请十几里外一个叫秋丹的老中医。一袭纺绸衣裤的秋丹，手执一把书着"悬壶济世"字样的黑漆折扇，不急不缓行走在乡村小路上，药箱则背在身后替他撑伞的病人家属身上。秋丹在田村很有名声，开出的药单上，那些中药让年少的我十分惊奇，它们全是夏天或秋天，我和小伙伴在地里挖过或采摘过的，像半夏、麦冬、蝉蜕、葛根、车前草、凤尾草、苍耳子、金樱子……

老祠堂、老屋地基是老祖宗留下来的，是谁也丢不起的神圣之物。老井水则是从土地上冒出来的，是一个村庄的血脉之源。而老中医开出的那些药物，更是田村的土地上生长出来的，是它们消除着一个村庄的疾患与疼痛。千百年来，这些东西与一个村庄繁衍生息，生死相依，构成一个村庄的全部神秘与传奇。

不知为什么，我总这样固执地认为，终有一天，或许在我老了的时候，我还是要回到田村去的。这里面也许包含了某种与生俱来的宿命，就像一个人的面世与出生地，是谁也无法选择与回避的。只是，那时村里人会接纳我吗？或者他们会像以前一样，仅仅把我当了一个客来接待？而不是村里一个曾经的少年，青年，和老人。如果是那样，我会是多么的失望。先前，村里的稻田、玉米地、井台、河沿都曾烙下我歪斜的脚印，村庄上空飘荡的炊烟中，也曾混杂了我带着汗馊味的气息，老祠堂后面那堵断墙上，也曾留下过少年的我多少不为人知的涂鸦之作，可这一切再也找不回来了。我不知道，是不是有谁，在我离开村庄的那一天，就把它们连同属于我的地气、血脉、水土一并寄往了异乡，彻底切断了那根我与村庄血脉相连的脐带。

像一滴水，我从故乡的大地上消失。每当工作中需要填写履历，捧着那些空白表格时，我捧着它，总感觉面对的已不再是一张白纸，而是一块厚重的土地。当我在籍贯那一栏里，写下老家那个县份的名字的同时，总是一并写下"田村"二字。我写得那样缓慢而郑重，仿佛不是用笔在书写，而是用锄镐在田村的土地上雕刻。

我一笔一画，小心雕刻着一个村庄永久不变的容颜。

奔跑的火车

忙乱，喧嚣，似乎战乱年代的某种逃离。站台上，进站出站的火车不断鸣响尖锐的汽笛，夹杂着南来北往的人群慌乱的叫喊，和推着小货车的小贩拖长音调的吆喝，汇成一片闹哄哄的浪潮，几乎要把站台厚实的水泥顶棚掀翻。火车尚未停稳，夹带着大包小包的旅客就像一窝蜂一样涌了过去，火车将带他们去到一个期待已久的地方。而头顶晃眼的阳光更增添了某种虚幻感，容易让人产生冲动与跳跃，一心只想着奔向美好的远方。

少年是第一次见识真实的火车。眼睁睁盯着，要把这个怪兽样的东西穿透。

以前，在电影里见过身手敏捷的铁道游击队员在列车上翻上飞下，背景是老远就能望见的喷吐着的浓烟，绵延不绝，猜想那就是轰隆隆呼啸而过的列车为何被叫作火车吧。上学时曾听老师讲，英雄欧阳海将受惊的战马推离铁轨而壮烈牺牲，是在风驰电掣的列车来临之际。而村里学堂那截至今仍悬挂在走廊大梁上，已经敲打得发亮，被当作上下课的钟声使用的三尺长的废铁轨，在它每次被敲击发出响亮而悠扬的声音中，少年总会展开对遥远的火车无限的想象。

火车到底跑得有多快，它带起的旋风是不是足以把人畜卷倒，或者它的速度就像溜进村偷鸡的红狐一样，只见一线红光一闪，眨眼就没了影。当它跑动起来时，轮子是不是跟叶片转动飞快的风车一样，风车由人驱动，而火车是什么力量驱动那样庞大的身躯在大地上不竭地奔驰？火车的疾驰，它的气势是不是如夏日村庄上空乌云的铺天盖地翻卷奔涌？而驾驭这腾云驾雾般的火车，那个司机该有多么神气，绝不像村里脏兮兮总有股难闻的机油味的拖拉机手……

因为对火车的渴望与向往，连带对每一段铁轨、每一根枕木、每一颗碎石和所有有铁路穿过的村庄都充满了好奇。而那些永远穿着一身骄傲的蓝工作服的巡道工和居住在铁路沿线的人们则成了少年分外嫉妒的对象，那些人可以日日与风一样从眼前掠过的火车相遇，可以感受火车碾压

大地发出的那种仿佛来自大地深处足以穿透一切的震撼，还可以最先获知无数来自远方令人振奋的消息。

在四围被山遮掩的村寨，一个少年常常陷入对火车的想入非非，有时想到的仅是些关于火车可笑且漏洞百出的碎片，那种不可自拔的渺茫与固执，不可捉摸又令人感动。

现在，坐一次火车越来越成为少年的梦想。

村里出过外的年轻人，无不以十分炫耀而自得的口吻在少年面前提起，搭汽车去洛阳、平顶山、十堰这些周边的城市，再转火车往福建、广东，甚至更为遥远的海南。今天坐火车对于先前极少出远门的乡亲们，似乎已经成为一件再容易不过的事情，却一直把少年羡慕得不得了。于是格外向往南方，只不过少年对南方的向往，其实很大程度是对火车的向往。

这些年随着村里人频繁的外出，少年坐火车的欲望也越来越强烈而迫切。脑子里总被火车占据着，想象着火车的样子，火车的轰鸣，火车的奔跑，总在内心反复激荡。当然，少年心里清楚，不出一年两年自己很快就能坐上梦中的火车，以致常按捺不住内心的兴奋与喜悦。

眼前庞大的火车就像一条卧在铁轨上的巨龙，足足占去了近半个站台。车身锃亮通体火红，望不见头也望不见尾，看得少年直发呆。心想，这么个大铁家伙，也不知要用多少吨铁，要多少铁匠把式花多少工夫来打造。

犹如山里密密麻麻码满红薯的地窖，闷热的车厢里早已挤满了人，到处弥漫着呛人的香烟味和人体发馊的异味。随着列车的开动，车厢里开始播放某流行歌手缠绵得令人伤感的离别之歌。互不相识的人们或高谈阔论，或正襟危坐，或闹中取静，独自凝望窗外的风景，脸上呈现或兴奋或茫然的神情。挤在早已习惯这一切的旅客中间，初出远门的少年睁着一双好奇的眼睛，紧张中流露着对陌生人小心翼翼的矜持与防备，而内心却莫名地兴奋着，推测起这陌生的行程，列车将载他向何方，远方等待他的又将是什么。这一切就像做梦一样，少年瘦削的屁股暗暗用力在硬座上偷偷颠了两下，却并没有一点声响，只感觉一股厚实而绵软的反弹力，带来说不出的舒适与新鲜。

有着很强的独立意识、并常带点叛逆之心的少年，一度在村民眼中被看作游手好闲的不良分子，甚至村庄一夜间消失的瓜果、鸡雏，甚至牲畜的横遭不测似乎都与少年有关。为此没少挨父母的责骂，而窃喜于恶作剧的得意与满足的同时,内心亦承受着青春期的另一重孤独与忧郁。毕竟村里自小一块长大的玩伴早已外出,年关回乡的他们,叼着各种品牌的香烟,一身颇时髦的西服,有的甚至把头发染成很酷的栗色或棕红色。言谈举止间,一个个见过大世面的做派,让尚在家吃闲饭的少年既羞愧又艳羡不已。

车窗外,树木、房舍、田野、河流迅速掠过,连同天空与飞鸟,它们纷纷向后奔跑着,犹如赶赴一场盛大的宴会。此刻,随着飞驰的列车,听着耳畔芜杂的方言,少年才有了一种出门远行的真实感觉。

在历经梦中多次外出的密谋之后,这一回总算付诸实施了。一旦挣脱父母的囚笼,走出家乡那片狭小的天地,整个人似乎一下子轻松起来,身体里仿佛长出了一对会飞的翅膀,一眨眼就飞向了远方。而父母却并不知晓儿子内心的秘密,他们只是如众多匆匆送别儿女远行的乡亲一样,总怀了殷殷期望,期许儿子在外平平安安。泪眼婆娑中,却怎么也掩不住生活的辛酸与无奈。

而以一个极少走出村庄的乡村少年的见识和冲动,对外出谋生的艰难没有一点心理准备,追随乡亲们的脚步,踏上南下的列车时,少年是否已经预知自己的命运,自己将漂泊何方。单纯的他对外面的世界只有憧憬和向往,外面的一切无不被想象得那样灿烂而美好。

如同我的那些曾经终年在地里刨食,如今却抛弃赖以维生的土地,把一些南方城市当作远房发迹的亲戚那样去投奔的乡亲们,他们义无反顾潮水一样奔赴南方,把各自的命运和未来都托付于那些陌生的都市与城镇。身无长技的他们,那样一种近乎盲目的大迁徙,屡屡让我担心少年和乡亲们进行的其实是一场极为恐怖而刺激的赌博。

神情漠然的列车员每一次大声报站,少年都会跟着紧张起来,生怕误了站。火车票在手心攥出了汗,好像攥着的是风筝细细的线绳,而火车犹如高飞云端的风筝,一旦松手,火车就会将他远远甩下。其实离要去的那个城市还远着呢,列车要纵贯数省,穿越大小几十个城镇。对铁路沿线的城镇,少年没有一点印象。小站一掠而过,连站名也未看清,城市也仅短暂地停靠三分钟。这三分钟里,随着滚滚的人潮,不知又有多少懵懂的少年,在火车和远方长年累月的诱惑下,涌上这似乎永远没有起点也没有终点的火车。

不知不觉,黄昏降临,夜幕将大地笼盖。

夜渐深，车厢里疲惫不堪的人群一片东倒西歪。或倚靠，或俯卧，或耷拉着脑袋，或屁股底下垫张报纸，坐在过道上打瞌睡。更有甚者，一上车就直挺挺爬进人家座位底下，那个样子真跟一条蜷缩在桌底下的狗没什么两样。不敢相信，一些人居然是这样坐火车的。同样掏钱买的票，却连个座都没有，为啥还那样拼死拼命地挤火车，也许那些人跟自己一样，也把坐火车当作了各自的梦想。或者他们渴望抵达的是怎样一个梦幻般的远方，而旅途的拥挤、疲劳、汗馊味、嘈杂声、漫长与寂寞，没有什么能够阻止他们的脚步。

从广袤无边的北方原野到连绵起伏的南方丘陵，火车已经跑了一天一夜。也不知这一程到底要走多远，走多久，也许它的目的地在海角天涯。

灰蒙蒙的天幕下，南方远山低矮的轮廓、近处空阔的旷野、工厂里高耸的烟囱、不断穿越的密集的城镇，以及随风扑入的南方工业浓郁而陌生的气息，源源不断奔涌而来，膨胀着一个少年心旌摇荡的心。

在过道上，捡到一张皱巴巴的地图。这张沾了污渍涂抹得五颜六色的地图，居然就是一个平日被亲切地称呼为祖国的国度。家乡那个有条大河穿流而过的人口大省倒好找，藏在大山褶皱里的县份却不知躲哪去了，寻了老半天才发现，原来已经变成一个比铜钱还小的地方，藏身于一处三省交界的角落。家乡离眼下将要落脚的那座城市不过三个指头的距离，而火车居然跑了一天一夜。自己这一天一夜的行程，不过在一张桌面大的图上行走，好比孙大圣一个跟斗虽翻得十万八千里，却怎么也翻不出如来佛的手掌心。

坐在靠窗的角落，目光追随着铁轨延伸的方向，意识逐渐模糊，内心翻腾起说不清的缥缈与感伤。眼前的一切，在少年面前一下子变得不真实起来。

唯有在大地上疾驰的列车，与铁轨撞击发出沉闷而急剧的哐当声，仿佛少年身体里决开的一条压抑已久的河流。

村庄最后的舞者

　　我们怀着自己的心愿而特别珍爱过的东西，到头来会凄惨地毁在现实的利爪之下。　　　　　　　　　〔法〕J.—H.法布尔

1

　　村子里总有些物类消失得令人心疼。比如麻雀。

　　已经整整二十年，村子里再也没有见到过一只麻雀。二十年间，连一声麻雀的叫唤也没有在我生活的村庄响起。

　　麻雀，这些上天随意撒在江南乡野的草籽，它们曾在乡村热烈而盛大地生长和繁衍。

　　麦熟季节，麻雀往往成群结队从四面八方飞掠而来。多的时候，黑压压一片，像一大块浓重的乌云。铺天盖地，布满了头顶的天空。无数的麻雀同时发出呼呼的啸声，啸声闷雷般滚过长空，仿佛千万匹野马在嘶鸣奔突，脚下的大地都跟着颤抖起来。那时候，田野上一望无际的麦地和麦地之上的天空都是属于麻雀的，成为麻雀展示和演奏的大舞台。而我们只能在大地上满怀敬畏地仰望，或者聆听，这些天地间神秘的舞者。

　　农历的五月，麻雀成为江南乡野的主宰。

　　小时候，总以为麻雀飞越的高度就是天空的高度，麻雀飞行的距离就是大地覆盖的范围，村庄的一切只不过是在麻雀的覆盖和遮蔽之下。

　　以徐徐飞翔的姿势和唧唧有声的热切叫唤，麻雀不断唤起幼年的我亲近大自然的渴望，成为我乡村生活的最初引领者。田野上，阳光明媚，夏麦金黄，风吹麦浪翻滚。麻雀扑扇着轻盈的翅膀，牢牢挂在不断倾覆又不断扬起的麦株之上。或者箭矢般弹射出去，麦穗上绿色的麦蚜虫和背部有红色斑点的麦蜘蛛，瞬间成为它们的美食。那时，好奇的我会悄悄跟在麻雀后面，不远不近，趴在地垄上痴痴观望。常常一趴就是老半天，直到黄昏的村口传来母亲焦急的呼喊，才惊觉夜幕降临。

　　对于村里的孩子,村外的麦地永远散发着无穷的魅力和乐趣。我和小伙伴们喜欢寻着麻雀的踪迹,奔跑或者追逐。惊起的麻雀像硕大的雨点,斜着灰色的身子流星般迅疾从这一垄坠向那一垄。一群孩子蹑手蹑脚向麻雀靠近,看看都伸手可及了,麻雀会立即蹿起复又坠下,把孩子们引向更远处的另一片麦地。快到麦地尽头时,麻雀会展翅腾地飞高,再折身从我们头顶飞回来。它们就那样和少年们在麦地里捉起了迷藏。大地上,金黄的麦浪反射着透明的阳光, 发出眩目的光芒。少年们在光芒中来回奔跑,欢笑声波浪样在麦地上空荡漾。

　　冬闲时候,粮食都归了仓。麻雀常常三三两两在晒谷场上悠闲,或相互嬉戏,挑逗。更多的时候,它们会成排成排聚集在村里牛栏附近的干稻草垛上,不慌不忙梳理着各自并不十分漂亮的褐色毛羽。乡村的安适与恬淡,借助它们柔软而绵密的毛羽在村庄的草垛间流传。

　　收晒房周围,觅食的麻雀警觉而敏捷。闻听任何一声足音,它们都会惊飞而起。不过不会飞远,只是躲进紧邻收晒房的老祠堂。声音一旦远去,它们又会斜着翅膀,轻捷地从老祠堂古旧的柏木廊柱间,不声不响,伞兵样徐徐降落下来。

　　一直以来,麻雀被我视为村庄最为亲近的物类,被我当作村庄生活最具亲和力的伙伴。它们很随意地把巢安在各家屋檐下的土墙缝间,田野、场院、竹丛、树林……甚至窗台上斜伸出来的晾衣竹竿,都是它们栖息游戏的场所。麻雀以其生活的悠然与随意,成为村庄真正的诗意栖居者。

　　千百年来,为争夺口粮和领地,农夫和麻雀之间展开过一场旷日持久的争斗。农夫或扎稻草人,或挥舞竹片笤帚,奋力驱赶着鸟雀。聪明的麻雀则采用"你进我退,你退我进"的游击战术,与农夫周旋。农夫们疲于应付,不得不无奈地与麻雀共守一个家园。在驱赶和侵占的漫长岁月里,麻雀和农夫成为村庄一对相生相克的欢喜冤家。

　　这些都是先前麻雀给我生活的村庄制造的, 或温馨浪漫或盛大壮观的景象。可以说,正是麻雀给我清贫的乡村生活注入了活力和欢乐。麻雀成为我乡村生活的见证者和快乐的施予者。

2

　　后来,村庄的宁静与欢乐被打破。

有一天,村口竖起了高炉。红旗招展中,村民激情高涨,纷纷把自家的铁锅砸了,将其投进烈焰熊熊的高炉。村庄周围的树木和篁竹也被砍伐殆尽,成为冶炼的柴薪。村民忙着参与冶炼,庄稼没人种了,田地荒芜了。很快村庄出现了灾荒。麻雀们以其日益饥饿的肚子感受着生命威胁的同时,也感知到了村民的忧伤。它们在荒芜的土地上低低盘旋,云一样把阴影投在大地上。不知道那是不是麻雀表达忧郁的方式。也许,在麻雀眼里,那些缺乏庄稼的土地一定称不上真正的土地,而不事稼穑者又哪里称得上真正的庄稼汉。不过,麻雀并没有迁徙或者逃离与抛弃,它们和村民一同默默守护着自己的家园和那片几近荒凉的土地。

不久,全国上下广泛掀起了除"四害"运动。作为"四害"之一的麻雀成为人人喊打的对象。一时间,村庄内外血雨腥风,麻雀被大肆捕杀,甚至连麻雀窝也不放过。在人民战争的汪洋大海之中,可怜的麻雀差不多被赶尽杀绝。一连多年村子里几乎看不到麻雀的踪影,即便偶尔有麻雀匆匆飞过,也极少在村庄留驻下来。朴实的村民也曾怀疑和观望,颇不理解那些与他们朝夕相处的麻雀——这一曾参与制造乡村温暖和感动的鸟雀,为何在一夜间成了"四害"之一。

在祖国山河一片红的上山下乡运动中,村里进驻了一批来自城里的知青。知青们似乎都有一手打鸟的好枪法。在经历了惨烈的除"四害"运动之后,村子里劫后余生的麻雀,居然那么快就忘了才愈合不久的伤痛。善良的它们永远怀了美好的愿望,满以为从那支修长锃亮的枪管里发射出来的,是比谷穗和麦粒更为精美的食物。它们轻盈地扑扇着翅膀,迎着枪口作着热烈的飞翔与渴望。结果,麻雀成为贫穷的乡村里知青们补充青春身体的最佳营养。

而随着现代农业在中国乡村的广泛发展,村民开始大量使用化肥、农药、除草剂。在各类虫豸杂草被剿灭的同时,麻雀也纷纷倒毙田头地脚,成为现代农业最直接的受害者。无法想象麻雀细小的体内,如何承受那些无色无味却剧毒的药液。那些药液如何在麻雀体内渗透游走,侵蚀五脏六腑,最后致麻雀于死地。纵使拥有一对飞翔的翅膀,天空也依然是那样湛蓝和宽广,麻雀却无法逃脱人类布下的天罗地网。

麻雀也许永远不能理解,居然会在自己的家园反复遭受残暴和屠戮,弱小的它们只能选择逃离。也许当它们逃离时,会一再回头,但是它们再也不敢靠近那个一再制造集体屠杀的场所。它们只能远远地避开村庄,甚

至是远离所有有人类聚居的地方。并且尽可能远些,再远些……

只是失去了麻雀的村庄,损失的仅仅是少了一种翩翩飞翔于村庄上空,有时也会啄食禾穗和麦粒的鸟类么?今日生活在村庄的少年们,他们本该拥有的一些出自乡村的极为宝贵的东西,比如宁静与欢笑,比如纯朴与善良,怕是要永远丧失了。他们只能于上辈人无限温暖的追忆中,隔着并不遥远的岁月怀想先前村庄那些美好的东西。

晒谷场上,黄狗悠闲地摇着尾巴,领着芦花鸡和麻雀亦步亦趋,或耍欢或觅食的场景,在我生活的村子里是再也看不到了。即便有时去邻村走动,我也再没有和麻雀相遇。难道这些江南乡村的常客真的彻底从我的视野里消失了,村庄上空再也不会重现麻雀成群结队翩飞的身影么?

3

麻雀消失了,村庄却并未变得安静下来。

原来,村庄附近的深山里发现了值钱的矿藏,整日整夜有大车小车穿村而过。在一片尘土飞扬中,山里的矿物被不停地运往大地方。一村的男女老少都疯了似的,比先前炼钢和捕杀麻雀更疯狂地在山里打洞挖矿。可是,就在这种尘土飞扬和骚动不安中,洪水和干旱开始接连不断地袭击我们的村庄。村庄出现了可怕的灾荒。人们被迫举家迁徙,四处流浪。我不敢说,这是人类虐杀麻雀和掘挖矿物的报应。但是我相信,大自然一次比一次暴戾和愤怒,一定与人类过分的贪婪与掠夺有关。

至今一再受到伤害的麻雀,再也没有出现在我的村庄。村庄,这个本该是麻雀与人类共有的温馨的家园。可现在对于麻雀,却再也不是家园与阳光,而是黑暗和死亡。这些年一村的孩子也差不多全跟着害了病遭了药似的,变得令人不安地沉静下来。

我不知道,我的失去麻雀的村庄,是否还会有少年追逐鸟雀的身影;麦地上空,阳光是否还会闪现先前那样耀眼的光芒。而乡村少年饱满得麦粒般的欢笑,是否还会荡漾在五月乡村麦地的深处。

我只知道,自己再也没有勇气走进村庄那片无边的麦地。我怕耀眼的阳光照见成年的我愈来愈阴暗的内心,我怕触摸麦地深处那种浓重得像黑夜一样令人颤栗的寂静,更怕身边的孩子追问先前曾在这里自由地飞翔和歌唱的鸟雀……

远去的乡村匠人

　　南方河湾或丘陵山地，鸟窝样散落着许多村庄。那些村庄最初由一个匠人，两个匠人，然后是更多的匠人组合起来。泥瓦匠垒石砌墙，木匠制作门窗大梁，铁匠打造犁耙刀斧，石匠、银匠、漆匠、画匠……匠人以他们的灵巧和智慧建造着一个又一个村庄。那些浸染着匠人的血汗与灵性的手工制品，占据了村庄的角角落落，构成着村庄的生存与脉象。

　　透过漫长岁月，那些带着乡村质朴与稚拙的手工制品，依然在时光深处闪光，传递着温度、光泽、质感，似乎只要一伸手就能触摸到。寒冬里，为幼年上学的我带来温暖的，是叔公帮我扎制的一只配着一双精巧铁箸的篾火笼。远隔八十年光阴，依然光泽闪烁的一对银手镯，是祖母早年的陪嫁，祖母极少戴它，珍藏在一只油漆早已斑驳却不失高贵的楠木箱底。祖上传下的一只精美的翡翠玉石烟斗，在"文革"中被抄家的人暗中拿走，成为我家永远的痛。老祠堂涂满油彩的神像和墙上暗淡的壁画，极力彰显一个村庄的虔敬与神秘，或者一个家族的盛衰与传奇。村口废弃的水车，井台巨大的石磨，乃至老屋场一堵早已坍塌的断墙，诉说的都是村庄一段与手艺人相关的过往岁月。

　　铁匠、木匠、石匠、银匠、漆匠、画匠……一年四季，手艺人游走乡间，像火把一样，温暖并照亮着一个又一个村庄。他们是村庄流动的血脉，打造着乡村的卑微与神圣，喧哗和沉静。乡村的雍容与华贵，妙曼与柔情，譬如女人的头饰与耳佩，那金钗那玉坠，女子衣饰的搭配，窗棂上细小的刻花，银器的闪光，漆器的色彩，以及扎花、剪纸、壁画……通过匠人灵巧的手，将它们一一展现。匠人成为度量和测试一个村庄殷实与丰厚、欢乐与庆典的温度计。可以毫不夸张地说，乡村匠人是村庄文明的最初传播者，是行走村庄的乡村艺术家。

　　追踪乡村匠人的脚步，你会被引进一个又一个迷宫样的村庄。乡村老宅的深重，天井布局的讲究，老宅里雕花大梁的气势，厢房扇面上浮刻的栩栩如生，老宅里走出的男子俊逸儒雅，女子则神态端庄惹人爱怜。

"绿树村边合,青山郭外斜",正是那种"小楼一夜听春雨,深巷明朝卖杏花"的意境,村庄之美就像安在唐诗宋词里。走进村庄深处,静静留驻间,总感觉百年前千年前的匠人,会从那些日久年深的老宅深院里走出来。他们绵长的呼吸穿透岁月的风雨,依附在碑石梁檩、雕花剪纸、书担箱笼之上,经久不散。

而一些有着神秘地标与暗记的村寨,总让人想起古时好汉啸聚的庄园。譬如,《水浒》里盘砣路命悬生死的祝家庄,敲响神秘夜更的曾头市,强人占山为王的险关要隘,乃至虽为水泊其实亦为另一种庄园的水泊梁山,和陶渊明笔下"阡陌交通,鸡犬相闻"的桃花源。村寨间机关深重、陷阱密布的防御体系,所昭示的谋略机心与神鬼莫测,展示的则是民间另一种胆识和机智。那些游走乡村的匠人正是村庄各式迷宫的设计者,只有他们才能制造出迷宫般的村庄。

匠人把村庄建造得沉稳、端庄、典雅,又不失浑厚、大气、铺张,神秘中隐伏着村庄命运的征象与密码,透着民间思想的温热与低语、淳朴与光芒。这些古往今来的村庄,它们的智慧巧夺天工,迷宫样的布局、奇幻的走向,彰显出的或高贵或尊荣的气度,或天人合一的理念,让你倾倒、迷失、陷落。

我被深深吸纳着,禁不住把自己也想象成一个匠人,那我将如何来设计一个村庄? 我的村庄,城墙围护,河流穿村而过,村内阔巷,石道铺砌,宽可跑马。村居间错置石桥,岸植垂柳,风起杨柳依依,友朋辞别可折柳相送。开书房设会馆,村民衣食足知礼仪。修祠堂,设戏楼,节日或祭祀,或歌舞。帏帐下,名医秋丹望闻问切,祛除村民疾患。村里磨房、染坊、榨油坊、豆腐坊各有归所。村庄路不拾遗,夜不闭户。村民安居乐业,守法纪,遵民约,公平交易。村长只尽义务,不享特权,村民议事决定举措,就像古希腊雅典城邦制。在训诫厅,立有"勿以善小而不为,勿以恶小而为之","老吾老以及人之老,幼吾幼以及人之幼"。

最后我要郑重宣布的是,我的村庄依然保留着铁匠、木匠、石匠、银匠、漆匠、画匠等众多匠人。匠人以他们一贯的精细做工,精巧的手工制作对抗今日工厂产品的粗劣,以他们的绵密缓慢对抗外界的粗疏快速,以他们的温热和质感对抗世界的冷漠与虚浮。在这种对抗与坚守中,匠人为村庄保留着许多宝贵的东西,比如真实,比如美,比如善,比如安静、沉稳与耐心。总之,我的村庄迥异于外面世界,它也许是守旧而滞后的,孤独而寂

远去的乡村匠人

寞的;然而,唯有它能在一个令人眼花缭乱的喧嚣时代,为世界守护正在消失的一种精神和品格。

这就是我作为匠人所设计的村庄,可它也许永远只能是我梦想中的庄园。因为今天的村庄正在将它们的建构者,连同乡村那些年久日深的老宅,一一抹去。匠人在村庄的消失仿如夕照斜阳,余晖中开败的花。

前些日子,我在乡村对乡间手艺人进行了一次走访。站在那些正在老去的手艺人中间,面对他们正在失传的手艺,我知道,时代已经注定,我只能成为一个痛感的在场者,而无法挽回正在远去和消逝的现实。

记得走访铁匠余世水老人时,正下着急雨。春日无边的雨水织成密密的雨帘,遮断了远山近水。老余的家在双井村,依傍七百里修河,离县城不足三十里地。村里星散的砖瓦房替代了原先聚族而居的老宅深院,石铺甬路也多换成了平整的水泥路。双井曾是个文风浓郁、诗礼相传的村庄,作为大诗人黄庭坚的故里而享有盛名。料峭春寒中,村路上行人稀少。春节刚过,村里的后生大都外出打工了,偌大一个村庄显得宁静而冷寂。

我的走访,让丢下铁匠手艺多年的老人兴奋起来。老人双目重又闪现出神圣与智慧之光,可能回想起了早年焚香拜师,师傅如何言传身教,或者经自己的手一件精致的手工艺品如何制作出来。而眼下铁匠技艺正在面临失传的现实,又让老人目光黯淡下来。

老余告诉我,现在村里人已经极少请手艺人了,手艺人再也没有了走东家吃西家的风光。先前一副显示身份的手艺担子,主家替他挑着,他只需背着手走在村道上,不断接受过往行人"师傅""师傅"的亲切招呼,招呼声中透着对手艺人的格外敬重。如今那些跟随身边多年的打铁工具被弃置角落,老余能做的,就是尽量不使它们蒙上飞尘,每日擦拭一遍,直至那些铁家伙泛出幽蓝的闪光。老余的处境让我想起小时候老家村里的一个老石匠。以前,村庄常从很远的大山里运来巨大的石料,石匠把石料加工成舂米用的石碓,轧谷碾麦的石碾,雕刻带有鸟兽花纹的石雕,在村口竖起高大的石牌坊,还为村里后生打制习武健身的器械,像石锁、石担、石杠铃。后来机器替代了这些石做的器具,石牌坊被推倒了,村庄的习武之风也仿佛在一夜间消失了。石匠失去了生计,一个人关在院子里,院子里日夜传出钢锥锲石的叮当声。直到石匠死去,人们才发现,石匠把自己的一生刻满了一块又一块带血的石碑。

跟老余一样,眼下村里健在的手艺人大多上了年纪,做不动了手艺

185

活,年轻的再也不愿学手艺。手艺即便失传,也没有谁觉得可惜,何况他们的日常生活中已经不太需要这些手艺了。似乎只要赚得到钱,什么都可以从市场上买回来。乡村手工制品日益被工厂大规模生产的产品所替代。虽然也不时埋怨市场上的东西太贵不耐用,可大家已经逐渐习惯打工养家的日子。如今和乡村里的小辈谈起某个艺匠或某门手艺活,他们要么面无表情,一副与己无关的样子;要么面露惊讶之色,似乎说的是多么遥远的事情。

我们曾经多么熟悉,曾经无忧无虑嬉戏,曾经倾注匠人多少生命细节的村庄,正在被无情的时光之手带走,正在成为一个往昔的梦。就像我已经去到的双井村,它的诗礼相传与耕读之风已然远逝。现实的无可挽回,宛如花朵之凋谢。

也许不出十年二十年,民间匠人和他们早已荒疏的手艺都会变得无人知晓。后人只能于传说中找寻它们曾经的踪迹与荣光;或者凭依想象,感知那些曾为乡村带来无限辉光与温暖的乡间手艺。那情景,就像今天面对原始人留在洞穴里的岩画和遗物,后人只能发挥错漏百出的想象。

到那时,我们还能追踪乡村匠人的身影,还能进入到民间匠人建造的村庄那个最温柔的腹部么?

柒

段炼散文

【作者简介】

    段炼,视觉文化与比较文学研究者、艺术评论家。四川成都人,生于60代初,1978年入山西师大中文系,后入陕西师大、湖南师大、加拿大康科迪亚大学和麦基尔大学,研习文学与美术,获硕士及博士学位,先后执教于四川大学、纽约州立大学等校,现任教于加拿大高校。自80年代中期,在文学和美术领域发表学术论文和文艺评论,出版译著、专著、文集近十部,主要有《世纪末的艺术反思》、《跨文化美术批评》、《触摸艺术》、《观念与形式》、《诗学的蕴意结构》等。近年多有作品入选年度散文随笔评论精华文集。

性，文气，与原生态

1.文气与自然

　　这些年我时不时在纽约一家报纸的周末副刊发表游记，有次副刊主编对我说，你的游记文气较重，我听出那潜台词是：文气重的游记不太适合报纸读者的口味。报纸是寻常百姓每天阅读的篇什，不像杂志那样讲究人以群分。报纸的游记是用大白话讲的所见所闻，也是实用的出行指南。我的游记却相反，通常是顾左右而言他，或隐或显，所言多半为艺术，纽约的主编称之为文气。

　　照字面理解，"文气"的"文"原义为"纹"，庄子说"越人断发纹身"，讲的是南蛮野气未驯。后来许慎作《说文解字》，以"纹"为"理"，指鸟兽留在地上的印迹，以及野蛮人画在身上的条纹装饰，所以清代注家段玉裁便用"纹理"来解说文字的起源和文明的发生。写作的文气，指语言的文化蕴涵，是教育和知识给语言烙下的纹理，有"人文"之喻。这就像古代文人画，与素面朝天的民间艺术不可同日而语。

　　然而，中国文人所仰慕的境界，不是人为的纹理，反倒是"天然去雕饰"。古代戏曲家们几乎众口一词，以自然"本色"为追求，而南宋诗词大家姜夔也说："诗有四种高妙，一曰理高妙，二曰意高妙，三曰想高妙，四曰自然高妙。"今天的文人写作，讲究自然，那些矫揉造作的文字，徒令读者肉麻。

　　在此，文气与自然似乎相悖，这当中究竟是出了逻辑问题，还是出了观念问题？

2.苦瓜和尚的性焦虑

　　这问题听起来有点玄，我且以文人们暗地里津津乐道的性话题来试说之，因为性既是自然的也是人文的，更是二者的合一。

　　明末清初的遗民画家石涛，工山水花鸟，他有明室的朝廷背景，不满

清人入主,出家后自称苦瓜和尚,其禅意笔墨为历代文人画的极品。

很多年前我去纽约看望一位画家朋友,说起我喜欢的文人画家,当数到石涛时,这位朋友坏坏地一笑,说他有石涛的善本册页,打赌我没见过。我心想,虽然石涛的原作我见得不多,但印刷品几乎全见过,难道还有秘本不成?而且,这位仁兄怎么会一脸坏笑?

朋友从柜子里取出一个字画盒子,里面是石涛的山水册页。这是一套高仿真的复制品,像是日本二玄社的出品。朋友戴上白手套,小心翼翼地翻开册页,让我一幅一幅地欣赏。其中一页,他先摁住,卖了个关子,然后坏笑着说:这可是石涛的画。

册页翻开,画上是一高僧,坐在山顶的一块大岩石上沉思。这是文人画的常见题材,表达物我合一之意,该是石涛退居山水间的自画像。我定睛看去,见石涛所坐的岩石,是长长的一条,纵向突起在山顶正中,其形为男性阳具。岩石周围杂草丛生,山顶的外形乃女阴之象。再看画中的石涛,他哪里是在低头沉思,分明是坏笑着回目凝视我们这些看画的人。

作为明室后裔,石涛在异族统治下苦咽着古代文人特有的屈辱感;作为弃世入林的高僧,他又有不念尘事的逍遥旷达。于是,性之于苦瓜和尚,便是一种自然,而世间对性的人为禁忌,则如清朝对文人的压制,徒令他发笑,这笑中别具一番凄楚和悲凉。

看过画,我大吃一惊:这是苦瓜和尚的画么?当然,石涛的笔墨我太熟悉了,此画非他莫属。那么,这幅石涛的画是哪里来的,过去怎么从未听说过?

朋友收起坏笑,说:以下故事纯属虚构,纽约华裔画界请勿对号入座。

话说纽约某著名艺术博物馆的中国分馆前任分馆长是位画家兼收藏家,当高仿真的电子复制技术出现时,他请人将自己的藏品刻制成了电子版。那位电子技师是书画爱好者,见了这绝世收藏,便偷偷自留了一套电子版附件。

过后不久,分馆长去世,那位电子技师便在纽约的华裔画界悄悄高价出售他复制的独家藏画。现在这册石涛,便是其中之一。

朋友说的那位前分馆长是文化名人,他当年去世是纽约艺术界的大事,我读过不少相关报道,也读了他的传记。

根据公开发表的传记,分馆长早年是江南画徒(一说为世家出身),在太湖边一家画店做伙计,师从著名画家吴湖帆。这位伙计收藏了大量古代名家书画,并在20世纪中期悉数带到台湾,然后又携往美国。那时二次大战结束不久,百废待兴,美国的大型艺术博物馆欲扩大东方藏品,而从台湾到美国的文化人为了生计便出售自己的藏品，二者一拍即合。前馆长比其他卖画者聪明，他将自己的部分藏品捐给了纽约的著名博物馆，条件是要以自己的捐赠作为藏品基础，在馆内建一中国分馆，并自任分馆长。

这位前任分馆长未捐出的藏品也数量巨大，但他秘不示人，只有能与吴湖帆那样的大师相比肩者，才能得幸一睹秘藏。所以，连国内的美术史学界专家，也不知石涛画有这样一幅画。问题是，前分馆长当年只是画店学徒，帮人裱画，虽跟吴湖帆习画，但何以能有如此大量的收藏，且都是古代名家真迹？

思而不得解，成为我的焦虑，就像苦瓜和尚的性焦虑。

3.秋色山水

古代文人到山水间徜徉，感受双眼所见的美景，享用脚下原生态的林中路，于身于心都是一种疗养，是医治尘世焦虑的方法。北美的国家公园是自然保护区，在现代生活中也有类似的身心治疗功能。保护区虽向游人开放，但保持原生态，例如园区内的步行道多是"晴天一把刀雨天一包糟"的土路，称 trail，印证了"路是人走出来的"先贤之言，并无过多的现代化建筑。国内旅游区的建设理念正好相反，是以人工来改变自然，比如原生态的九寨沟，园区内却有公共汽车，游客的步行小道也修建得如同市内公园的步行道，与原生景观极不协调。这就像暴发户的品味，要把乡下别墅装修得像大城市的豪华宾馆，生怕露出一丁点土气。

这品味其实是内心深处缺乏自信的自卑感在作怪。

北美的秋天层林尽染，上个周末我去蒙特利尔远郊的国家森林保护区茂瑞斯公园(Maurice Park)看秋色。进入园区后，窄窄的汽车道环绕在山间湖边，若要去道路两旁的景点，得下车步行。步行的小路上铺满了厚厚的黄叶，被游人踩进雨后湿软的泥土里，泛出草木和泥土的气味，沁人心脾。

下午的斜阳穿过暮秋的桦树林，逆光将树叶照得透亮，红黄相间，与地面的落叶呼应有致。我顺着小路独自在林中穿行，一边拍摄这光与影的合奏，一边留心聆听鸟兽的动静。这山地湖边的林中有黑熊和大角鹿之类动物，对游人有威胁，尤其是独行者。

但我没碰到危险动物，只遇到一只火狐。那火狐一身棕红色皮毛，油光铮亮，在斜阳洒下的光斑里像燃烧的星火一样耀眼。火狐并不怕人，它

站定了盯着我看,似乎在揣摩我会不会给它食物。我想起公园门口的告示牌:请勿给野生动物喂食,以免影响动物的自然迁徙。我没有拿食物给火狐,它与我对视了一阵,明白不会有什么收获,便用长吻拱拱地上的落叶,悻悻地退回到密林中。

此行看秋色实为与自然对话。唐宋八大家的柳宗元曾写到过自己归隐山水的愚蠢,但在我看来那却是大智若愚。八大家的另一位文人欧阳修在《三琴记》中借琴瑟说事,言金、玉、石三琴各有美妙音色,而适合自己的仅是石瑟之声。所以,原生态若不是放之四海而皆准的真理,也一定是我个人的真理。

4.颓废是一种审美

我写游记之所以顾左右而言他,是因为出行指南没什么文学性,非我兴趣所在,又因为山水叙事是对自然的观照,我可以借此讨论艺术问题。

最近北京一家艺术杂志的主编邀我主持一期"情色艺术"专题,尽管应承了,可我对情色这个概念的理解却与别人不同。我认为,情色艺术不是指那些黄色下流的淫秽图画,而是以人的自然天性为题材的严肃艺术,其暗含的意旨是在情色之外。所以,我组织的文稿,便以性为话题来进行社会批判和心理分析,而对艺术家的选择,则以历史意义、观念内涵、审美价值为考量。

其中的审美价值,便涉及人与自然的关系,我选的艺术家是何多苓,他画中的人物总处在自然环境中。何多苓虽是接受西式教育的油画家,但骨子里却有着中国古代文人画家的高蹈气质。依我看,这就是他绘画中无处不在的青灰色调子,是那色调里弥漫着颓废之美的人文气,恰如南朝宫体诗《玉台新咏》,但何多苓多了一分沉郁。

这颓废的人文之气,来自画家天生的悲剧性格,来自他知青时期面对茫茫苍穹所生的凄美诗意,来自他不随时俗的孤独精神。这一切,何多苓用颓废的青灰色涂抹而过,只给人展示一幅情色的假象。

面对这假象,如果你认真体会过他早年的连环画《带阁楼的房子》和《雪雁》,认真感受过他昔日的作品《春风已经苏醒》和《今夕何年》,你就会理解,那假象所遮掩的颓废具有何等的美感力量。

何多苓的画不仅是视觉的,更是心理的。那凄美的诗意、那淡淡的情伤、那唯美的性感,以及那无奈的戏谑,在大自然的时空里,无一不达心灵深处,而颓废的审美力量便由此产生，并化作青灰色的调子，使情色成为灵魂的心印。

5.人文废墟

今夏我在北京住了两个月，原本打算利用这机会到附近的坝上草原和白洋淀游走，但因俗务缠身而未能成行。有位爱好摄影的朋友建议同游圆明园，我们便在一个斜阳淡然的午后前往，去拍摄暮色中的废墟。

到了圆明园，已过开放的时段，门票停售，我们只好直奔大门，给门卫塞了几个碎银子，得以入园。我们边走边拍照，到大水法的时候，天色已暗了下来，那废墟在阴森的天色背景下透出一丝鬼魅之气。这气氛让我想起18世纪英国思想家柏克的美学理论，他认为大自然的雄伟让人产生敬畏，从而体验美与崇高之感。圆明园的废墟异曲同工，正因其被毁而唤起人的凄凉与悲壮之感，这也是一种美与崇高的感觉。

天色完全沉了下来，仅在天地交接的远方剩下一条细长的暗红色亮线，加深了废墟的鬼魅之气。这时，一只黑猫从大水法的乱石丛中探出头来，黑暗里，那闪着荧光的双眼，似乎看透了圆明园废墟中掩藏的所有故事，洞悉了人世间的大戏。

在18世纪的欧洲，有一派专画古代废墟的画家，他们总是游走在杂草丛生的断垣残壁间，描绘古罗马遗迹的阴森感觉，在恐怖的颤栗中享受审美的快感。文学中的哥特式小说也追求这种阴森的恐怖快感，甚至在英国19世纪女作家艾米莉·勃朗特的小说《呼啸山庄》里，我们也能读出那爱恨情仇里的鬼魅之气。无论是绘画还是文学，那鬼魅之气，不仅生成于作者笔下，而且流荡在读者心底，就像《呼啸山庄》的结句，让我们如此心颤："我在这三块墓碑前盘桓，望着飞蛾在石南丛和兰铃花中扑飞，听着柔风在草间吹动，我纳闷有谁能想象得出在那平静的土地下面的长眠者竟会有并不平静的睡眠。"

当圆明园被一把邪火化为废墟后，有谁知道，这废墟究竟是人文的残迹，还是自然的印痕？

6.梦幻艳遇

前两天上课讲李白的《月下独酌》，说起诗人酗酒的问题。作为对照，

每一朵雪都是奔跑的疼痛

我提到两百多年前英国浪漫派大诗人柯勒律治（Samuel Taylor Coleridge，1772–1834）和他的名诗《忽必烈汗》(Kubla Khan，1798)，说那是在吸食大麻后写下的幻觉片断，描绘了诗人从未见过的元大都北京的辉煌宫殿。下课后回味，我相信如梦的幻觉可能真的很美，李白的明月和舞影说不定是两位美人，而柯勒律治的大都则肯定有后宫三千。

有次凌晨两点多钟我被低沉的摇滚乐吵醒，便半睡半醒地披衣而出，循着噪音到了楼上，去敲一户人家的门。门开后慢吞吞地出现一个人影，屋里没灯，只有三两个暗暗的光晕，像鬼火般闪烁。那人影是个裸体小伙子，一头金发，身前斜挎着吉他，挡在私处。他咕咕哝哝地问我怎么了，我说现在是大半夜，你的音乐吵着邻居了。

这时，黑暗中又有两个浅色人影出现，如幽灵般站到小伙子两旁。我努力辨认出那是两个一丝不挂的裸女，从深度空间的暗色背景中渐渐浮现出来，看年龄该是大学生。左边那女孩抬起双手扶在门框上，正面全裸，一览无余，将结实而有立体感的乳房明晃晃地放到我眼前。右边那女孩挽住小伙子的腰，身体前倾，双眼迷离，朝我傻笑，两只乳房沉沉地挺在胸前晃动，显得有分量。在这深暗的背景中，我梦幻般看见两人的身影，各自在一片浅色底面上有两团突起的亮色和一处暗色，英文称那暗色为维纳斯的三角洲，让我联想到一百年前瑞典画家佐恩（Anders Zorn，1860–1920）笔下的裸女。

屋里溢出大麻的气味，我往后退了一步。小伙子口齿不清，二裸女明白是怎么回事后，用英语和法语说声道歉，我机械地回答没关系，然后赶紧走掉。

是夜的梦幻有点醉人，我觉得两个女孩子很可爱，那深色背景中的一片浅色两团亮色和一处暗色，总在我眼前浮现，简直就是佐恩的画。

佐恩眼中的裸女，是自然的一部分，恰如石涛眼中的情色，是山水的一部分，只因别人看不到这一点，苦瓜和尚才不怀好意地笑。于是，加拿大森林里的火狐和北京圆明园的黑猫便交织在我的脑海中。这一刻，文气与自然的错位消解了，就像看山不是山和看山还是山，我觉得二者的关系可以为审美认识论提供一个新的哲学命题。

2009 年 10 月，蒙特利尔

关于气质的私人话题

1.个体经验

艺术有没有气质？何谓艺术气质？我在此问的不是演艺明星在媒体灯光下的亮相术，而是艺术的要义。艺术作品以什么打动人？这看似一个大而无当的问题，而且前人早有诸多说法，可我看重面对艺术时的个体经验。

当年见到法国印象派大师德加给他的女学生卡萨特画的像——《卡萨特在罗浮宫看画》，立刻就被迷住了。尽管那是在画册里看到的印刷复制品，但第一个念头居然是要临摹那幅画，以便挂在书房里每天欣赏。既然想临摹，就得琢磨一些问题，例如通过临摹我能从中学到什么？这一问不要紧，竟真成了一个问题。

印象主义绘画多以阳光下色彩的跳跃和光影的斑驳而取胜，故称外光派，但德加这幅画描绘的是室内景，既无阳光，也谈不上影调，色彩更趋平缓。显然，通过临摹这幅画不可能学到外光派的用光用色之妙。然而，德加用笔的速度及画面效果也称一绝，例如他描绘那些芭蕾舞女，便以急促的笔触而画出了舞裙的薄而透明以及颤动的感觉。但是，德加笔下的卡萨特并没有跳舞，她步履平缓，正在罗浮宫专注地看画。显然，通过临摹也不可能学到德加的用笔之妙。

琢磨至此，我只好自问：为什么要临摹这幅画？这幅画为什么打动我？没有找到答案，于是我放弃了，既不求答案，也不临摹。尽管如此，二十多年来一直不能释怀，直到看了这幅画的原作。

那一刻，站在德加的卡萨特画前，我难以移动脚步，唯自言自语：我知道了，是气质，是画中卡萨特的优雅气质，是这幅画的古典气质(尽管这是一幅印象派绘画)，是德加的大师气质。这一切，是画家赋予画中人、赋予这幅画的气质，这是艺术的气质。这气质不可能临摹，是学不来的，唯有日

复一日的修炼,唯有长年累月的观察、体验、思考、尝试、积累,否则不可能悟出并获得这样的气质。

2.原生态

艺术气质是个近乎玄学的问题。

今夏我到四川彝族地区的大凉山旅行摄影,住在西昌的邛海边。虽然喜欢邛海山水,但也有点失望:邛海与杭州的西湖没什么区别,一样美轮美奂的湖光山色、一样漂亮的湖边公园、一样上乘的宾馆饭店交通等服务设施、一样拥挤的游人,甚至连湖边的画廊也有一样的商业气味。当然,邛海比西湖大了很多。

西湖是一处人文景观,以厚重的历史和文化意蕴而具盛名。邛海是自然景观,却没有发挥原生态的天生丽质,反而效法西湖的人文理念来开发旅游,人工味重,像是盆景,难以拍摄其原生的天性。

好在西昌城外有螺髻山,那是原始森林的所在,是我梦寐以求的摄影地。

还在 20 世纪的 70 年代初,我学习绘画,临摹何孔德等前辈画家的油画风景。有天听说北京军事博物馆的画家们沿当年红军的长征路写生,一路画到了四川,他们的写生作品正在成都军区临时陈列,供内部观摩。我知道得晚了,没看到那些画,但后来买到了他们的画册,就叫《长征路写生》。那是我在 70 年代见过并临摹过的最好的画册,不仅喜欢那些画,也喜欢画中的风景。

也就是在那时,从川北回到成都的知青带回一个消息:川北藏区有一处山水美若仙境。后来才知道,那地方叫九寨沟,因偏远而人迹罕至,连红军长征也没入沟,只从沟外经过。在长征路写生的画册里,有很多九寨沟附近的风景,其原始之美,让人叹为观止。

我在 80 年代去九寨沟,那时还没通公路,更无公共汽车,也无"旅游"一词。我坐四川大学的校车去,一路是塌方和泥石流,走走停停,夜里就睡在车上,历尽艰辛,四五天才到达。可是,就在车入九寨沟的那一刻,路上的一切艰辛都烟消云散了。看着眼前山水,我心里只有一个念头:这不是真的,除非世上确有仙境!九寨沟的天然美景,超出了常人的想象,所以不是真的。

九寨沟很快成了旅游热点,公路修通了,宾馆建起了,游人如麻,失去了原生态。以后再听人说起九寨沟,我都干脆回答:不去,不能毁了当年的感觉。

　　那时候川西的海螺沟也是同样的故事:没有公路,我和朋友们骑了一天马,进入原始森林,然后在林中又徒步走了一天,才到达冰川。海螺沟没有饭馆,我们便在林中采蘑菇,然后用雪水煮,其味美不可言。现在,海螺沟与九寨沟是一样的旅游热点,一样的游人如麻,只怕冰川也快被游人的体温给融化掉了。

　　登西昌的螺髻山,我原以为能找到当年在九寨沟和海螺沟的感觉,但是我错了。螺髻山虽是原始森林,可山路却修得很好,就像西湖边的公园小路,一路登山,没有探险的感觉。山顶的海子也非原汁原味,倒像是江南园林的荷塘。

　　所谓美景,是客观的外在景观,若不与内心共鸣,便难达物我合一之境。原生态失落,没了探险和艰辛,那美景来得太容易,少了一份心许,便如男人厌倦美女,这时的摄影,哪里还谈得上气质。

3.看见一个想法

　　在原生态的自然里拍摄风景,得有想法,而不是举着照相机不假思索地拍些没有灵魂的照片。摄影不仅是视觉的,更是诉诸思想的,对摄影者来说,想法乃通过双眼所见而产生。西方的摄影教材强调"兴趣中心",可这只是一个视觉对象,更要紧的却是通过视觉而达于思想,否则会停留于形式。

　　就形式而言,摄影的要害在于构图,在于利用光与影来制造气氛和效果,以追求宁静或动感之类。构图可以人为控制,即所谓选景的角度和剪裁,这与绘画的审美原则相似。光与影也可以人为控制,但室外摄影却不然,风景的气氛带有偶然性,靠老天眷顾。过去到青藏高原和新疆拍照的人,总带回些浓云低回、夕阳斜射、光暗对比强烈的照片,其撼人的气势常让无缘去那些地方的人激动不已。现在青藏铁路建成,往日的生命禁区举步可及,那些斜阳浓云的照片,遂成人尽可摄的景象。

　　这时候,用双眼去发现和捕捉一个想法,就变得更加重要。那想法不仅在视界里,更在大脑里。

我在70年代末80年代初患了摄影发烧症,除了拍照,还阅读那年头几乎所有的摄影杂志,诸如《大众摄影》和《中国摄影》之类。现在看来,那些杂志在当时的水平比较业余,只重形式,谈不上什么想法。30多年过去了,到今天流行的摄影网站去看看,其水平仍然是业余爱好者的见识,仅以悦目为目的,浓云雾霭总能博得喝彩,却少有什么想法。

艺术家有基本的视觉修养,他们双眼的发现和判断能力,非摄影发烧友所能企及。看发烧友的作品,且不要说构图和光影,有的甚至连取景框里的水平线都摆不平,即便偶尔拍到两张不错的照片,也不过是瞎猫撞上了死老鼠。要想看到好作品,得去优秀摄影家的个人网页。那些高人在公共网站通常都潜水,只在个人网页上才偶尔露峥嵘。

所谓艺术水平,是从视觉到想法的一道门槛。有些作品初看还不错,作者对摄影的方方面面都有所意识。但仔细琢磨,却经不住推敲,即便其视觉效果差强人意,但想法却有简单之嫌。每看到这样的作品,我就思忖:作者若能再进一步、再上一个台阶,就可以跨过这道门槛,进入另一个境界了。然而,那不是一个容易的门槛。能一路跋涉而到这门槛前的作者,都有相当的悟性和毅力,可是在这门槛前却惶然了,他们不知道该怎样跨过去。

这时候,高人的指点至关重要,但问题是,高人不一定指点得了,因为各人情况不同,高人的智慧和经验未必放之四海而皆准。

4.骑车走海路

也就是在这时候,睁大双眼到处看,不失为一个权宜之计,但要求观看者有充分的判断能力,也即通过观察和思考,要作出判断和选择。

在信息时代,互联网是个值得一看的地方。作为相对公平的民主平台,网络编辑不做专业裁决,放弃了对劣质作品的生杀予夺权,于是阿猫阿狗都可以上传自己的图片和文字。这对观看者来说,判断能力便遭遇了挑战和考验。

比方说眼下的美术网站,乃草根与精英的交汇处。精英原本不与草根为伍,后来发现应该占领网络阵地,便不时与草根在网上狭路相逢,甚至爆发恶战。其实,有的草根很有想法,但缺乏必要的美术知识,既不会做作品,也不了解美术史,更不懂得美术理论和批评方法。结果,他们那些闪着火花的想法,便因行文的结构无章、逻辑失谐、语法混乱、词不达意而葬送了,最后只好以秽语恶行来搏出位。不过,这样做因满足了人性中的阴暗面而应和者众。应和的一众草根,生就与精英不共戴天,要不是有网络这一平台,他们只能眼睁睁生锈发霉。与此相反,一些精英训练有素,却没什么想法,他们所玩的,不过是语言和概念的游戏,仅与鹦鹉有一拼。

局外人旁观,虽是看热闹,却也对双方的恶战有一番思考与判断,只不过观棋不语罢了。

我喜欢周末骑车出行,几乎走遍了城里所有的自行车道。有次在飞机上看到蒙特利尔城南的湖里有一长长的堤坝,就像西湖的苏堤。我在互联网上查出那长堤叫"海路"(Maritime Seaway),是城外新建的水中自行车道,起于圣劳伦斯河的老港,在湖里一路西行,再绕向南岸,经陆路沿哈德逊河至纽约,行程千余里,最后由纽约南码头进入大西洋。

我不可能骑车到纽约,但打算骑车入湖探索这海路,便先上网做功课,确定骑车路线。网上路线是俯视图,走向一清二楚。我打印出来,随身带着,于周末骑车上路。不料从老港一入湖就迷失了方向,在一座小岛上转圈,几经周折才找到海路的入口。在大湖里的海路上骑车,清风带着水汽拂面而来,何其快哉。可是骑行四小时后,我从另一小岛离开海路,竟再次迷失方向,又是一番周折,于日落时分才回到城里。

此行往返80余里,所得教训是:俯视观察可获全局意识,但进入现场观察细节,才是择路的依据。

曾读到一位舞蹈家写的文章,品评行为艺术,说是若用专业眼光看,那些行为艺术家的表演,整个是门外汉。舞蹈家的判断,从舞蹈专业的角度出发,而不是行为艺术的角度。聪明的行为表演者大都打出观念的旗号,以艺术为名义,掩饰自己的拙劣行为,使缺乏专业知识的看客三缄其口。

无论是艺术家还是批评者,都需要观察与思考,需要判断与选择,而这一切,皆是内心的探索与尝试。若非如此,其艺其文恐会成为干枯的花:

> 你,还有你的艺术,
> 其实是朵枯萎的花
> 虽然枯萎,可还是一朵花,
> 虽是一朵花,却已经枯萎。
> 你的智慧,使你成为花,

无论真假；

也恰是你的智慧，使花枯萎，

哪怕是朵假花。

花的色相在于智慧，

一旦智慧怒放，

你的花便开始枯萎。

为何不用愚蠢来掩饰你的智慧，

却用智慧来掩饰你的愚蠢；

为何不用枯萎来展示你的美丽，

莫非枯萎不是智慧的结局？

5.写作的尝试

关于写作的尝试，我关注意图与结构的关系。

过去的老式散文，讲究形神关系，其"形"涉及形式，其"神"涉及意图，二者的关系即结构。实际上，结构问题仍属写作的形式问题，而意图与结构的关系，实为怎样设计一种行之有效的结构来实现作者的意图。

散文的复调主题是一种表述结构，既平行又交叉，以达意为目的。近来尝试的模块结构带有些许论述特征，每个模块都像是一个论据及论证，各模块以论题而相合。本文的碎片写法似乎比模块零乱，类似短篇随笔系列，但那些看似不相干的碎片，却因暗含的主题而整合。这犹如古人作诗，灵感来时写一两句，然后由这一两句发展成诗，或将那些独立的诗行组合成篇，关键在于各碎片间的内在联系，而联系的机制，除了一致的意图，也可为意象的暗示，或语言的粘接，不拘一格。

作为个人写作的经验，我过去总是附和"袖手于前、疾书于后"的说法，从提炼主题到设计结构，先写提纲，再组织材料，随后一气呵成，以求行文的整体感和语气语调的一致。后来厌倦了固定的写作程序，开始尝试复调主题、模块结构和碎片写法，但骨子里仍信奉"形神关系"的教义。

写作的探索并非易事，当探索驻足不前，便转而阅读他人文字，并自问：此文若值一读，长在何处？一般而言，所长者要么是为文别致，要么是故事动人，要么是立意不俗。此三者，涉技巧、内容、想法。

当下写作的形式技巧，见于作者们对散文语言的穷极其工。不过，追求新奇、陌生和怪异走过了头，便泄了初出茅庐者刻意为之的小家子气，也露了写坛老手在新时代的惶然不知所措。当下写作的选题内容，见于作者们对某些特定题材的迷恋，如乡村记忆、节气物候、游记感悟，不一而足。处理这类题材，初出茅庐者多是"为赋新词强说愁"，以矫揉造作为能事，实则空洞无物，而写坛老手则玩深沉，却是老而弥晕，丧失了判断力和自信心，唯以故作深沉来掩饰心中缺失底气。至于想法，如前所述，那些时尚文章大都没什么想法。

　　且到流行的散文网站看一看，所见多是平庸之作，跟帖也都一团和气，不像美术网站那样有新旧较量和朝野对峙。各散文网站上很少有回帖挑剔平庸之作，很少有思想交锋。一团和气不能促成散文写作的发展，只会在满屋子昏昏欲睡的惰性气体中让人休眠。这时的写作，截然谈不上艺术气质。

2009 年 9 月，蒙特利尔

每一朵雪都是奔跑的疼痛

艺术是前世的记忆

对有些人来说，欣赏艺术作品是一种无与伦比的享受，从事艺术活动是一种与生俱来的乐趣。这是为什么？

我且绕个圈子，从梦说起。当然，这不是通常的梦，而是一种真切的幻觉，发生在大白天冷静而理智的清醒时刻。人凭了理智可以区分梦与醒，而幻觉则是醒时的梦，连接夜晚的梦境与白昼的现实，并非"日有所思，夜有所梦"，而是"似曾相识"。

十年前我从纽约西郊的新泽西迁往纽约上州的奥伯尼，那是纽约州府，但却是一个乏味而破败的小城市，属于"脏乱差"一类，我对之没什么兴趣，因此一到周末便往附近的城市跑。从奥伯尼向南开车三小时是纽约市，向东开车三小时是波士顿，向北开车三小时是加拿大的蒙特利尔，向西开车三小时则什么也不是。除了这三个大城市，在南、东、北三面，还有不少自然保护区、国家公园、州立公园等去处，都是旅游名胜，所以那几年我也开了点眼界。

其中有两处，十年来每一回想，总要犯迷糊，搞不清是真去过，还是梦游的景象，甚至迷糊得起了心结，只好怀疑自己辨别梦幻与现实的能力。

第一处是在从奥伯尼往蒙特利尔的半路上。纵贯奥伯尼的南北高速是 87 号公路，南起纽约，北至蒙特利尔，全程六小时。奥伯尼在纽约和蒙特利尔之间，由此驱车北行，半小时就入山，那是艾荣代克（Adirondacks）森林保护区，山林中到处是湖泊，包括美国第六大湖香槟湖（Lake Champlain），和美国奥运帆船队的训练基地静谧湖（Lake Placid）。

当年纽约州有所文理学院让我去讲一堂课，我从地图上查到这所学院的地址是在 87 号公路旁，在艾荣代克山林的北坡，从奥伯尼往北开车只需一个半小时。我又在网上查出了行车路线，只需向北直行，然后按出口号码，一下路就到。去讲课的那天，我一路开车都留心着出口号码，快到时发现出口在公路的左边而不是通常的右边，感觉有点奇怪。不过，我立刻就喜欢上那地方了，因为路左是一面巨大的绝壁，下路的出口是绝壁的裂缝,驾车顺路进入裂缝,里面竟然别有洞天:那是一条河谷,谷地为密林,校园就在林中的绿色坡地上,背山面水。

真是奇怪了,这是我驾车历史中最经常行驶的公路,怎么以前就从未见过这样一条绝壁裂缝?缝里的世界居然有如桃花源,该不会是做梦吧?当然不会,我真真切切地在那所学院讲了一堂课,还记得那天下着小雨,我站在屋檐下,看着校园里湿漉漉的绿树,心里哼着雨打芭蕉的曲子,一边同相陪的老师聊天。我在美国去过不少高校,这所学院的校园最奇特,建在一个悬崖绝壁围起来的世界里,几乎与世隔绝,但师生的所教所学,却与外面大同小异,一点也不与世隔绝。后来我向朋友们讲起那学校,却总也记不起校名,结果惹来朋友们的笑话。

有人听了我的描述,说是像西点军校,我说是文理学院,不是军事学院。我曾开车路过西点军校,那是在 87 号公路南段,在奥伯尼和纽约之间,而非 87 号公路北段的奥伯尼与蒙特利尔之间。而且,我看见过河岸高地上的西点校园,那里没有绝壁裂缝。再说,我也从没进过西点军校的大门,更不会去军校讲课。

至今每次驾车在 87 号公路北段行驶,我都要留心那个出口和绝壁的裂缝,但却一无所见。十年过去了,我越来越怀疑整个事情真是子虚乌有的梦幻,哪怕我的确记得那出口的裂缝,的确记得屋檐下的雨打芭蕉。我想,只要能记起学院的校名,一切便会迎刃而解。可是,任凭我怎样在脑海里翻寻、在电脑里查找,却就是想不起校名、找不到当年讲课的邀请函。

第二处是从奥伯尼往波士顿的半路上,在马萨诸塞州境内,是一座城堡。马州是美国最老的州之一,很有历史和文化渊源,遍地名胜。马州很小,从东到西车行也就两个多小时,从南到北全程不到一小时,我几乎走遍了州内每一个地方。90 号州际公路横贯马州,我出游时通常是向东开车,去波士顿,沿途下路游逛马州乡村。

有次下了 90 号公路,拐入一条乡间小路,没多久就看见一座城堡,白色大石块筑成的庞大建筑,像童话故事一般,实为欧洲中世纪贵族庄园的风格。我当时很惊奇,心想:这小小的马州我早逛遍了,怎么从未听说过这样一座城堡?而且,这么漂亮的设计,保护得又好,应该是旅游名胜,却不为人所知。即便是私家城堡,也不会秘而不宣吧,反倒该是拍电影的好地方,早就名扬四方了。

那天不知何故,我开车绕着城堡转了几圈,拍了不少照片,却没进入

5.幻景就是为了弥补现实的遗憾啊,艺术的魅力也在于此呢。

6.生活在他处,不然,为何总要让回眸一笑转瞬即逝?也许只是为了留下那个可以时时归返的精神桃源。

7.似曾相识的风景,也许真是前世曾经从这里路过:生活、死去,写出了很多人都曾经拥有的一种感觉。

我无意从佛家的因缘概念去谈论艺术,但早年学习艺术理论时,记得马克思讲到过古希腊艺术的魅力。他说,现代人对希腊艺术着迷,就像成年人在儿童身上看到了自己那一去不返的过去。我觉得,这还不是简单的怀旧心理,而是因为古希腊艺术能引起似曾相识的前世记忆。对我来说,欣赏艺术作品、从事艺术活动,就是在无意识中追寻这前世的记忆,享受今生与前世的缘分,就是在艺术中寻找那个桃花源,并在自己与桃花源的缘分中获得安全感与归属感。

2010 年 5 月,北太平洋上空

山行入海

1.徒步山行

我用"徒步山行"来翻译英文动词 hike 和名词 hiking,既因为这词有前行和上升二义,又因为我过去迷恋这项运动,知道这是登山远行,而不像英汉字典里的"远足"那样逍遥,更不像"徒步旅行"那样与山无关。

五年前我住在美国马萨诸塞州的北亚当斯(North Adams),那是阿巴拉阡山脉群峰间的一个小镇。每天早上打开卧室的窗户,眼光越过窗下的山涧,便看见横在眼前的山峰。其中一座叫灰锁峰(Mont Greylock),那是小说家麦尔维尔和霍桑把酒论剑的地方,也是散文家梭罗登高远望的地方,还是女作家沃顿和女诗人狄金生流连忘返的地方,我称之为美国文学的圣峰。每到秋季,山坡上层林尽染,深红浅橙,光影斑驳。冬天大雪封山时,满山遍野是玲珑剔透的树挂,银装素裹的山林,色调深浅有致,恰似一幅黑白摄影或中国水墨。

当年与大自然如此亲近的经历,让我至今回味。

记得有次驱车上山,在灰锁峰顶的登山服务室,我看到了一本图文并茂的游记《独行阿巴拉阡山:一个城市少女从缅因州到卡斯贝的旅程》(Alone in the Appalachians)。作者是加拿大蒙特利尔《英文日报》的专栏作家莫妮克·蒂克斯特拉(Monique Dykstra),2001 年温哥华出版,写她独自徒步山行的故事。我翻开书看了看,喜欢里面的摄影,但没买那本书,因为徒步山行是我二十多年前在中国时的最爱,后来到了北美,我的山行就不再是徒步而改为驾车了。

上个周末与一对画家夫妇驾车出游,我们从蒙特利尔启程,沿卡斯贝半岛海岸线环行两千多公里,到阿巴拉阡山脉最北端的大山入海处赏秋。此行虽非徒步,但多次横过阿巴拉阡小道,于是便后悔当年没认真读一读莫妮克的书。回到蒙特利尔后立刻去书店买了一本,刚开卷,即爱不释手,

作者文字所引起的共鸣,让我顿呼相见恨晚。

　　尽管我在阿巴拉阡山区的纽约州和马萨诸塞州先后住了四年,几乎游遍了这个地区的城市乡村和山林湖泊,自以为了解当地的人文地理和历史沿革,但读了莫妮克的书,才知道自己的知识都是些从车窗旁一晃而过的浮光掠影般印象,唯有弃车徒步才能与大山直接接触,才能听见山水林木的生命气息。其实,我住在那里的时候,常常在夏秋两季见到徒步山行的旅人,英文称 hikers,他们身背沉重的行囊,双手各挂一支滑雪杆似的行杖,脚蹬旅行鞋,全副专业行头,沿着著名的"阿巴拉阡小道"(Appalachian Trail)一路走到北亚当斯。

　　阿巴拉阡山脉是北美第二大山脉,与大西洋海岸平行,纵贯美国和加拿大东部。据莫妮克所述,这条徒步山行的小道南起美国佐治亚州的猎犬山(Springer Mountain),在阿巴拉阡山脉的脊梁上蜿蜒起伏,沿着东海岸北上,穿越崇山峻岭和莽林深谷,最后到东北部缅因州的卡塔丁山(Mount Katahdin)结束,全程三千五百多公里。美国东部是新大陆最早开发的地区,工业、商业、文化都很发达。正是在这发达的环境中,那些热爱自然的人,才发起了保护阿巴拉阡自然生态的活动。他们将各地山路连为一线,沟通了这条徒步山行的小道,成立了民间组织"阿巴拉阡小道会",标榜"无工业活动"的自然主义宗旨,拒绝现代文明对大山的入侵。

　　虽然徒步山行的小道在缅因州结束,但阿巴拉阡山的地理结构却继续向北延伸,进入加拿大东部地区,最后在魁北克省的卡斯贝半岛自然保护区 (Gaspésie National Park) 没入大西洋,此地因而称"大地的尽头"(Land´s End),相当于中文里的"海角天涯"。莫妮克在书中提问:为什么阿巴拉阡徒步山行的小道不能从美国贯通到加拿大? 她没有回答, 只暗示说,要说服不同国家的人接受关于自然的同一观点并不容易。不过,由于徒步山行组织的长期努力,在莫尼克的书出版之后五年,加拿大境内的小道终于在 2006 年与美国贯通,徒步山行者能够从缅因州继续向北,在加拿大境内再跋涉一千多公里,直到卡斯贝半岛顶端的海岸,是为莫尼克当年走过的路。这条跨国的山行小道,遂称"阿巴拉阡国际小道"。

2.另一种游记

　　莫妮克的书是一部客观的纪实性游记, 但字里行间却流露出作者的

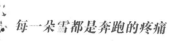

每一朵雪都是奔跑的疼痛

主观色彩和灵性。若借用语法术语来讲，这本游记着墨于徒步山行的主语和谓语，即旅行者和旅行，而不仅仅是宾语，即旅行的所到之处。

也许这种写法是西方人的传统。马可·波罗游记以一个富商子弟的眼睛向东看，记录作者旅途中的目睹耳闻、道听途说，他在这当中添加了很多主观成分，甚至连自己没去过的地方也写得绘声绘色。在通讯和交通不发达的时代，这种主观游记是猎奇者的增广贤文，添油加醋的奇闻逸事不可避免。不管怎么说，那时候的游记，的确增进了不同文化间的交流，加强了不同人群间的了解，对知识的积累也大有贡献。

相对而言，中国古人的游记至少在字面上要客观一些，如柳宗元的《永州八记》，以景物描写见长，类似于徒步山行的宾语。再如《徐霞客游记》，其客观描摹和记述，更是这位地理学家兼博物学家的主旨。这种客观的游记，对知识的传播和观点的交流，对丰富读者的见识，也大有裨益，正所谓殊途同归。

马可·波罗和徐霞客的时代早就结束了，当游记进入 20 世纪，其写法已悄然而变，在对景物的描摹中，记行、抒情、思考三位一体，渐渐成为游记的一种写作模式。到 20 世纪末，余秋雨的散文更进一步，借旅行观光而挖掘历史、反思文化。无论写作界和读书界对他有何种褒贬，他的文字都因历史文化的蕴涵而超越了单纯的游记。

时光流转到 21 世纪，游记的功能也有所变，分化出文学性游记和实用性游记两大类。前者用文学笔法，主观而感性地记叙旅程经历，并以想象、抒情和议论来点缀、烘托或渲染。后者客观而平实地记叙旅程经历，没有花里胡哨的语言装饰，但有技术上的实用性和参考价值。实际上，徐霞客的游记早就被当作文学作品来阅读了，中小学语文课本早就以之为作文范本。但是，由于文学性游记的作者不时抒发矫揉造作的滥情，务实的读者便只好转向实用游记，以获取出行指南和旅游经验。

如今是全民出游的时代，人们不必借文学性游记以神游，而需要交通图和旅行指南。人们也不必再用他人眼光看世界，而可以亲身前往。的确，出游之乐，远非阅读游记所能比。如今也是网络时代，游记的作者不再是见多识广的象征，人人都可以在互联网上读帖发帖，交流自己千奇百怪的旅行见闻和经历。如今还是读图时代，人们宁可多欣赏旅游照片，而不愿多阅读旅游文字，尤其不愿读那些无病呻吟的文字。二十多年前的傻瓜相机，将摄影的专职交给了普通人，十多年前的数码相机，则使摄影不再昂贵,出行者不会因经济能力而望景兴叹。到现在,铺天盖地的图像,似乎要取文字而代之。如今更是一个匆忙而浮躁的时代,有多少闲人还能安静地坐下来,悉心品尝文字的韵味?

但是,游记作者们仍不愿放弃自己的写作,有些人在文学性和实用性之间探寻新出路。如果是为出行做准备,我读旅游手册,若是消闲,我就读这种"之间"的文字,例如报纸周末版的旅游专栏。这个星期六的蒙特利尔《英文日报》旅游专栏刊登了一篇塞浦路斯游记,一开头就写这个地中海岛国以古希腊美神阿弗洛狄特(古罗马神话中的维纳斯)而闻名,并以美神诞生于该岛之海浪中的神话故事来点明塞浦路斯的迷人处:美、爱、性、力量。待读者上了钩,作者便笔锋一转,讲该国沿海度假胜地的服务设施如何如何好,都是些一流的酒店和饮食之类,并由面至点,具体写了一次深秋海泳和享用海鲜的细节。然后作者以亲身游历而将古代神话和当地历史糅合起来,说自己终于迷失在这性感的海岛天堂里。

就写作技巧而言,这篇游记并无特别的高明处,但它是实用的旅行指南,又有作者亲历的故事细节。大概我是个不合时宜的游记读者,喜欢阅读类似的文字,喜欢沉迷在历史神话所展现的人间风景和行云流水般自然畅快的语言中。

3.秋林海滨,人生驻足的季节

当然,我自己也写游记,但不是通常的写法,而是另有所谋。

阿巴拉阡国际小道在卡斯贝半岛临海而止。上个周末的半岛环行,我与画家轮流驾车,画家开车时,我得以观赏窗外景色,抓拍风景,并构思此行的游记。车窗外是田园牧场、山坡秋林、湖畔苇丛、海浪长空。美景一一闪过,许多都来不及拍摄。虽然中途不时停车拍照,但错过的远多于拍到的。车向着"大地的尽头"前行,左侧是橙红色的山林和黄绿色的草坡,右侧是涨潮时深蓝色的大海和红色的海岸崖壁上蒸腾起的白色水雾,并有海藻味飘来。我对画家夫妇说,我正在大脑的屏幕上构思此行的游记,着力于行文的时空结构。

是的,我喜欢把玩写作的结构。既然不打算写一篇通常的游记,那么记述行程和描摹风景便只是我为文的虚置构架,而书写的实际内容,却是我关于写作、关于绘画、关于摄影的话题。我这样设想:以山林海滨之行为

线索,将这三个话题统合起来,其间以略写的观景行程来轮番切割,使这些话题能像潮涨潮落般一张一弛,从而表述自然之道乃艺术之道的主题。

关于写作的话题,就是本文前面对游记的思考。关于绘画,我打算写大半个世纪前加拿大著名的"七人画派"。这派画家的作品,捕捉到了北方山林和海滨风景的灵魂。在这个话题下,我还打算将西方艺术同中国艺术作一比照,但又恐过于繁杂,只能一笔带过,使文章丰富而不琐碎,散漫却又集中。

关于摄影,我注重形式,只要被摄对象有意思,剩下的就是构图和用光的形式问题了。因为学过绘画,摄影的形式对我不难,但我相信自己的水平正处在一个门槛下,如果能够向上一跃,翻过这道门槛,摄影的层次自会上升,否则只能拍一些明信片水平的作品。横在我面前的门槛,并非形式难题,而是专业设备和专业精神。然而,摄影之于我,仅是休闲娱乐,我从不购置奢侈的专业设备,仅在二十年前买了一个有变焦镜头的手动相机,用了整整十五年,后来在德国柏林挤公交车时摔坏了。现在用的是一只大众化的便携式数码相机,并不专业,唯广角镜和长焦镜的伸缩让我满意。至于专业精神,我一点也谈不上,只喜欢拍摄即兴快照,而不会风餐露宿去苦等日出日落的美妙瞬间,更不会为了某个镜头而不辞劳苦专程远行去受冻挨饿。一句话,我只是个摄影爱好者,连发烧友也算不上。

正漫想间,无限远的蓝色海平面上出现了一个小白点,在深邃的空间里反射着夕阳的余晖。定睛细看,那是一条远洋巨轮。我拿出相机,用长焦镜对准。取景框中的前景是海岸礁石一角,中景是平静而深沉的宽阔海面,背景是浓云晚霞。那远方的小小巨轮,一动不动地停留在天际线上,宁静至极,有四两拨千斤之势。画面的构图与光线俱佳,设色与气氛皆美。我自忖,这是一幅何等漂亮的摄影,同时我也很清醒,这是一张何等俗气的明信片,只不过给人双目以视觉愉悦罢了。人们常说大俗即大雅,可是,雅乃刻意的人为之作,难道大雅就不会大俗?

我们的车沿着海岸线继续前行,我的观察和思考也在继续。离岸不远的几乎所有礁石上,总立有简易的十字架,沿岸的小渔村则以教堂为社区中心。放眼望去,海边银白色的教堂尖塔在低矮的云层下熠熠闪光,既与灯塔相映,又反衬出落霞的黯淡。渔村背后的山林也一片幽暗,透出生命哲学的神秘意味。我想,渔民出海远行,最关心的或许不只是捕鱼的收获,而且更有命运与归航。礁石上的十字架,海边渔村的教堂,莫不像灯塔那

样,是引导渔民的一种心灵慰藉。

涨潮时的排排大浪拍打着海岸的礁石,潮水的节奏,提示了游记的题目。我对画家说,我将要写的游记,叫做《秋林海滨,人生驻足的季节》。画家很敏锐,说这题目的时空和语法关系有点诡异,要么是逻辑混乱,要么是暗藏玄机。

我不知道,我只是被这题目诱惑了。对我来说,阿巴拉阡的海滨山林之行,是以赏秋来逃避现实的烦扰,以摄影来忘却大都市生活的内心荒寂,这与我对艺术的迷恋异曲同工,恰似出海的渔民寻求慰藉。不用说,下次出行,我会弃车徒步。走向自然是一种心理治疗,而此行也使我有机会治疗自己的写作。这篇文章,便是文体的尝试,我力图将书评、艺谈与游记化而为一,故布局章法、行文运笔,皆追求山行入海那般,起于自然,归于自然。

2008 年 10 月,蒙特利尔

阿卡迪亚风景里的人

十多年前流行文化大散文,以游记为甚。一些末流跟风者将游记写成导游词,或是历史地理教科书,既失散文之意,又无游记之趣。今天,在文字衰落的读图时代,游记写作又遭遇了风光摄影的挑战。于是,游记的写法便成为文学生存的一种尝试。这尝试不仅考验作者谋篇布局的结构技巧,更考验作者立意命题的构思能力。

本月初我与一对画家朋友到心仪已久的阿卡迪亚(Acadia)旅行,既观沧海又看艺术,在检讨艺术与自然之关系的同时,也借摄影来思考游记的不同写法。

1.地上乐园

最早得知阿卡迪亚,是在互联网上看到别人拍摄的风光照片,只见海浪迷蒙,雾气中岛屿和渔帆若隐若现,宛若人间仙境。那一刻,我打定主意,不久的将来要前往一游。

英语和法语中"阿卡迪亚"的语义,近似"仙境",而人类文明史上的仙境则为数不少。乌托邦(Utopia)是英国政治幻想家描述的理想仙境,属于未来;卡米拉(Camelot)是英国中世纪史诗中的浪漫仙境,属于过去;桃花源是中国古人的诗意仙境,属于世外;阿尔卡迪亚(Arcadia)是古希腊的田园仙境,也属世外。这四者,都因时空之距而遥不可及,唯有美国缅因州的阿卡迪亚,与中国的蓬莱仙境一样,既是我们现世的地上乐园,可以尽情享受,又集四个虚无缥缈的仙境于一体,能将梦幻引入现世。

阿卡迪亚自然保护区,位于美国东北角的缅因州海滨,若从纽约或波士顿驱车前往,顺着北大西洋海岸的 95 号高速公路北行,分别需要五六个小时和三四个小时。若从加拿大的蒙特利尔前往,因途中多半是山区和乡村公路,时速在 50 迈或 80 公里左右,需七八个小时。无论从何处启程,最后都要沿 95 号公路到班戈尔(Bangor),再向南转入 1A 公路,一小时后便到荒山岛(Mt. Desert Island)。这是新英格兰的第二大岛,阿卡迪亚国家公园就在荒山岛东部。

我们的行程是在初秋的 9 月第一个星期,衣食住行都事先有所准备。由于阿卡迪亚在 8 月下旬遭遇了强台风袭击,尽管很快复原,但山风、海风和林中湿气仍需防备,所以我带了防寒服。可是,阿卡迪亚的初秋并不冷,我甚至下海游了泳。因此,除了泳衣,带上夏季短装和旅行服装便足矣。另外,海岸蚊虫奇多,长袖外套必不可少。

到阿卡迪亚度假,一定要享用海鲜美味,尤其是龙虾。由于北大西洋暖流之故,缅因州沿海盛产龙虾。夏天的旅游旺季结束后,餐馆的各式龙虾都不太贵,20 多美元可以点到一只中号龙虾。我是食龙虾的高手,不会钳碎虾壳,并能将食后的空壳复原成一只完整的大龙虾。我的特技让女侍应生惊大了双眼,她以为我要原虾退回。

出发之前我上网预定住处,得知入秋的房价已经回落,标准间的价格低至一天百元上下,便在岛南的港湾挑选汽车旅馆或别墅。若居东南部的港湾,清晨可以看到海上日出,若居西南部的港湾,傍晚则能看到海上日落。若住峭壁旁,可以看风浪,还可以看海豹甚至大鲸;若住沙滩旁,则可在月色下漫步踏浪;若住港湾旁,可以看归帆和炊烟。我的建议是,最好住在南部沿岸的吧湾(Bar Harbor)、贝司湾(Bass Harbor)或海豹湾(Seal Harbor)等处,一定要阳台朝海,方可领略海湾夜色的宁静,并在宁静中聆听潮涨潮落的节奏。

除了大海和岛礁,阿卡迪亚还有火山、峭壁、瀑布、湖泊、沼泽、森林,也有小镇、渔村、老屋。岛上的公交车是免费的,通达所有值得一看的美景胜境。也可以租自行车,享受林中穿行之乐,有的人甚至骑车登山,是为观海健身之道。不用说,在岛上徒步探幽更是其乐无穷。

2.阿卡迪亚的传说

古希腊的阿尔卡迪亚与美国的阿卡迪亚二字的拼写稍有不同,前者字首多了一个 R 音。尽管都有"仙境"之意,但二者的历史和文化渊源却相去甚远。阿尔卡迪亚原本是古希腊的一处地名,常出现在古代田园诗中,是宁静与和平的象征。17 世纪的法国画家普桑(Nicolas Poussin,1594–1665)在 45 岁那年画出了杰作《阿尔卡迪亚的牧羊人》,美术史学家们通

常认为这幅画代表了巴洛克艺术在形式上的成就。不过,哲学家和诗人们却有不同看法,认为这幅画暗藏着神秘主义和悲观意识,因为画中的几个牧羊人正试图解读一行古罗马墓碑铭文的隐蔽含义:"我在阿尔卡迪亚"。

美国的阿卡迪亚之名,来自早期法国探险家们的后代,人数约 5 万余,他们秘密结社,自称阿卡迪亚人(Acadian),信仰罗马天主教。这群人居住于北美大陆的东北沿海,集中在今天加拿大的新苏格兰(Nova Scotia)一带。自英国军队在北美打败法国军队后,英国统治者便强迫他们放弃天主教,英国移民则趁机要他们改信英国新教,否则会将他们驱离新苏格兰。1755 年,那些不愿改变信仰的阿卡迪亚人,被驱赶到美国南方的路易斯安那州,成为新奥尔良最早的法语居民。另一大批阿卡迪亚人,流落到加拿大的魁北克和东部沿海,以及美国的缅因州沿海,成为新法兰西的居民。

阿卡迪亚人的历史很快就被遗忘了,直到近百年后的美国大诗人朗费罗(Longfellow)写出了荡气回肠的叙事长诗《伊婉姬兰,阿卡迪亚的传说》,人们才又记起这段历史。据说,在 1844 年的某个晚上,时任哈佛大学诗歌教授的朗费罗与著名小说家霍桑(Hawthorne)在波士顿郊外聚餐,谈论文学写作。其间有人插话,要向霍桑提供一个凄婉悱恻的爱情故事作为小说素材。故事讲的是阿卡迪亚人在 18 世纪中期受到英国军队和教会的迫害,一对新婚青年在婚礼上被拆散,遣送他乡。霍桑对这个感伤故事没兴趣,但朗费罗却对这"新婚别"的素材情有独钟,于 1847 年完成了这篇叙事长诗。

朗费罗是美国文学的奠基人之一,他的诗歌创作旨在摆脱英国诗歌的影响,所以阿卡迪亚的新婚别的故事特别打动他。诗人虚构了女主人公伊婉姬兰(Evangeline)和男主人公盖布里尔(Gabriel)。二人婚礼相别,新郎被驱往路易斯安那,新娘自此走遍美国,在漫长的日子里到处寻找自己的丈夫,却总是晚到一步,命中注定追不上他。绝望之下,一生追索的伊婉姬兰到费城医院做了护士,不料却于晚年时在医院的病床上见到了濒死的盖布里尔。二人相见,即是永诀。

去阿卡迪亚旅行之前,适逢蒙特利尔美术馆有画展《美国大风景:1850–1915》。我在展览会上见到了一位无名画家的历史画《伊婉姬兰,阿卡迪亚的传说》,取材自朗费罗长诗。就艺术而言,这幅画实在不敢恭维,技法一般,延续了欧洲 18 世纪的理想主义画风,与朗费罗主张的独立文化精神大相径庭。

好在我即将到阿卡迪亚去看真正的美国风景,去看地道的美国绘画,特别是美国早期绘画的奠基人文斯洛·霍默(Winslow Homer,1836–1910)和美国现代乡土画家安德鲁·怀斯(Andrew Wyeth,1917–2009)的作品,这两位大画家的故居都在阿卡迪亚海岸一带。

3.观沧海

到达阿卡迪亚时已是午后, 我们住在岛上的西南湾(Southwest Harbor)。一安顿好,我就迫不及待地拿着相机出去拍摄海景。那几天强台风刚过,我一度担心天气恶劣,不料9月初万里无云、海天一色,像是大自然的补偿。然而对摄影来说,这补偿并不好,因为碧海蓝天,云霞隐遁,落日毫无气氛与动感,拍不出晚霞的深邃与神秘,大自然失去了浩瀚与威严。

求而不得,我转向渔村归帆,拍摄港湾的宁静,专注于海鸥飞过停泊的小船时在静止的空气中划下的痕迹,以及这痕迹在水面上留下的回声。

记得很多年前,一位画家朋友要到中国教书,他在临行前告诉我,他不带照相机去,因为他不愿做游客,不愿拍摄观光照片,他要像中国的当地人一样,亲身进入中国社会,用自己的双眼去观察真实的生活。

我佩服他的认真和与众不同,但不欣赏他的极端与固执。我认为摄影也是一种观察,这不是浮光掠影的旅游快照,而是通过镜头去接近社会和自然,去与风景对话,去享受山水的赐予。过去我偏爱拍摄自然中的小景,例如晨露中一片挂着水珠的草叶,我喜欢琢磨那水珠反射的七彩阳光。后来我转而拍摄大场面,欣赏其不凡的气势,力图在大场面里捕捉有意味的细节。

何谓大场面、何谓细节?唐诗名句"白日依山尽,黄河入海流"展现了一幅大场面的风景,而"小荷才露尖尖角,早有蜻蜓立上头"则描绘了一幅小景的细节。在这两景之间,还有"大漠孤烟直,长河落日圆"的大中见小,其"孤"与"直"得自宏观中的精细观察,而这正是我的摄影追求。

次日登山,岛上的最高峰卡迪拉克峰(Cadillac Mountain)是座火山,覆盖在山体表面的岩浆,早已凝固成岩石。从岩石的纹理走向,可以想象当年火山喷发时火红的岩浆向大海滚滚流去的壮观和惨烈。站在圆形的火山顶,极目远眺,只见弧形的海天交界线画出了地球的半圆。那苍茫的海

天,让人遥想当年曹孟德横槊赋诗"东临碣石、以观沧海"的英雄气概。

要拍摄这博大的气概并不容易。我出行总是轻装,没有笨重的专业相机,只带一部小型便携式数码相机。这种小相机配不上滤光镜,在万里晴空下拍摄沧海蓝天,由于开阔的空气中弥漫着散射的天光,容易拍成灰蒙蒙的一片蔚蓝,不易分清哪是天、哪是海、哪是岛、哪是山林。我通常的做法,是事后在电脑上用 PS 来加强明暗对比,但效果不太如意。转念一想,其实这问题不难解决,可以摘下自己的茶色太阳镜,往镜头前一挡就成,既可滤光,还可加深色阶,使明暗层次更为丰富。再一想,既然如此,何不带上轻便的各色专业滤光镜, 拍照时将滤光镜举到数码机的镜头前便大功告成。

后来我在开阔的晴空下拍摄海边沼泽和湖泊水面, 便不时用墨镜如法炮制。

说到摄影,我对器材设备一窍不通,我只关心立意、构图、光影和形式因素,例如气氛、节奏等等。而且,无论拍景还是拍人,我只随手抓拍,不去苦心等待那所谓的"决定性瞬间"。

现今摄影的人,可分四大类:观光客、发烧友、艺术家、摄影家。有钱的观光客出门带着长枪短炮,像是《国家地理》杂志的外勤摄影师,却原来只是磁卡空间的占用者。发烧友们也是花钱的主,对器材设备和技术问题几乎无所不知,俨然是用户指南,但于构图之类视觉艺术的形式问题,却只知皮毛,面对立意之类更深的问题,则往往落俗。艺术家拍照另有目的,通常是为自己的绘画作品收集素材和细节,而不在意摄影自身的形式方面。唯有摄影家才关注摄影自身的方方面面,但他们的作品要么是新闻图片,要么是玩弄形式,甚或哗众取宠。

21 世纪新起"观念摄影",又称"作为当代艺术的摄影",这类拍手们多在艺术家和摄影家之间寻找活动空间。

我与上述各类无涉。摄影之于我,是在风景中观察、思考和体验世界的一种途径,是在大自然中揣摩存在的一种方式。

4.风景中的人

绘画之于怀斯,也是一种观察、思考、体验和存在。

在阿卡迪亚西南的隔湾相望处,是海滨小城若克兰(Rockland),那里有美国著名画家怀斯的故居美术馆。怀斯于 1917 年出生在宾夕法尼亚州的乡下,很小便随父迁居到缅因州海滨,定居若克兰,今年初去世。

当年怀斯的父亲在新英格兰一带是有名的插图画家,为不少文学名著画过插图。当他有了经济基础后,便放弃插图,转画海滨风景。怀斯本人的艺术成就比他父亲更高,主要画缅因州的海滨风景和乡村生活,并以描绘风景中的人见长。怀斯的儿子也是画家,也在当地有名,但成就不如两位前辈。

去阿卡迪亚之前,我已在互联网上查到若克兰美术馆有怀斯作品回顾展的信息,也查到美术馆另有专门的"怀斯艺术中心",陈列这一家三代人的作品。从阿卡迪亚沿海岸线的一号公路驾车南行,一个多小时便绕过海湾到达若克兰。在那里,我得以朝拜怀斯的艺术,朝拜这位对中国 20 世纪后期绘画有重大影响的画家。

对美国艺术来说,怀斯的成就在于他那独特的乡土风味,在于他入微的观察和精细的刻画,这使美国的写实绘画完全不同于欧洲的写实绘画,例如他笔下木屋的斑驳墙面、石头上的纹理和水迹,都刻画得无微不至。对怀斯本人来说,其艺术的意义在于将十分个人化的观察和体验,用做视觉沟通的工具,以求心灵的交流。对 20 世纪 70 年代末和 80 年代初的中国画家来说,怀斯的价值在于他以忧伤的诗意和细腻哀婉的个人情绪,而与经历过"文革"的知青画家产生了精神共鸣,并为那一代画家的"伤痕艺术"和"乡土绘画"指点了表述伤感的途径,提供了写实技法的范例。

从若克兰沿一号公路继续驱车南下,一个多小时后到达缅因州州府波特兰(Portland),并在波特兰美术馆参观新英格兰风景画家作品展《海岸的呼唤》,见到了霍默等早期画家的作品。霍默比怀斯早了差不多一个世纪,他那一代画家对美国艺术的贡献,是描绘地道的美国风景,以确立美国艺术的本土特征,而不像纽约的哈德逊画派那样模仿欧洲的"大风景",也不追求英国 18 世纪早期哲学家柏克关于"崇高"与"美"的理念,即通过自然而表达对神的敬畏。

霍默的绘画中没有神意,他描绘自然中的人,探索人与自然的关系。怀斯的绘画也无神意,他也探索人与自然的关系,但更倾向于表述个人的内心情绪。也就是说,美国本土风景画的确立,是从欧洲大风景里挣脱出来,从神走向人,再进一步走向个人的内心世界,最终在艺术中打造了美国性格。

关于这一点,波特兰美术馆正好有一个摄影艺术展《亲情》可做见证。该展放置了19世纪英国最著名女摄影家卡麦隆（Julia Cameron,1815—1879）和美国当代著名女摄影家乔伊斯·丁妮逊（Joyce Tenneson,1945—）的人物摄影作品,展现了英国艺术与美国艺术的母女关系,强调了后者的独立性。

卡麦隆在照相机发明之初,拍摄了许多英国名人的肖像照片,如大诗人丁尼生、拉斐尔前派画家瓦特、童话作家卡罗尔（《爱丽丝漫游奇境记》的作者）等,其作品追求文学性,是当时画意肖像摄影的巅峰之作。丁妮逊居住于纽约和缅因州海岸,她也追求肖像摄影的画意与文学性,但其当代特征却在于她所营造的超现实氛围和凄美的形式感,在于人物外表的冷漠所揭示的内心深度。她们二人的区别,恰如热情的浪漫主义与冷静的哲理形式的区别,这区别使后者成为美国当代艺术中的一种"观念摄影"。

看了怀斯的画,看了丁妮逊的作品,我觉得自己的摄影应该暂停下来。从波特兰返回蒙特利尔,沿93号公路北上,要穿过美国的白山森林保护区（White Mountain National Forest）。我原打算在白山拍摄初秋的森林,但最终放弃了这个念头,而是一路连续驾车七小时,回家反省该怎样拍摄风景中的人,也反省该怎样写摄影游记。

2009 年 9 月,蒙特利尔